HEYNE BÜCHER

Fantasy

Herausgegeben von Friedel Wahren

Ein Verzeichnis weiterer Bände dieser Serie
finden Sie am Schluß des Romans.

KARL EDWARD WAGNER

Conan und die Straße der Könige

Neunter Roman der Conan-Saga

WILHELM HEYNE VERLAG
MÜNCHEN

HEYNE SCIENCE FICTION & FANTASY
Band 06/3968

Titel der Originalausgabe
CONAN: THE ROAD OF KINGS
Übersetzung aus dem Amerikanischen
von Lore Strassl
Das Umschlagbild malte Thomas Thiemeyer
Die Karten auf Seite 6/7, 8 und Seite 20/21
zeichnete Erhard Ringer
Die Innenillustrationen sind von Klaus D. Schiemann

3. Auflage

Redaktion: Friedel Wahren

Printed in Germany 1995
Umschlaggestaltung: Atelier Ingrid Schütz, München
Technische Betreuung: Manfred Spinola
Satz: Schaber Satz- und Datentechnik, Wels
Druck und Bindung: Presse-Druck, Augsburg

ISBN 3-453-30900-6

Die Hyborische Welt Conans

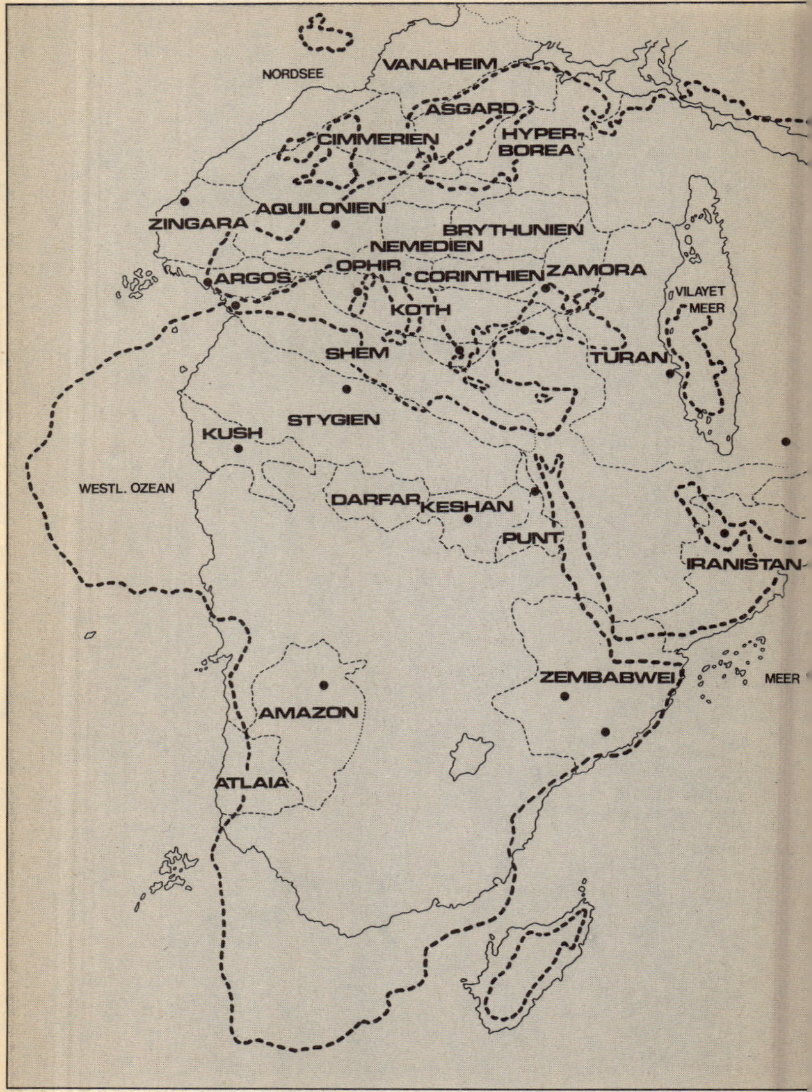
NORDSEE
VANAHEIM
ASGARD
CIMMERIEN
HYPER-
BOREA
ZINGARA
AQUILONIEN
BRYTHUNIEN
NEMEDIEN
OPHIR
ARGOS
CORINTHIEN
ZAMORA
VILAYET
MEER
KOTH
SHEM
TURAN
STYGIEN
KUSH
WESTL. OZEAN
DARFAR
KESHAN
PUNT
IRANISTAN
ZEMBABWEI
MEER
AMAZON
ATLAIA

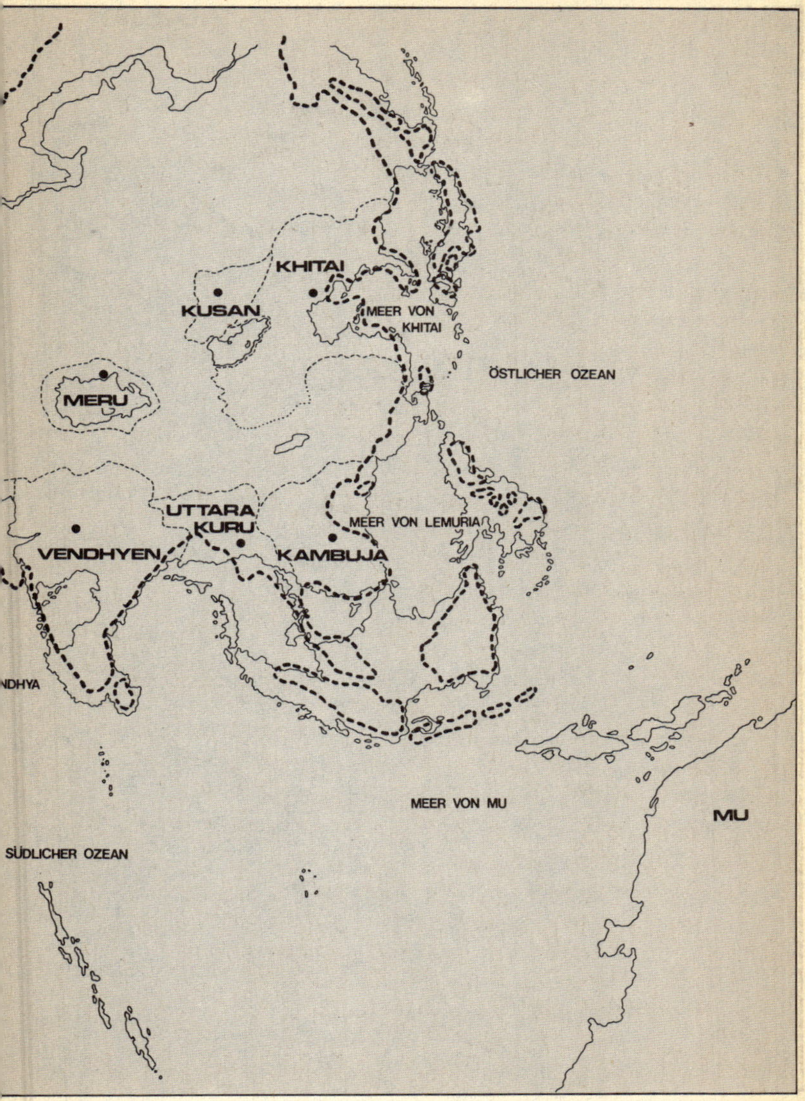

KHITAI
KUSAN
MEER VON KHITAI
ÖSTLICHER OZEAN
MERU
UTTARA KURU
VENDHYEN
KAMBUJA
MEER VON LEMURIA
NDHYA
MEER VON MU
MU
SÜDLICHER OZEAN

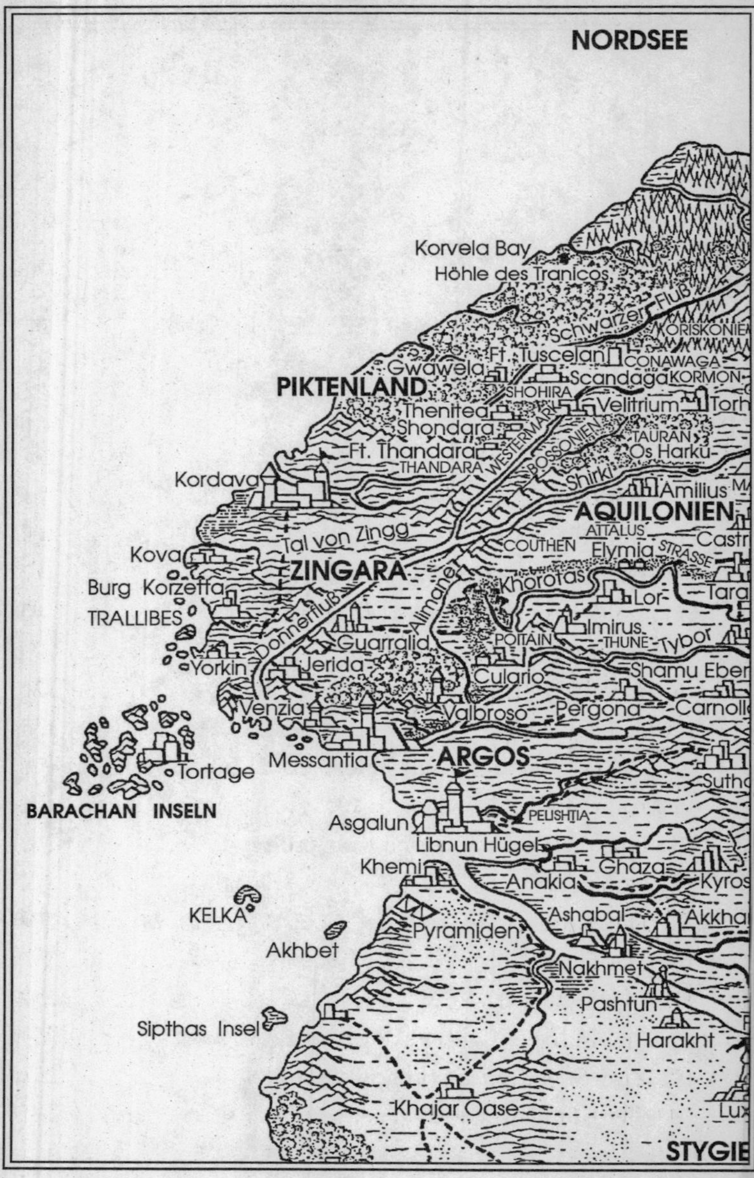
NORDSEE
Korvela Bay
Höhle des Tranicos
Schwarzer Fluß
KORISKONIEN
Ft. Tuscelan
CONAWAGA
Gwawela
Scandaga
KORMON
PIKTENLAND
SHOHIRA
Velitrium
Torh
Thenitea
Shondara
WESTERMARK
BOSSONIEN
TAURAN
Ft. Thandara
Os Harku
THANDARA
Kordava
Shirki
Amilius
AQUILONIEN
Tal von Zingg
ATTALUS
Kova
COUTHEN
Castr
Elymia
STRASSE
ZINGARA
Burg Korzetta
Khorotas
Alimane
Tara
TRALLIBES
Donnerfluß
Lor
Imirus
Guarralid
POITAIN
THUNE
Tybor
Yorkin
Jerida
Shamu Eber
Cularlo
Venzia
Valbroso
Pergona
Carnoll
Messantia
ARGOS
Tortage
BARACHAN INSELN
Sutho
Asgalun
PELISHTIA
Libnun Hügel
Khemi
Ghaza
Anakia
Kyros
KELKA
Ashabal
Akkha
Pyramiden
Akhbet
Nakhmet
Pashtun
Sipthas Insel
Harakht
Khajar Oase
Lux
STYGIE

INHALT

PROLOG 11

CONAN UND DIE STRASSE DER KÖNIGE 17

1. Der Tanzboden 19
2. Die Grube 40
3. Die Weiße Rose 47
4. Stahl und Träumer 59
5. Nächtliche Besucher 66
6. Auf dem Maskenball des Königs 72
7. Goldenes Licht, blaues Licht 93
8. Frühmorgendlicher Ausflug 109
9. Kein Weg zurück 126
10. Sengende Hitze 135
11. Die Letzte Wache marschiert 150
12. Auf dem Königsweg 156
13. Eine neue Ordnung und eine Krönung ... 168
14. Conan zieht ins Feld 174
15. Die Sense 182
16. Der Schnitter 191
17. Destandasi 202
18. Ein tödlicher Gruß aus Kordava .. 211
19. Zum Scheitern geborene Träume ... 218
20. Der Königsweg 225

PROLOG

Erstarrte Stille, brillantheller Stahl.

Zwei Klingen schimmerten im rauchigen Licht, umgeben von einem gesichtlosen Augenkreis, nicht weniger mitleidlos und glänzend. Ein Hauch von Bewegung, und die Waffen stießen gegeneinander — zerschmetterten die Stille mit dem Klirren ergrimmten Stahles. Heftiger, krächzender Atem entrang sich der Kehle der beiden Kämpfer. Heiseres Stöhnen und unterdrücktes Gemurmel kamen aus dem Kreis der Zuschauer; gesichtlose Augen glitzerten vor Aufregung. Wieder stellte Klinge sich Klinge; der Tod balancierte auf schwingendem Stahl, geduldig, erbarmungslos.

Die beiden Gegner hatten wenig gemeinsam, außer der tödlichen Geschicklichkeit, mit der jeder seinen Degen führte.

Der eine, den zunehmender Zorn antrieb, war offensichtlich der Ältere, und seine Fechtkunst verriet, daß die lange gerade zingaranische Klinge seiner Hand wohlvertraut war. Vereinzelte graue Strähnen durchzogen das glatte schwarze Haar und den kurzgestutzten Bart, genau wie seine gutgeschnittenen Züge von ein paar geraden Duellnarben durchzogen waren. Die Narben waren schmal und verblaßt, denn es war schon viele Jahre her, daß die Klinge eines Gegners sein Gesicht getroffen hatte. Ein weinrotes enges Beinkleid und ein Wams aus Samt bester Qualität unterstrichen seine schlanke, muskulöse Figur und seine selbstbewußte Haltung. Auf seinem rechten Ärmel war ein schwarzer Adler eingestickt, das Wappen von Korsts Streitern, dem Eliteregiment der zingaranischen Armee — und darunter der goldene Doppelstern eines Hauptmanns.

Der andere war ein jüngerer Mann — vermutlich nicht viel älter als die Hälfte der etwa vierzig Jahre des Offiziers. Aber er parierte die Klinge seines Gegners mit der Gewandtheit eines Veteranen, nicht mit der unüberlegten Tollkühnheit der Jugend. Er war ein wenig größer als die sechs Fuß des Hauptmanns, und von bedeutend schwererem Körperbau. Der Jüngere hatte seinen Oberkörper entblößt. Die breiten Schultern und die mächtige Brust waren von tiefem Sonnenbraun, von mehreren Narben unterbrochen. Sie stammten aus Kämpfen und Schlachten, die seinen Schwertarm geschult hatten. Eine schweißverklebte Mähne flatterte im Kampf um sein glattgeschabtes Gesicht. Blaue Augen schwelten grimmig aus den grobgeschnittenen Zügen. Er trug das Lederbeinkleid eines Barbaren aus dem Norden, und in seine prankengleiche Hand hätte ein schweres Breitschwert besser gepaßt als das dünne doppelschneidige zingaranische Rapier.

Die beiden kämpften in einem dichten Kreis von Soldaten, die sich hier zusammengefunden hatten, um bei diesem Duell zuzuschauen. Die meisten von ihnen trugen das Weinrot und Gold der Königlich Zingaranischen Armee, genau wie das Adlerwappen von Korsts Streitern. Schulter an Schulter mit ihnen standen Männer anderer Regimenter, zusammen mit einigen Kriegern in einfacher, gemischter Kleidung — Angehörige der zingaranischen Söldnerarmee, zu denen auch der jüngere Kämpfer gehörte. Um sie erhoben sich die im Schatten liegenden Wände eines Kasernenschlafraums — Pritschen und Ausrüstungsgegenstände waren dicht an die Wände gerückt worden, um Platz für den Zweikampf zu schaffen.

Mit angespannten Gesichtern beobachteten sie das Duell. Nicht die geringste Einzelheit des Fechtkampfes entging ihnen. Anfangs hatte fast die ganze Kaserne unter ihrem Begeisterungsgebrüll und bei ihrem hastigen Austausch von

Wetten widergehallt. Doch das war gewesen, ehe die beiden Gegner mit ihrem unbeschreiblich flinken Spiel von Hieb und Stich, Angriff und Gegenangriff begonnen hatten. Jetzt war die Aufregung zu groß, ihr Stimme zu verleihen. Die Luft knisterte schier vor Spannung. Die Blicke der Zuschauer hingen an jeder Bewegung der Kämpfenden, und sie warteten mit angehaltenem Atem — genau wie die beiden Gegner, die ihre ganze Geschicklichkeit einsetzten —, daß einer den tödlichen Fehler beginge.

Beide Duellklingen hatten gerade Blut geleckt. Aus einer oberflächlichen Schnittwunde am Unterarm des Älteren sickerte Blut. Die Klinge des anderen war bei einem Hieb, der dem Hauptmann fast das Rapier aus der Hand gerissen hätte, vom Stichblatt abgeglitten. Der Jüngere blutete aus zwei unbedeutenden Wunden an der linken Seite und einer tieferen Verletzung unterhalb der Schulter, die offenbar seinen linken Arm zeitweilig gelähmt hatte — es waren die Zeichen dreier tödlicher Hiebe, die ins Herz eingedrungen wären, hätte seine blitzschnelle Reaktion sich nicht bewährt. Vielleicht rief das fließende Blut das dünne Lächeln des Älteren hervor, als er selbstbewußt auf den Todesstoß hinarbeitete. Der Jüngere lächelte nicht. Seine eisblauen Augen funkelten grimmig, ohne die geringsten Zeichen von Schmerz oder Erschöpfung zu verraten, die ihm doch zweifellos zu schaffen machen mußte.

Wieder zuckten die Klingen vor, trafen und trennten sich. Der Hauptmann ließ nicht locker. Noch während die Waffen sich trennten, schlug er erneut zu, so daß die Wucht des Klingenwechsels sein Rapier unterhalb und um das Stichblatt des anderen stieß und es tief in die festen Muskeln seines Oberschenkels drang.

Der Jüngere knurrte kurz vor Schmerz. Er wich zurück. Sein verwundetes Bein knickte unter ihm zusammen. Er taumelte und konnte sich nur mit Mühe aufrecht halten.

Sein verzweifelter Gegenschlag war unbeholfen und kraftlos.

Das war der endgültige Moment des langen Duells. Die Augen der Zuschauer brannten vor atemloser Aufregung. Der Offizier genoß einen Herzschlag lang ihre absolute Aufmerksamkeit, ehe er sich daran machte, seinen verwundeten Gegner mit einem blitzschnellen Stich ins Herz — seine Spezialität — zu erledigen.

Der Jüngere verschwendete in seiner Verzweiflung keinen Gedanken an Ritterlichkeit im Kampf. Aus seiner halbsitzenden Haltung auf dem Boden umklammerte er den langen Griff des Rapiers zusätzlich mit den Fingern seiner verwundeten Linken und hieb es mit aller Kraft nach oben. Das Ende der Klinge drang dem Älteren zwischen den gespreizten Beinen in den Leib und glitt hoch. Dabei, seinen *Coup de maître* auszuführen, stürzte der Hauptmann tödlich getroffen rückwärts.

Einem gedehnten, ungläubigen Keuchen folgte das Durcheinander verwirrter Stimmen.

Ein Mann mit glasig werdenden Augen starrte vom Boden herauf.

Ein junger Söldner funkelte die Zuschauer mit schwelenden Augen an, als seine Wunden ihn zu Boden zwangen.

Der Hauptmann wand sich in letzten Todeszuckungen. Sein Röcheln verlor sich in den aufgeregten Rufen und Verwünschungen derer, die ihre Wette verloren hatten, im Scharren von Füßen im Gedränge und im Klimpern von Münzen. Der Verwundete drückte die Spitze seines blutigen Rapiers auf den Boden und stützte sich auf seinen Griff. Warmes Blut spritzte aus seinem Oberschenkel, aber er schluckte nur, ohne einen Schmerzenslaut von sich zu geben.

Er schwankte auf den Füßen. Die Fingerknöchel hoben sich weiß auf dem Rapiergriff ab, als die Kraft ihn verließ.

Zwei seiner Söldnerkameraden — ihre Beutel prall voll Münzen, die sie gerade dank seines Sieges gewonnen hatten — eilten zu ihm, um ihn zu stützen. Die Augen des jungen Kriegers blitzten wild — immer noch brannte die Kampfeslust in seinem Herzen —, doch dann erkannte er seine Kameraden. Er sackte gegen sie, als ein dritter herbeieilte, um mit einem Stoffstreifen, den er hastig um den Oberschenkel schnürte, das Blut zu stillen.

Das Stimmengewirr verstummte plötzlich. Die Soldaten kassierten eilig ihren Wettgewinn und zogen sich schnellstmöglich zurück. Ein Murmeln verbreitete sich.

»General Korst!«

Der junge Söldner hob den Kopf und schaute sich finster um, als die meisten fluchtartig den Raum verließen.

Von seinen Stabsoffizieren begleitet, betrat der Oberkommandierende der Königlich Zingaranischen Armee, General Korst, höchstpersönlich den Schlafsaal. Seine gedrungene Gestalt, sein blauschwarzes Haar und seine dunkle Haut deutete auf eine Mischung von shemitischem Blut mit dem seines zingaranischen Vaters hin. Daß der Sohn einer Marketenderin und eines unbekannten zingaranischen Soldaten es zum Generalsrang der klassenbewußten zingaranischen Armee gebracht hatte, war ein Beweis seiner ungewöhnlichen Fähigkeiten.

Die Augen des Generals weiteten sich, ehe sie sich zu schmalen Schlitzen verengten, als er den durchspießten Toten betrachtete. Nachdenklich strich er über seinen gepflegten Bart.

»Ah, Hauptmann Rinnova! Dann seid Ihr also schließlich doch auf einen gestoßen, der Euch überlegen war! Sein Stich drang zwar nicht ins Herz, wie Ihr es immer vorgezogen habt, das stimmt, aber nichtsdestoweniger seid Ihr tot.«

Er wandte sich dem Verwundeten zu. Seine ihn stützenden Kameraden versuchten dem unbewegten Blick des

Generals auszuweichen. Sie ließen ihren Freund los, der sich schwankend bemühte, aufrecht stehenzubleiben. Ohne mit der Wimper zu zucken, erwiderte er den harten Blick.

»Es war also deine Klinge, die Hauptmann Rinnova aufspießte?«

»Ich tötete ihn, das ist richtig«, knurrte der andere. »In einem fairen Zweikampf. Ihr könnt jeden hier fragen.«

General Korst nickte. »Es fällt mir schwer zu glauben, daß jemand die Klinge mit Hauptmann Rinnova wechseln konnte und es überlebte — und ein barbarischer Söldner noch dazu. Aber es ist ja klar zu sehen, der Beweis liegt vor uns. Wie heißt du?«

»Conan.«

»Aus dem barbarischen Nordland, nehme ich an?«

»Ich bin Cimmerier.«

»Wie steht es mit seinen Verletzungen?« wandte er sich an Conans Kameraden, die sich am liebsten in ein Mauseloch verkrochen hätten.

»Die Hiebwunden sind nicht sehr tief, sein Arm ist sauber durchstochen. Die Oberschenkelwunde ist die schlimmste, glücklicherweise ist die Schlagader nicht getroffen, aber er hat trotzdem viel Blut verloren.«

»Gut.« General Korst nickte seinen Begleitern zu. »Dann wird er also am Leben bleiben, und wir können ihn hängen. Was immer auch dein Streit war, Conan von Cimmerien, ein Söldner darf keinesfalls einen Offizier der Königlich Zingaranischen Armee niedermetzeln!«

Conan brüllte wie ein Löwe und taumelte auf Korst zu. Doch sofort warfen sich dessen Streiter dazwischen.

Es gelang ihm, zwei davon zu töten, ehe der Rest ihn bewußtlos schlug.

»Es ist schade um einen so guten Mann«, brummte Korst, als sie Conan davonzerrten. »Aber man muß diesen Barbaren Disziplin beibringen.«

Conan und die Straße der Könige

1

DER TANZBODEN

Die Morgensonne schien hell — zu hell für Augen, die seit unzähligen Tagen kein Licht außer dem der Fackeln im Kerker gesehen hatten, wenn die Wärter nach dem Rechten sahen. Ein grauer Morgen wäre gnädiger gewesen, aber es war kein Morgen für Erbarmen oder Güte. Die Reihe der zum Tode Verurteilten schloß die Lider im blendenden Sonnenschein und stolperten blindlings vorwärts zum Galgen. Als sie den Gefängnishof überquert hatten, konnten sie die baumelnden Schlingen und den erwartungsvollen Pöbel sehen.

Conan riskierte einen blinzelnden Blick zum Galgen. Er hob sich als schwarzer Strich gegen die Sonne ab. Sieben Henkerseile hingen wie rußige Spinnweben von dem schweren Balken herunter. In seine Nase drang die ätzende Süße von Aas. Sie kam von den verwesenden Leichen der in der vergangenen Woche Gehenkten. Die Hingerichteten ließ man gewöhnlich am Galgen hängen, bis die Schlingen für die nächsten Verurteilten gebraucht wurden. Dieser ekelerregende Geruch vermischte sich mit dem vom Schweiß der dichtgedrängten Menge.

Eine Hellebardenspitze stupste Conan in den Rücken. »Weiter, Rabenaas!« knurrte einer der Wächter.

Conan fluchte und schlurfte vorwärts. Trotz der schweren Ketten um Hand- und Fußgelenke hinkte der Cimmerier nicht. Er warf das strähnige, verfilzte Haar aus dem stoppel-

Königspavilon
Stadtkasernen
Königs
palast
Alte Marktstraße
Mordermis
Haus
DIE GRUBE
Aalstraße
Versunkene
Halbinsel
Wasserstraße
Bordell

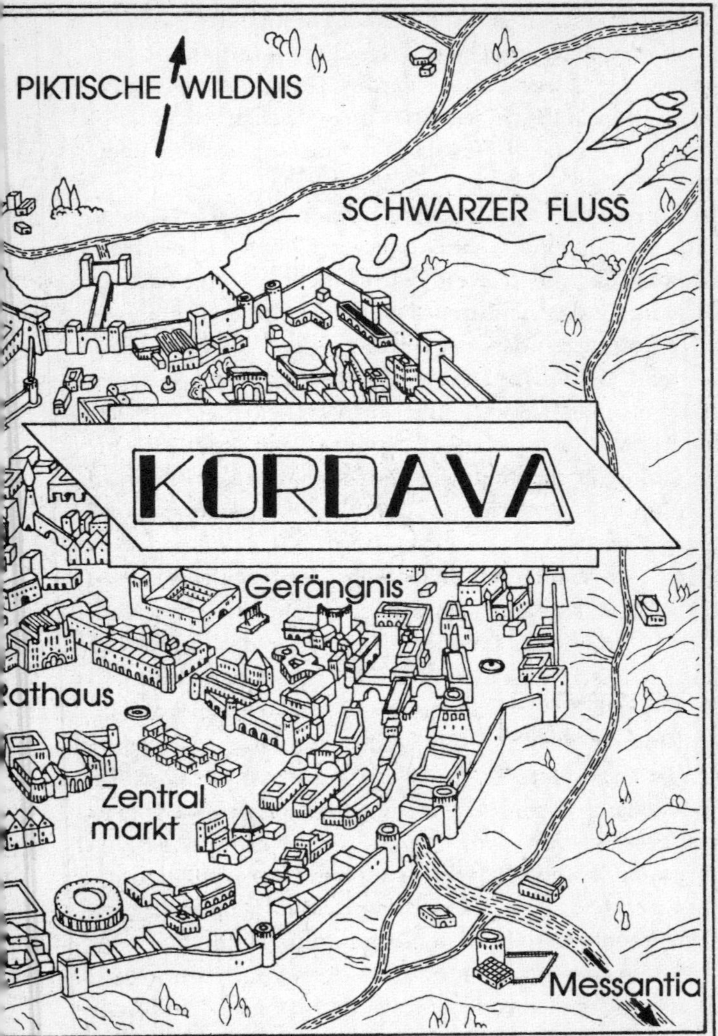
PIKTISCHE WILDNIS
SCHWARZER FLUSS
KORDAVA
Gefängnis
Rathaus
Zentral
markt
Messantia

bärtigen Gesicht zurück. Während des einen Monats in Kordavas Kerker waren seine Wunden allmählich verheilt, doch das war seiner ungebändigten Lebenskraft zu verdanken, nicht der Pflege seiner Wärter. Diese gleiche unverwüstliche Natur hatte seinen Geist ungebrochen, sein Haupt ungebeugt, alle Erniedrigungen seiner Gefangenschaft überstehen lassen.

Wie ein Raubtier im Käfig hatte Conan sich die Wunden geleckt und auf eine Chance gewartet, sich zu befreien. Leise, damit das Feilen seine Wärter nicht weckte, hatte er viele Nachtstunden hindurch die Glieder seiner Ketten aneinander und gegen den rauhen Stein der Wand gerieben. War er erst einmal frei davon, blieben noch die eisernen Gitterstäbe seines Kerkers und die Wachen im Korridor. Doch damit würde er sich beschäftigen, wenn es soweit war. Conan kannte keinen anderen Gedanken als freizukommen und sich an denen zu rächen, die ihn hierhergebracht und ihn gequält hatten. Die geringste Chance würde ihm schon genügen — doch sie kam nicht. Selbst jetzt noch, während er und seine Mitgefangenen sich zum Galgen schleppten, flog des Cimmeriers grimmiger Blick über den Platz, auf dem die Neugierigen sich dicht an dicht drängten, während er sich verzweifelt den Kopf zerbrach, wie er doch noch im letzten Moment dem Strick entgehen konnte.

Der Gefängnisplatz — den Tanzboden nannte man ihn hier in Kordava — hätte gar nicht überfüllter sein können, denn abgesehen von den Hinrichtungen, die heute stattfanden, war auch noch Markttag, und am Markttag strömte von nah und fern alles zur zingaranischen Hauptstadt, um ländliche Produkte feilzubieten, und dafür Fische und exotische Waren, die mit Schiffen über den Westlichen Ozean gekommen waren, sowie handwerkliche Gegenstände der städtischen Gilden zu erstehen. Gab es eine aufregendere Art und Weise, einen solchen Markttag zu beginnen, als mit dem kostenlosen Schauspiel einer Hinrichtung auf dem Tanzboden?

Eine wogende See dicht gedrängter Leiber und erwartungsvoller Gesichter wandte sich den sieben Verurteilten zu, die durch die Gasse in ihrer Mitte zum Galgen schlurften. Sieben Männer, die sich, außer durch ihre Ketten und schmutzigen Lumpen, nicht von den Hunderten von Menschen unterschieden, die gekommen waren, um sich an ihrem Tod zu ergötzen — sieben, die für sie tanzen würden! Die Menge war ihnen nicht feindlich gesinnt, empfand jedoch auch kein Mitleid mit ihnen. Im Augenblick erfüllte sie nur Erwartung und Ungeduld — das Spektakel sollte endlich beginnen. Das tausendköpfige Ungeheuer Mensch würde keinen Finger rühren, um die Verurteilten vor ihrem Geschick zu bewahren; im Gegenteil, es würde vermutlich wütend aufbegehren, verwehrte man ihm sein voll Spannung erwartetes Vergnügen.

Durch das Gedränge bahnten sich Händler und Marktschreier einen Weg und priesen ihre Waren an. Weniger offen gingen Taschendiebe ihrem Handwerk nach. Von Rostgittern über tragbaren Feuerbecken stieg der köstliche Duft von gegrilltem Fleisch und Gemüse auf. Conans Magen erinnerte sich knurrend daran, daß er schon seit mehr als einem Tag nichts mehr bekommen hatte.

»Wir vergeuden gutes Essen nicht an Galgenvögel!« hatte der Wärter ihm höhnisch erklärt, der im Morgengrauen in seine Zelle gekommen war. Allerdings hatte das dem herzlosen Burschen einen Zahn gekostet, als er Conans Ketten an der Wandhalterung löste.

Daraufhin hatten Hellebardenschäfte den Barbaren schnell bewußtlos geschlagen. »Dafür«, hatte der Wärter ihm grimmig versprochen und blutigen Schaum in sein zerschundenes Gesicht gespuckt, »wirst du als letzter drankommen! Du sollst zusehen, wie jede dieser anderen Ratten am Seil baumelt, dann erst ziehen wir dich hoch, damit du uns die neuen Tanzschritte zeigen kannst, die du inzwischen von deinen Kameraden gelernt hast.«

Das war, auf gewisse Weise, schon ein kleiner Sieg für den Cimmerier. Den anderen Gefangenen nahm man die eisernen Handschellen ab und band ihre Hände mit Hanfstricken auf den Rücken. Vor Conans Berserkerhaftigkeit fürchteten die Wärter sich jedoch, deshalb ließ man ihn in Ketten zur Hinrichtung gehen.

Mit dem Gleichmut des Barbaren fand Conan sich ab, mit Würde zu sterben — wenn es sein mußte. Er würde festen Schrittes zum Galgen marschieren, falls ihm sonst nur die Wahl blieb, dorthin gezerrt zu werden. Sein leerer Magen knurrte als letzte Demütigung nach so vielen vorhergehenden, daß der Cimmerier Rache schwor zu einer Stunde, da die meisten an seiner Stelle um Vergebung und Erbarmen zu ihren Göttern gefleht hätten.

Der Verwesungsgeruch wurde jetzt stärker. Steif nebeneinander aufgereiht starrten sieben Leichen durch leere Augenhöhlen himmelwärts. Krähen hatten sich an ihren Gesichtern gütlich getan und sie zur Unkenntlichkeit verstümmelt. Der einwöchige Anschauungsunterricht, der andere davor zurückschrecken sollte, sich in eine gleiche Lage zu bringen, war für sie als Anschauungsobjekt zu Ende. Man hatte die Gehenkten aus ihren Schlingen befreit und sie zu einem letzten Lebewohl durch den Pöbel unter den Galgen gelegt. Jetzt wurden sie, einer nach dem anderen, zu einem kleinen Amboß gezerrt, wo man sie von den Fußketten befreite. Die Toten brauchten sie nicht mehr, während es andere gab, die in ihrer Bewegungsfreiheit eingeschränkt werden sollten. Mit königlicher Erlaubnis boten Händler Talismane und Andenken von den Gehenkten feil. Eine Schar Kinder drängte sich lachend um den Galgen, um sich nichts entgehen zu lassen.

»Eine Locke von einem Gehenkten für euch, Mädchen?« fragte ein Händler grinsend. Er riß einem der Toten eine Strähne aus und streckte sie den Kindern entgegen. »Wenn ihr erst größer seid und sie über eurem Herzen tragt, werden die Burschen euch nachlaufen!«

Kichernd spielten die Kinder Fangen um die Galgenplattform.

»Eine Totenhand! Wer bietet am meisten?« Ein Axtstreich, und die Trophäe wurde hochgehalten. »Die Hand eines gehenkten Mörders!« rief der Marktschreier und hielt die verrottete Faust höher.

Ein anderer brüllte: »Leichenfett für Kerzen! Wer sucht verborgene Schätze? Hier ist der Glücksbringer, der euch helfen wird, sie zu finden! Wer zahlt mir Silber, um zu Gold zu kommen?«

»Der Samen eines Toten!« rief ein dritter und schwenkte eine winzige Flasche. »Die Hinterlassenschaft Vulosis' des berüchtigten Mörders und Frauenschänders! Männer, die Liebeskraft eines Zuchthengsts ist euer! Meine Damen, schenkt euren Gatten die Leidenschaftlichkeit eines jungen Stieres! Der Samen eines Gehenkten! Wer ersteht ihn?«

Durch dieses Geschrei und Gedränge schlurften die Hauptdarsteller dieses Morgens. Die Hellebarden der Wächter bahnten ihnen eine Gasse. Tausend Hälse verrenkten sich, Augen traten schier aus den Höhlen, um besser zu sehen, und betrachteten die sieben Verurteilten in ihren Lumpenkostümen. Eltern hoben ihre Kinder auf die Schultern, damit ihnen nichts entginge. Mit Schultern, Ellbogen und Knien kämpften sich Neuankömmlinge einen Weg durch das Gedränge. Viele Wartende kauten an gegrillten Fleischstücken, Brot und Früchten. Andere drückten ihre auf dem Markt gekaufte Ware fest an sich und umklammerten ihre Marktkörbe. Als die Verurteilten den Galgen erreichten, hüpften die jubelnden Kinder im Ringelreigen um sie herum. Die Marktschreier unterbrachen ihr Gebrüll, um sich nur ja das bevorstehende Schauspiel nicht entgehen zu lassen, das, so oft sie es auch sahen, immer wieder spannend war.

Auf die Galgenplattform zu steigen, war mit den Ketten zwischen den Fußgelenken nicht so einfach, aber die Hellebarden trugen eifrig das Ihre dazu bei, daß es schnell ging. Der Mann vor Conan stolperte und konnte, da seine Hände auf dem Rücken gebunden waren, sein Gleichgewicht nicht zurückgewinnen. Eine Hellebardenspitze stieß schmerzhaft in sein Fleisch, als er sich wieder aufzurichten versuchte. Conan, dessen Hände vorne gekettet waren, streckte die Arme aus, soweit es ging, packte das Wams seines Mitgefangenen und half ihm auf die Beine. Ohne auf die Verwünschungen der Wächter und das Gelächter der Menge zu achten, stellten sie sich unter dem Galgen auf.

»Danke«, murmelte der kleine Mann, dem Conan geholfen hatte. Er schien nicht älter als der Cimmerier zu sein und war ein schlanker Jüngling mit edlen Zügen und fiebrig dunklen Augen.

»Ist wohl kaum einen Dank wert«, brummte Conan.

»Nun, man sollte wohl auch mit Würde zu sterben wissen«, erwiderte der andere und drückte so Conans Gedanken aus. Er deutete mit dem Kopf voll Verachtung auf einige ihrer Mitgefangenen weiter vorn in der Reihe. Einer war ohnmächtig geworden und mußte von den Wächtern gestützt werden, ein anderer war auf die Knie gesunken und flehte wimmernd um Gnade.

»Jene, die unseren Kampf weiterführen, sollen sehen, daß wir nicht davor zurückscheuen, unser Leben für die gute Sache zu opfern«, fuhr er fort. Conan fragte sich, an wen diese tapferen Worte gerichtet waren, und schloß, daß der Jüngling zu sich selbst sprach.

Sie standen nebeneinander auf der langen Galgenplattform. Die Gesichter der Menge waren etwa in der Höhe ihrer Füße. Stabile Pfosten trugen den Querbalken des Galgens, der kräftig genug war, das Gewicht von sieben Männern zu halten. In der Plattform befanden sich keine Falltüren, statt dessen war das Henkersseil oben durch einen Eisenhaken gezogen und das untere Ende um eine Winde mit einer Zahnradkurbel geschlungen. Hier gab es keinen schnellen Tod durch einen gebrochenen Hals! Nein, das hier war der Tanzboden, wo die zingaranische Gerichtsbarkeit ihre Verurteilten langsam von der Plattform hob und sie baumeln und um sich schlagen und treten ließ, bis sie erstickt waren.

Einer der Wächter schritt gesetzt von Gefangenem zu Gefangenem und hängte einem jeden von ihnen ein Schild um den Hals. Bei Conan achtete er darauf, sich den geketteten Händen möglichst fernzuhalten.

Finster funkelte der Cimmerier auf die Brust hinunter, um zu entziffern, was auf seinem Schild stand, aber in Zingaranisch war er nicht sehr bewandert, und so bereiteten die kopfstehenden Lettern ihm Schwierigkeiten. »Was steht darauf?« fragte er seinen Nachbarn.

Der schlanke Jüngling betrachtete die Schrift mit ironischem Interesse: »*Conan, Rebell*«, las er laut. »Meinen Glückwunsch.«

»Und was steht auf deinem?« wollte Conan wissen.

»*Santiddio, Aufrührer.* Unsere Mitgefangenen sind Diebe, Mörder und ein Drucker.«

»Drückeberger?«

»Nein, ein Drucker. Der Bursche dort am Ende war so unvorsichtig, mein politisches Pamphlet zu drucken, über das unser geliebter König Rimanendo sich so schrecklich erboste.«

»Möge euer geliebter König die Pocken von seinen Freudenknaben bekommen!« knurrte Conan. »Ich tötete einen

Offizier im fairen Zweikampf, zu dem er mich forderte. Und Rimanendos Richter verurteilten mich als der Rebellion und des Mordes schuldig!«

»Ah!« Santiddios fiebrig glänzende Augen betrachteten ihn mit plötzlichem Respekt. »Dann bist du dieser Söldner, der den eingebildeten Hauptmann Rinnova aufspießte! Das war Korsts schlimmster Schlächter! Ich würde dir gern die Hand schütteln, wenn es dieser Strick zuließe. Das Volk wird den Verlust von zwei seiner Helden zu betrauern haben.«

»Haltet das Maul, ihr beiden!« warnte der Wächter, der ihnen die Schlingen um den Hals legte. »Ihr werdet euch schon bald genug wünschen, ihr hättet euch den Atem gespart.«

Die Menge sieht nicht gerade so aus, als würde sie um uns trauern, dachte Conan spöttisch. Gleichmütig blickte er über das Meer aus dichtgedrängten Leibern. Wütende Worte wurden laut und Püffe verteilt, als sich noch einige Neugierige durch den Pöbel in den Vordergrund kämpften. Conan, der auf ihre groben Gesichter und einfache Kleidung blickte, fand, daß viele dieser Spätankömmlinge genausogut auf die Galgenplattform wie zwischen die Zuschauer paßten. Er wunderte sich über ihre morbide Neugier, die sie veranlaßte, sich die Hinrichtung von Gleichgestellten nicht entgehen zu lassen.

Hochrufe aus der Menge unterbrachen Conans Gedankengang. Den Kopf unter der schwarzen Kapuze verborgen, stieg des Königs Henker die Stufen zur Galgenplattform hoch. Mit einer hochtrabenden Verbeugung bedankte er sich für den Jubel der Menge. Dann stolzierte er über die Plattform und beaufsichtigte die Vorbereitungen seiner Gehilfen wie ein Theaterdirektor, der kurz vor Beginn der Vorstellung noch Kulissen und Schauspieler begutachtet. Das gezierte Lächeln unter der schwarzen Larve sollte den

Darstellern wohl Selbstvertrauen verleihen. Conan hatte dieses gleiche Lächeln gesehen, als der königliche Henker einen Mann am Rad gebrochen hatte.

Das rostige Rasseln des Zahnrads ließ Conan den Blick wenden, während er gleichzeitig spürte, wie das Hanfseil plötzlich in seine Kehle schnitt. Unter der Aufsicht des Henkers führten die Wächter die letzten Vorbereitungen durch — sie drehten die sieben Winden so, daß jeder der Hinzurichtenden gerade noch auf den Zehen unter dem straffgespannten Strick stand.

Unter seinem äußeren Gleichmut beschäftigte sich Conan mit der Aussichtslosigkeit seiner Lage. Bis zu diesem Moment hatte er nicht wirklich an den Ernst der Situation geglaubt. Er hatte sich tatsächlich der falschen Hoffnung einer Fluchtmöglichkeit hingegeben. Sein empörter Gerechtigkeitssinn hatte ihm eingegeben, daß er ganz einfach nicht gehenkt werden konnte. So oft hatte Conan seit seiner Kindheit im wilden Nordland dem Tod gegenübergestanden, und immer war er ihm entkommen. Das hatte irgendwie eine Verachtung dem Sensenmann gegenüber in ihm erweckt. Als die Schlinge sich um seinen Hals schnürte, mußte er gegen eine plötzliche Verzweiflung ankämpfen. Cimmerische Krieger waren ohne einen Wehlaut an den Marterpfählen der Pikten gestorben, und so stand er nun auch aufrecht und starrte funkelnden Blickes und voll Verachtung in die Menge.

»Im Namen seiner Königlichen Majestät König Rimanendos«, proklamierte der Henker über das erwartungsvolle Murmeln der Neugierigen, »möge das Urteil nun vollstreckt werden!«

Abrupt setzte Schweigen ein. Conan spürte, wie die Menge den Atem anhielt — genau wie er. Eine traumgleiche Stille griff nach den Männern auf der Galgenplattform.

Das Knirschen des Zahnrads brach sie, als der Henker die

erste Winde drehte. Fein säuberlich rollte er den Strick ganz langsam auf. Mühelos, fast wie durch Zauber, wurde der erste Verurteilte von der Plattform gehoben — und hing in seiner Schlinge vom Galgenbalken. Der Hals dehnte sich schier unmöglich, der Kopf war verdreht, Augen und Zunge quollen aus dem verzerrten Gesicht, der Körper zuckte, die Fußketten klirrten: Der erste Tanz begann.

Zuerst war ein Murmeln wie ein ausgedehntes Seufzen zu hören, das rauheren Lauten Platz machte — wie die Brandung, die über den Sand wogt, ehe sie sich gegen die Klippen wirft. Es war der Mob, der den Atem ausstieß, nachdem er die Luft angehalten hatte, und nun vor Begeisterung zu schreien begann.

Der zweite in der Reihe brach in diesem Augenblick zusammen. Er flehte schrillend um Gnade. Der Lärm der Menge übertönte sein Wimmern, und dann rasselte erneut die Winde — als die Schlinge ihn dem Himmel entgegentrug, der ihn verleugnete.

Conan riß seinen faszinierten Blick von den baumelnden, zuckenden Gehenkten und blickte wieder in die Menge. Hinter ihm kroch der Henker wie eine schwarze Riesenspinne über sein Netz, bewegte sich zur nächsten Winde. Wieder war das Schleifen der Zahnräder zu hören, und ein dritter tanzte mit des Seilers Braut.

Noch drei, dann ...

Aber die Hölle wartete nicht — sie war zum Tanzboden gekommen!

Auf dem Platz wurden Flüche, Schmerzensschreie und das panikerfüllte Wiehern von Pferden laut. Erst drangen nur aus einer, dann aus einer zweiten engen Straße, die sich zum Platz öffneten, lodernde Flammen, ja ein ganzes Feuermeer hinein in die Menge der Neugierigen.

Conan, der sich mit dem unausweichlichen Nähern des Henkers beschäftigt hatte, brauchte eine Weile, um sich klarzuwerden, was geschah. Zwei Karren, hoch mit Heu gefüllt, rollten flammenspuckend aus zwei Nebenstraßen mitten in die Menschenmassen, in die die panikerfüllten Zugtiere sich retten wollten. Schwarzer Rauch quoll aus den wabernden gelben Lohen, die die beiden Karren nun völlig einhüllten. Ein Blick verriet Conan, daß jemand Öl aufs Feuer gegossen haben mußte, ehe er es anzündete. Und schon brausten die beiden Feuerwagen wie rachsüchtige Kometen auf den Galgen zu.

Sein Blick nahm zwar das flammende Chaos wahr, aber der Cimmerier vermochte sich seinen plötzlichen Ausbruch nicht zu erklären, genausowenig wie der entsetzenerfüllte Mob, als urplötzlich wieder etwas geschah, und zwar direkt an der Galgenplattform.

Aus einem Augenwinkel sah Conan verschwommen das Blitzen von Stahl, als ein Dolch die Hand eines der Männer verließ, die sich erst kurz zuvor um die Plattform gedrängt hatten. Der Henker, der sich soeben über die Winde seines vierten Opfers gebeugt hatte, richtete sich auf, um die Ursache des plötzlichen Aufruhrs zu ergründen. Die schwere Klinge des Wurfmessers drang geradewegs in seine Brust. Ein roter Schwall von Blut färbte sein schwarzes Samtgewand.

Durch die Wucht des Aufpralls zurückgeworfen, behielt der Henker seinen Griff um die Windenkurbel bei. Todesröcheln und das Rasseln des Zahnrads vermischten sich, als das Gewicht der zusammensackenden Leiche die Winde ein Stück weiterdrehte und den Verurteilten um Fingerbreite von der Plattform abhob. So übte der königliche Henker noch im Tod sein Amt aus.

Conans Galgennachbar erholte sich als erster von seinem lähmenden Staunen. »Mordermi! Mordermi!« brüllte er erfreut. »Mordermi, du verdammter Hundesohn, ich könnte dich küssen!«

»Was ist eigentlich los, Santiddio?« fragte Conan, als ein Aufruhr vor der Plattform ausbrach.

»Es ist Mordermi! Das sind Mordermis Männer!« schrie der Gefragte und bemühte sich, den Kopf aus der Schlinge zu bekommen. »Sandokazi konnte ihn doch noch überreden!«

Conan wußte, daß Mordermi einer der verwegensten Banditen unter Kordavas nicht gerade geringer Zahl von Halunken war, aber den Rest von Santiddios Begeisterungsgebrüll verstand er nicht. Es genügte ihm auch zu wissen, daß ein verzweifelter Versuch unternommen wurde, die Verurteilten zu befreien — wenn auch etwas verzögert. Der Grund dafür konnte ihm schließlich egal sein.

Die würgende Schlinge schnitt in seinen Hals. Der Henker hatte sich noch einmal vergewissert, daß das Seil auch so straff gespannt war, daß die Gefangenen auf den Zehenspitzen stehen mußten, um Luft zu holen. Das sollte verhindern, daß einer der Hinzurichtenden aus der Schlinge schlüpfen konnte und einen verzweifelten Sprung in die Menge wagte. Wenn ihn nicht ein anderer befreite, dessen wurde der Cimmerier sich bewußt, konnte er nur hilflos unter dem Galgen stehenbleiben und zusehen, wie das Chaos um ihn tobte.

Conans Handgelenke waren zwar über dem Bauch gefesselt, aber eine Kette verband sie auch mit den Fußketten, und so konnte er die Hände nicht einmal bis zur Brust heben. Mit aller Kraft seiner mächtigen Muskeln versuchte er eines der teilweise durchgefeilten Kettenglieder zu sprengen, doch seine Bemühungen wurden schnell von der Schlinge vereitelt, die ihn fast bis zur Bewußtlosigkeit würgte, als er sich hartnäckig gegen die schweren Ketten stemmte.

Conan entspannte seine Muskeln, um nach Luft zu schnappen und zu schauen, was sich ringsum tat. Einen

Moment verschwamm alles vor seinem Blick, als die Blutzirkulation pochend wieder einsetzte. Santiddio neben ihm hüpfte auf Zehenspitzen und brüllte wie besessen — offenbar erforderte eine Rettung nicht die gleichmütige Würde wie eine Hinrichtung.

Auf dem Platz wogte und tobte die Menge in ihrer Panik, sich vor den furchterfüllten Pferden mit ihren hoch auflodernden Karren zu retten. In ihrer Angst und ihren Schmerzen hatten die Zugtiere nur ein Ziel — verzweifelt vor den prasselnden Flammen zu fliehen, die sie verfolgten. Da achteten sie nicht auf die Menschen vor sich, die versuchten ihren stampfenden Hufen auszuweichen. Hilflos in der Menge gefangen, drängten die Leute sich blindlings wie ein enthaupteter Python zu den Straßen um den Platz und zertrampelten dabei viele Dutzende, die in dem Ansturm gestolpert und gefallen waren. In der Menge eingezwängt, vermochte auch die Verstärkung aus dem Gefängnis nicht zum Galgen vorzudringen.

An der Plattform kämpften Mordermis Briganten gegen die hier postierten Wächter, doch der Ausgang der Schlacht war ungewiß. Die Angreifer hatten den Vorteil der Überraschung und allgemeinen Verwirrung. In diesem Chaos war es unmöglich, sie genau zu zählen. Daß eine organisierte Truppe es wagen würde, ja überhaupt eine Veranlassung dazu sah, einige der gemeinen Verbrecher vor der Hinrichtung zu bewahren, war etwas, womit die Gefängnisverwaltung nie gerechnet hätte. Jetzt, während die Wächter sich verzweifelt gegen die Banditen zur Wehr setzten, bestand keine Aussicht, daß eine Verstärkung sich noch rechtzeitig ihren Weg durch die tobenden Massen kämpfen konnte.

Mit den Rücken zur Galgenplattform parierten die überlebenden Wächter die Degen und Dolche der Angreifer mit ihren Hellebarden. Vom Galgen baumelten drei Gehenkte leblos herab, während ein vierter einen Fingerbreit über der Plattform verzweifelt um sich schlug. Die Leiche des Henkers stierte auf die drei Männer, um die er sich nicht mehr hatte kümmern können und deren Köpfe noch in den Schlingen steckten. Sonst befand sich niemand mehr auf der Plattform, da die Wächter bei Beginn des Angriffs durch die Banditen sofort hinuntergesprungen waren, um sie abzuwehren.

Einer der Briganten durchbrach den schwankenden Halbkreis der Wächter und stürmte die Stufen zur Plattform zu den hilflosen Gefangenen herauf. Santiddio stieß einen Jubelschrei aus — und fluchte gleich darauf verzweifelt, als eine Hellebarde aus dem Scharmützel zu seinen Füßen schoß und ein Bein des Befreiers unterhalb des Knies durchtrennt wurde. Schreiend purzelte der Verkrüppelte die Stufen hinunter, mitten unter die Kämpfenden.

»Santiddio!« brüllte Conan. »Streck mir die Hände entgegen!«

Trotz seiner Aufregung verstand der andere sofort. Er wandte dem Cimmerier den Rücken zu und versuchte mit den gefesselten Handgelenken näher an Conan heranzukommen. Indem sie ihre Schlingen bis fast über das Erträgliche hinaus ausdehnten, gelang es ihnen, die Hände zusammenzubringen. Conan biß die Zähne zusammen, als die Schmerzen durch die würgende Schlinge noch schlimmer wurden, und zerrte an den Knoten des Strickes um die Handgelenke, der tief in Santiddios Fleisch schnitt. Der Cimmerier brach sich die Nägel, aber er arbeitete fluchend weiter, während seine Schläfenadern zu bersten drohten.

Ein wütender Schrei drang trotz all seiner verzweifelten Konzentration in Conans Bewußtsein. »Tötet die Gefangenen! Tötet die Gefangenen!«

Dieser Befehl war gegeben worden, um den Fluchtversuch zu vereiteln — oder auch, um die Banditen zum Rückzug zu veranlassen. Ein blutbesudelter Wächter stemmte sich auf die Galgenplattform hinauf. Sofort griff einer der Briganten nach seinen Beinen und schwang sich hinterdrein. Der Wächter ließ seine Hellebarde fallen. Die beiden Männer fielen übereinander her und rollten, mit den Messern eine gegnerische Blöße suchend, über die Plattform.

Conan zerrte immer noch hartnäckig, jetzt mit blutigen Nägeln, an den festen Knoten, bis es ihm endlich gelang, ein Ende des straffgespannten Strickes zu lockern. Mit einem heftigen Rock zerrte er daran und löste die Bande.

Santiddio japste und riß die Hände hastig aus dem Strick. Dann griff er nach dem Hanfseil und zog sich daran ein Stück hoch, um so die Schlinge besser lockern zu können. Nach heftiger Anstrengung gelang es ihm endlich, aus ihr herauszuschlüpfen.

»Hilf mir!« brüllte Conan. In der kurzen Zeit, die inzwischen vergangen war, hatte der Wächter sich seines Gegners entledigt und stolperte jetzt mit stoßbereiter Hellebarde auf sie zu. Santiddio wäre nun ohne weiteres in der Lage gewesen, von der Plattform zu hüpfen, um in der Menge unterzutauchen. Conan hätte es ihm nicht einmal verdenken können — aber genausowenig hätte er es ihm verziehen.

Statt dessen sprang Santiddio an Conans Seite und wandte dem schnell näherkommenden Wächter den Rücken zu. »Du mußt die Schlinge ein bißchen lockern!« rief er.

Conan stellte sich auf die Zehenspitzen. Santiddio konnte ihm die Schlinge übers Kinn ziehen.

Der Wächter sauste an dem dritten noch lebenden Gefangenen vorbei, in der Absicht, den befreiten Santiddio aufzuspießen. Da streckte der andere Verurteilte ein Bein aus. Der Wächter stolperte darüber, wirbelte herum — und stieß seine Hellebarde durch die Brust des Hilflosen.

Das verschaffte den anderen eine zwar nur kurze Verschnaufpause, aber sie genügte Santiddio, die Schlinge über Conans Nase zu bekommen. Ohne auf die Haut zu achten, die er dabei mitriß, zerrte der Cimmerier den Kopf ganz aus der Schlinge.

Wie ein Rasender warf Santiddio sich auf den Wächter — Conan dachte bei diesem Anblick an eine Katze, die einen Bluthund anspringt —, packte den Hellebardenschaft, gerade als der andere die Spitze aus der Brust des Erstochenen riß und sich zu ihm umdrehte. Ohne sich weiter um den festgehaltenen Schaft zu kümmern, ließ der Wächter die Hellebarde los und warf sich mit seinem Gewicht auf den kleineren, schmächtigeren Santiddio, so daß dieser mit dem Rücken auf der Plattform landete. Der Wächter setzte sich auf Santiddios Brust, preßte den Hellebardenschaft, den der andere immer noch hielt, quer über dessen Hals und drückte trotz der verzweifelten Gegenwehr Santiddios mit aller Kraft darauf.

Obwohl Conan nun von der Schlinge befreit war, war er alles andere als ein freier Mann. Durch Ketten behindert, wußte er, daß er keine Chance hatte, durch den Kreis der Wächter zu kommen. Im gleichen Augenblick, als Santiddio zu Boden ging, löste ein zweiter Wächter sich aus dem Kampf vor den Stufen und eilte auf die Plattform, um seinem Kameraden zu helfen.

Conan warf seine ganze Kraft gegen die behindernden Ketten. Er spreizte Arme und Beine so weit wie möglich. Die Muskeln quollen in mächtigen Knoten an Schultern, Armen und Oberkörper und sprengten fast das zerfetzte Lederbeinkleid. Die Eisenschellen schnitten in Hand- und Fußgelenke. Helles Blut sickerte aus der aufgeschürften Haut und vermischte sich mit glitzerenden Schweißperlen. Kaum daß er die Schritte des herbeihastenden Wächters über dem heftigen Klopfen seines Herzens hörte.

Muskeln, gegen Eisen — das eine oder andere mußte

unter dieser ungeheuerlichen Anspannung nachgeben. Es war das Eisen!

Ein während langer Nachtstunden gegen ein anderes gewetztes Kettenglied barst. Durch den plötzlichen Ruck zuckten Conans Handgelenke — immer noch zusammengekettet — hoch. Verärgert stellte der Cimmerier fest, daß nur die Verbindungskette gerissen war. Hände und Füße waren weiterhin gefesselt.

Doch es genügte, ihm das Leben zu retten. Als der zweite Wächter sich von hinten auf ihn stürzte, wirbelte Conan herum und schwang dabei die lange Kette, die Hände und Füße verbunden hatte, als wäre sie ein Dreschflegel. Sie sauste geradewegs ins Gesicht des Wächters, zerschmetterte ihm Augen und Nasenbein. Er heulte auf und stürzte rückwärts von der Plattform.

Mit schnellem Sprung hatte Conan den anderen Wächter erreicht, der viel zu sehr damit beschäftigt war, Santiddio zu erwürgen, um sich sofort der drohenden Gefahr bewußt zu sein. Der Cimmerier warf ihm die Kette um den Stiernacken, stemmte ein Knie in seinen Rücken und zog sie zusammen. Fast hätte er noch den Kopf von der zermalmten Wirbelsäule gerissen.

Santiddio rollte mit leichenblassem Gesicht und nach Luft schnappend unter dem Hellebardenschaft hervor. Conan half ihm auf die Beine und stützte ihn, bis seine Knie nicht mehr nachgaben. Ein schneller Blick verriet dem Cimmerier, daß der Platz sich allmählich leerte. Ein Trupp Wachsoldaten kämpfte sich einen Weg durch die Reste der davoneilenden Menge. Um die Galgenplattform fochten die übrigen Wächter nur noch darum, am Leben zu bleiben, bis Verstärkung ihnen helfen konnte, während immer mehr von Mordermis Leuten ihrem Wunsch nachgaben, in der fliehenden Menge unterzutauchen.

Eine kleine Reiterschar bahnte sich mit donnernden Hufen

einen Weg über den Platz. Sie führte ein paar gesattelte Ersatzpferde mit sich. Conan bemerkte, daß sie sich dem Galgen näherte.

»Es ist Mordermi!« krächzte Santiddio mit wunder Kehle. »Mitra! Sandokazi reitet mit ihm! Sie bringen uns Pferde! Wir werden es schaffen!«

»Wenn sie uns erreichen, ehe die Verstärkung der Wächter kommt!« knurrte Conan. Er griff nach der Hellebarde, faßte den Schaft unterhalb des Beiles und hieb die Stoßklinge mit aller Macht auf die Kette zwischen seinen Fußgelenken, dann wiederholte er den Schlag. Ein Glied zersprang, die Kette löste sich, und seine Fußgelenke waren frei.

Conan brummte zufrieden. Jetzt stellte er den Schaft auf den Boden, hielt ihn mit den Füßen und stach die Hellebardenspitze durch eines der bereits halb durchgewetzten Glieder seiner Kette zwischen den Handgelenken. Er nutzte die Hebelwirkung, zog die Arme zurück und drehte das Kettenglied gegen die Stahlspitze. Einen Moment sah es aus, als würde die Stoßklinge brechen, doch dann gab endlich das Glied nach.

Mit hartem Lachen schüttelte der Cimmerier die befreiten Hände und schwang die Hellebarde. »Bringt mir euren neuen Henker, ihr japsenden Schakale!« brüllte er. »Ich werde ihn an seinen eigenen Eingeweiden aufhängen!«

Doch es gab keinen Wächter mehr, der seine Herausforderung hörte.

»Santiddio!«

Conan riß den Kopf herum. Es war eine Frau, die seinem neuen Kameraden rief. Ihr langes schwarzes Haar flatterte unter dem roten Kopftuch, als sie an der Spitze der Berittenen herbeigaloppierte.

»Sandokazi! Du hast es geschafft!« jubelte Santiddio, als die Reiter vor der Plattform anhielten.

»Beeilt euch! Die anderen werden jeden Augenblick hier sein! Wenn der Platz erst einigermaßen geräumt ist, setzen sie bestimmt Bogenschützen ein!« drängte der Anführer der Reiter. Nach der Beschreibung, die Conan von dem berüchtigten Briganten gehört hatte, schloß er, daß es Mordermi war. Der Mann starrte auf die fünf Leichen am Galgen und fluchte. »Mitra! Das war knapp, mein Freund!«

»Komm schon, Conan!« brüllte Santiddio. »Wir haben ein Pferd für dich!«

Die Wachverstärkung war bereits nahe. Conan brauchte keine zweite Einladung. Er sprang in den Sattel des zugewiesenen Hengstes und schloß sich der davonbrausenden Reiterschar an.

2

DIE GRUBE

Obgleich noch nicht sehr viele Jahre vergangen waren, seit Conan von den frostklirrenden Bergen seines heimatlichen Cimmeriens südwärts gezogen war, hatte er mehr Abenteuer erlebt — und überlebt — als die meisten umherstreifenden Ruhelosen, die doppelt so alt waren wie er. Der junge Barbar war schon in vielen großen Städten der hyborischen Königreiche gewesen und in den meisten der berüchtigten Elends- und Verbrecherviertel durchaus nicht fremd. In der *Keule* von Zamora hatte er das Diebeshandwerk erlernt, das ihn später zu einem der verwegensten Einbrecher des *Labyrinths* gemacht hatte. Aber die *Grube* von Kordava war einmalig unter den vielen verschrienen Verbrechervierteln, die in den hyborischen Hauptstädten wie Pestgeschwüre wucherten.

In einem vergangenen Jahrhundert hatten Erdbeben und Feuer einen großen Teil von Kordava geebnet, und ein Stück seines Küstenstreifens war im Meer versunken. Erderschütterungen, die dem Beben vorhergegangen waren, hatten die Bevölkerung in die Flucht gejagt, so daß glücklicherweise nicht allzu viele Menschenleben zu beklagen gewesen waren. Die vielen Zehntausende von Bürgern waren jedoch obdachlos, nachdem die Stadt zu Ruinen zerfallen war. Also hatte man eilig auf diesen Ruinen ein neues Kordava errichtet. Wo die Verwüstung am schlimmsten war, ließ man die Trümmer einfach liegen, denn es war einfacher, darauf aufzubauen als den ganzen Schutt abzutragen. So entstanden neue Straßen und Häuser über den verschütteten Ruinen.

In ihrem drängenden Bedürfnis nach Unterkunft hatten viele Kordavanier nicht gewartet, bis die neue Stadt stand, sondern sich durch die Trümmer gegraben, um sich in den noch einigermaßen erhaltenen Kellern einzunisten. Die Gefahr, daß auch diese einstürzten, nahmen sie gern in Kauf, denn dafür brauchten sie nichts für ihren Wohnraum zu bezahlen und fanden außerdem wertvolles verschüttetes Plündergut. Tunnel wurden erweitert, alte Straßen mit Streben abgestützt, Keller und teilweise auch Häuser freigegraben und überwölbt. Im Lauf der Jahre, während das neue Kordava sich aus den Trümmern erhob, fraß die alte Stadt wie ein Krebsgeschwür an seinen Fundamenten, und es entstand langsam ein unterirdisches Netzwerk von Behausungen für Kordavas Unbemittelte und Gesetzlose.

Schon in den ersten Tagen gab man diesem Stadtteil den Namen *Grube*. Er war ebenso passend wie unvermeidlich. In der Grube ließ sich der Abschaum der kordavanischen Bevölkerung nieder: die Armen und Ausgestoßenen, die Gebrochenen und alle jene, die sich auf ungesetzliche Weise ihr Brot verdienten. Verbrecher aller Arten schritten unbesorgt durch die ewig düsteren Straßen, denn die Stadtwache wagte sich nicht in die Grube, auch hätte sie im unterirdischen Labyrinth wohl kaum einen bestimmten Gesuchten gefunden. Seeleute auf Landurlaub und Soldaten, die gerade ihren Sold ausbezahlt bekommen hatten, besuchten die Grube, denn hier fanden sie jede Art von Unterhaltung und Laster. Nirgendwo an der ganzen Küste des Westlichen Ozeans waren die Vergnügungsetablissements verlockender oder auch berüchtigter. Und man sagte, daß kein Pantheon eine Hölle hatte, deren Teufel und Verdammte lasterhafter waren als die Menschen in der *Grube*. Conan hatte sie einmal während seiner kurzen Zugehörigkeit zur zingaranischen Armee besucht. Daß er mit nichts Schlimmerem als einem scheußlichen Kater und einem — dank eigener Großzügigkeit — leeren Beutel heimkehrte, war schon beachtlich.

Heute ritt der Cimmerier kühn und auf einem schweißnassen Pferd dorthin. Mit seinen neuen Gefährten begab er sich durch einen der zahllosen Tunnel hinunter zu den überwölbten Straßen der alten Stadt. Ein anstrengender Ritt vom Tanzboden hatte jegliche Verfolger abgeschüttelt, und in den belebten Straßen eines Markttags machte ihnen niemand den Weg streitig. Nachdem sie sich erst einmal in der *Grube* befanden, hätten tausend Wachsoldaten Mordermi suchen können — und eine geringere Chance gehabt, ihn zu finden, als das Heulen des Windes einzufangen.

Es war nun fast Mittag. Vereinzelte Sonnenstrahlen drangen durch Oberlichter und Luftschächte und verliehen den vereinzelten Straßenlampen ein wenig mehr Leuchtkraft. Zu dieser Stunde waren die Straßen der *Grube* fast leer, im Gegensatz zu denen der Stadt oben. Denn die *Grube* mit ihren Bewohnern war der Nacht verschworen.

Ein paar Weinstuben und Freudenhäuser standen offen. Müde Dirnen lehnten sich an ihre Türen und warteten, daß sich ein paar Marktbesucher hierher verirrten, um die verbotenen Früchte der Unterstadt zu kosten. Die Straßenlampen, die in dieser ständigen Düsternis immer brannten, warfen ihren gelblichen Schein auf schmutziges Pflaster. Opiumhöhlen und Spielhöllen waren geschlossen, damit ihre Stammgäste Zeit zum Träumen hatten. Und hinter den Fensterläden der Freudenhäuser benutzten die Mädchen des ältesten Gewerbes ihre Betten zur Abwechslung zum Schlafen. In winzigen versteckten Hinterzimmern schlummerten Diebe, Mörder und sonstige Halunken mit oder ohne Gewissensbisse. Vor der Tür einer jetzt geschlossenen Lasterhöhle, wo Conan sie auf der Bühne im Liebesspiel mit einem kushitischen Zwerg gesehen hatte, leerte eine müde Sechsjährige Abfall in den Rinnstein.

Architektonisch — obgleich das Conan wenig interessierte — war die *Grube* ein lebendes Museum. Ein Altertumsforscher hätte hier mit staunenden Augen die Stukkatur der Fassaden und die kunstvollen Schmiedearbeiten einer vergangenen Zeit bewundert, genau wie die herrlichen Buntglasfenster und die Straßenlampen mit ihren rautenförmigen Glasscheiben, die da und dort der Vernichtung entgangen waren. Conan sah lediglich schmutzige Trostlosigkeit und die armseligen Bemühungen, alte Häuser zusammenzuflicken, die man besser abgerissen hätte. Oberlichter ließen gerade genug Tageslicht durch, um die Düsternis stellenweise aufzuhellen, während die Luftschächte wenig dazu beitrugen, den übelkeiterregenden Gestank von beißendem Rauch, Moder und menschlichem Elend zu vertreiben.

Ein Stockwerk oder auch ein wenig mehr über ihren Köpfen wölbte die allgegenwärtige Decke sich wie ein rußiges, sternenloses Firmament, um die Welt des Tageslichts zu tragen, in der die Menschen ihren täglichen Geschäften nachgingen, ohne an ihre Mitbürger unter ihren Füßen zu denken. Seltsam verstümmelt drückten die teilweise wiedererrichteten Häuser der alten Stadt gegen den Boden der neuen über ihnen. Wie feine Metastasen verliefen einige geradewegs in die Keller neuer Gebäude über der Erde. Andere Häuser wiederum verbargen eigene Keller, die in geheime Tiefen unter ihren ehemaligen Keller führten. Pfeiler von Fundamenten einiger der neuen Bauwerke oben hatten sich wie mächtige Säulen in die Tiefe gebohrt — wie Wurzeln eines Riesenbaumes, die in einer alten Gruft Fuß faßten. Tatsächlich war die *Grube* eine Katakombe, dachte Conan — eine Katakombe für die Lebenden.

Der Cimmerier hatte sich während des Rittes kaum mit

seinen neuen Kameraden unterhalten, denn dazu war bei der wilden Flucht durch die krummen Straßen und Gassen von Kordava keine Zeit gewesen. Santiddio hatte sich für ihn verbürgt, daraufhin hatten Mordermi und sein halbes Dutzend Begleiter ihn kommentarlos mitgenommen. Santiddio selbst war viel zu sehr damit beschäftigt, auf Sandokazi und Mordermi einzureden, um auch nur einen Gedanken an Conan zu verschwenden. Im Augenblick gab Conan sich damit zufrieden, einen möglichst großen Abstand zwischen sich und der unerfreulichen Szene auf dem Tanzboden zurückzulegen. Ganz offensichtlich befand Santiddio sich hier unter Freunden. Die Verbrüderung zwischen einem Intellektuellen und Kordavas berüchtigten Banditen war ein Rätsel, das den Cimmerier weniger beschäftigte als die Möglichkeit, Passage auf dem nächsten auslaufenden Schiff zu bekommen, um zu freundlicheren Gestaden zu segeln.

Vor ihnen verengten sich die Straßen. Links und rechts hatten sich einmal Läden befunden, deren Schaufenster und Türen jetzt mit Brettern verschlagen waren — ein trostloser Anblick. Dann endete die Straße als Sackgasse an einer Ziegelmauer. Mordermi und seine Leute ritten auf dieses Hindernis zu, als wäre es nicht mehr als ein Schatten auf ihrem Weg, so daß Conan sich nicht weiter wunderte, als ein Teil der Ziegelmauer in den Straßenboden versank und sich so eine Tür für sie öffnete. Als sie hindurchgeritten waren, glitt das Ziegelmauerstück hinter ihnen wieder hoch. Conan hörte noch das schwache Schleifen und Rasseln des verborgenen Schließmechanismus.

Die Mauer, nahm Conan an, mußte einst Garten und Besitztum einer wohlhabenden Familie umgeben haben. Unter den Hufen ihrer Pferde hallten die herrlichen Mosaikfliesen wieder. Wo die Schmutzschicht verwischt oder nicht ganz so dick war, konnte man das fröhliche Spiel von Nymphen und Delphinen sehen. Trümmerstücke häuften sich auf ehemaligen Blumenbeeten, und ein Springbrunnen verschwand fast ganz unter Schutt. Ziegelpfeiler zwischen einem Wald aus moosüberwucherten Baumstämmen stützten die Gewölbedecke, wo Ruß und Salpeter Wolken und Sterne zu ersetzen versuchten. Von irgendwoher kam ein Hauch jodhaltiger Seeluft.

Vor ihnen lagen die Überreste des einst prächtigen Herrenhauses des alten Kordava. Die massiven Mauern reichten zwei Stockwerke oder mehr empor und verschmolzen mit dem Boden der Stadt darüber. Wo die ursprünglichen mit Stukkatur verzierten Mauern endeten, verlängerten sie neuere Ziegelwände. Conan schloß daraus, daß dies eines der Bauwerke war, die sich über die Straßen der neuen Stadt erhoben. Licht schien aus den rautenförmigen Scheiben der Fenster, und Stocklampen in Wandhalterungen offenbarten ein Durcheinander von Fässern, Ballen und Stapeln von Diebesware, das entlang der Hausmauern und an Nebengebäuden aufgehäuft war.

Etwa zwei Dutzend Männer, alle schwer bewaffnet, saßen oder standen im Hof herum. Weitere eilten aus dem Haus und begrüßten die Neuankömmlinge mit begeistertem Brüllen. Auch Kinder rannten aufgeregt hinter den Ziegelpfeilern und zerbrochenen Statuen hervor. Ein paar Dirnen beugten sich über die Fenstersimse und winkten und riefen. Mordermi und seine Männer erwiderten die Begrüßung. Sie schwangen sich aus den Sätteln und drückten den Wartenden die Zügel ihrer Pferde in die Hände.

Conan folgte ihrem Beispiel. Er spürte die Augen, die ihn argwöhnisch musterten.

Mordermi hob in einer grandiosen Gebärde beide Arme und brüllte über die fragenden Stimmen hinweg.

»Darf ich um eure Aufmerksamkeit bitten, meine Herren! Wie ihr wißt, machte ich mich an diesem strahlenden Morgen auf den Weg, um König Rimanende einen Galgenvogel zu stehlen. Nun, der Herrscher war heute großzügig — er überließ mir gleich *zwei* dieser kostbaren Vögel aus seinen königlichen Käfigen. Nicht nur gab er uns unseren gelehrten Bruder, Santiddio, zurück, einen Prinzen unter den Polemikern ...«

Begeisterungsrufe überdröhnten Mordermis Stimme. Santiddio verbeugte sich höfisch.

»Nicht nur Santiddio«, fuhr Mordermi fort, »sondern auch den berühmten Zweikämpfer und Aufrührer, Conan von Cimmerien, bis vor kurzem Angehöriger des zingaranischen Söldnerheers und Bezwinger des unbetrauerten Hauptmanns Rinnova, präsentierte uns unser dankbarer Monarch!«

Einen Herzschlag lang herrschte Schweigen, als sie Mordermis Rede verdauten — dann brachen die Zuhörer in Beifallsstürme aus. Man gratulierte Mordermi zu diesem Handstreich und studierte Conan interessiert. Ein paar traten zu ihm, um ihm auf die Schulter zu klopfen oder ihm die Hand zu reichen. Der Cimmerier ließ es bester Laune über sich ergehen, denn es waren Männer seiner Art, wie er sie kannte und mochte.

Etwas bewegte sich neben ihm, dann drückte Sandokazi sich an ihn. Ihr Kuß war warm und unerwartet. Schnell löste sie sich wieder von ihm.

»Ich sah, was du auf dem Tanzboden getan hast«, sagte sie zu Conan. »Santiddio ist mein Bruder. Ich werde es dir nicht vergessen.«

Da trat Mordermi zwischen sie. »Na gut, Conan!« Sein Ton klang leicht, aber sein Lächeln wirkte ein wenig gezwungen. »Wenn du fertig bist, meine Herzensdame zu küssen, sollten wir uns dranmachen, dir diesen scheppernden Eisenschmuck abzunehmen.«

3

DIE WEISSE ROSE

Eine Dampfwolke stieg auf, als das Mädchen einen weiteren Kessel siedendes Wasser in den Badezuber goß. Conan, der in diesem engen Behälter eingekeilt war, konnte dem heißen Schwall nicht ausweichen. Den Mund voll Wein, fluchte er würgend und schlug dem Mädchen das halb abgenagte Brathähnchen, das er in der Hand hielt, aufs Gesäß. Das Mädchen — der Cimmerier hatte ihren Namen vergessen — lachte derb und kniete neben dem Zuber nieder, um Conan den Rücken mit einem Schwamm und einer nach Schwefel stinkenden Seife abzuschrubben, die, wie Santiddio schwor, kurzen Prozeß mit den Kerkerläusen machen würde. Der dünne Baumwollkittel des Mädchens klebte naß an ihren drallen Körperrundungen, an denen der Cimmerier sich weidete, während er, in einer Hand den Kelch mit Wein, in der anderen ein Hühnchen, die Waschung zufrieden über sich ergehen ließ.

Einer von Mordermis Männern hatte den Cimmerier mit Meißel und Hammer von den Ketten befreit. Jetzt waren Santiddio und Conan dabei, sich in einem eichengetäfelten Gemach in Mordermis Bau den angesammelten Kerkerschmutz abzuwaschen. Grinsende Dirnen halfen ihnen dabei, und in dem dampfenden Raum sah es nun aus wie in einem öffentlichen Bad. Conan, dessen Magen sich knurrend beschwert hatte, sah nicht ein, weshalb er sich dabei nicht gleich stärken sollte.

Doch Santiddio im Zuber neben ihm schien weder hungrig noch durstig zu sein. Während er seine knochigen Hüften selbst schrubbte, erzählte er ausführlich und ohne Pause von seiner Verhaftung, den Qualen, die er während seiner Gefangenschaft hatte erdulden müssen — er war überhaupt nicht vor Gericht gestellt worden —, und vom Kampf unter dem Galgen. Mordermi hörte ihm höflich zu und stellte hin und wieder eine Frage. Sandokazi, die ihm nur halben Ohres mit einem amüsierten Blick lauschte, widmete ihre Aufmerksamkeit mehr Conan.

Die Verwandtschaft mit ihrem Bruder war unverkennbar. Beide hatten das gleiche eckige Kin, die hohe schmale Nase, den sinnlichen Mund und dieselben leuchtenden, fast übergroßen Augen. Der dunkle Teint Sandokazis war charakteristisch für die Zingarier, genauso wie das glänzende schwarze Haar, dessen schwere lange Locken sie mit einem roten Tuch bändigte. Die schulterfreie Bluse aus ungebleichtem Musselin, das enge Ledermieder und der weite wadenlange Rock verrieten eine wohlgeformte Figur. Sie war so groß wie ihr Bruder, mit langen schlanken Beinen. Es schien auch keinen großen Altersunterschied zu geben, so daß Conan nicht sagen konnte, wer von beiden älter war.

Mordermi war jünger, als Conan angenommen hatte, er hatte ihm bestimmt nur wenige Jahre voraus. Trotz der Stiefel mit den hohen Absätzen war er um einen ganzen Kopf kleiner als der riesenhafte Cimmerier. Der König der kordavanischen Banditen hatte den Ruf, ein gefährlicher Gegner, sowohl im Zweikampf als auch in einem Scharmützel, zu sein. Conan erkannte die pantherhafte Geschmeidigkeit in der muskulösen, kompakten Statur des Mannes. Er hatte ein eckiges Kinn, das mindestens einmal gebrochen war. Sein Gesicht war wachsam, seine dunklen Augen wirkten scharf und durchdringend, wenn er jemanden anblickte, und verschleiert, wenn man zurückschaute.

Auch er hatte den dunklen Teint der Zingaraner und

dichte schwarze Locken, die ölig glänzten. Genau wie Sandokazi bändigte er sie mit einem Tuch um die Stirn. Conan fand den dünnen Schnurrbart und die goldenen Ohrringe ein wenig geckenhaft, aber die zingaranische Mode war ebenfalls nicht gerade nach dem Geschmack des Cimmeriers. In seinem hautengen Beinkleid und dem filigranverzierten Wams aus dunklem Samt mochte er sehr wohl ein echter Prinz sein, nicht nur der Anführer einer Räuberbande. Doch an seinem zweischneidigen Rapier und dem Dolch im Gürtel um seine schlanke Taille war nichts Verweichlichtes.

Conan leerte den Becher. Seine dralle Bedienerin füllte ihn sofort nach. Das Hühnchen war zäh und nur halb durchgebraten, aber er war zu hungrig, um sich daran zu stören. Er genoß das warme schmeichelnde Wasser und nagte weiter an dem Gerippe. Die größeren Knochen spuckte er auf den Boden, während er die kleineren zwischen den Zähnen zermalmte. An seinen Hand- und Fußgelenken, wo die engen Schellen eingeschnitten hatten, waren tiefe Schürfwunden. Conan betrachtete sie stirnrunzelnd und nahm sich vor, sie mit Salben zu behandeln und zu verbinden, bis sie verheilt waren. Er wollte nicht, daß Narben zurückblieben, weil sie verraten würden, daß er Gefangener gewesen war.

Mordermis Frage ließ darauf schließen, daß er des Cimmeriers Augen und Gedankengängen gefolgt war. »Was wirst du jetzt tun, Conan?«

»So schnell wie möglich aus Kordava verschwinden«, antwortete der Barbar. Weiter hatte er noch nicht nachgedacht. »Ich werde sehen, ob mich ein Schiff mitnimmt, oder vielleicht komme ich über die Stadtmauer, dann werde ich versuchen, Aquilonien oder Argos zu erreichen.«

Mordermi schüttelte den Kopf. »Sinnlos. Genau damit rechnen sie. Sie werden den Hafen bewachen und Doppelposten entlang der Mauer aufstellen, und außerdem wird man auch außerhalb der Stadt eure Beschreibung verbreiten. Nach dieser Vorstellung auf dem Tanzboden wird Korst befehlen, euch beide um jeden Preis wieder einzufangen. Der General ist kein Dummkopf, und du bist in etwa so unauffällig wie ein vendhyanischer Elefant im Vogelkäfig.«

»Um so mehr Grund, aus Zingara zu verschwinden«, erklärte Conan. »Die Piktische Wildnis beginnt dicht hinter dem Schwarzen Fluß. Die Chance besteht, daß Korst *diese* Grenze nicht allzu genau beobachten läßt.«

»Weshalb sollte er auch«, pflichtete Mordermi ihm bei. »Kein Weißer hat je die Piktische Wildnis durchquert.«

»Willst du einen Cimmerier über Pikten belehren?« fragte Conan ein wenig spöttisch.

Mordermi grinste. »Warum bleibst du nicht hier? Du bist in der *Grube* vielleicht sicherer als sonstwo. Bei Mitra! Die Hälfte meiner Leute müßten ›tanzen‹, spazierten sie vor dem Königspalast herum. Korst kennt ihre Gesichter und weiß, wo sie zu finden sind — aber er wagt nicht, in der *Grube* nach ihnen zu suchen.«

»Nach dem, was heute geschah, bin ich mir da nicht mehr so sicher«, gab Santiddio zu bedenken. »Zweifellos haben wir Korst um seinen Appetit gebracht. Ich habe mich schon öfter gefragt, ob er nicht einmal mit geballten Kräften gegen die *Grube* vorgehen wird, wenn er genug provoziert wird.«

»Na, dann soll er uns doch suchen! Und wenn sie tausend Eingänge versperren, bleiben uns immer noch tausend weitere, durch die wir uns verziehen können. Und wenn sie tausend Keller durchsuchen, lachen wir sie aus tausend Verstecken aus, die sie nie finden werden. Wenn ich mich in Korst nicht täusche, wird er Meuchler anwerben, um euch umzubringen, und damit betrachtet er seine Pflicht als erfüllt. Und mit Meuchlern wissen wir umzugehen. Würdest du dir wegen Meuchlern Sorgen machen, Conan?«

Der Cimmerier biß den Kopf des Brathähnchens ab und lachte, während er knirschend die Knochen zerbiß.

»So sieht es also aus«, brummte Mordermi. »Bleib hier, während Rimanendos Dummköpfe auf deine Flucht warten. Ich bin ein guter Menschenkenner, und ich habe gesehen, was du auf dem Tanzboden getan hast. Und einer, der Rinnova in einem fairen Zweikampf töten konnte, verfügt über mehr als nur Mut und Muskeln. Ich kann dich brauchen, Conan. Meine Männer und ich leben hier ziemlich gut, wie du sehen kannst, und jeder bekommt einen anständigen Anteil von allem, was wir herbeischaffen. Bei mir würdest du verdammt mehr verdienen als das bißchen Sold, das dir die zingaranische Armee bezahlt hat, und das Risiko ist in etwa dasselbe. Laß ein bißchen Gras über die Sache wachsen, dann kannst du dich wieder in Kordava sehen lassen — mit den Taschen voll Gold.«

»Nicht so hastig, Mordermi!« warf Santiddio ein, der sich heftig trockenrieb. »Du scheinst zu vergessen, daß Conan kein Bandit ist. Er ist ein Mann mit Prinzipien und war ein politischer Gefangener, genau wie ich.«

»Ein Söldner? Ein Barbar . . .«, protestierte Mordermi.

». . . und ein Mann mit angeborenem Ehrenkodex, der verständlicherweise Skrupeln haben mag, wenn man ihn einlädt, sich einer Diebesbande anzuschließen!« unterbrach ihn Santiddio aufgebracht. »Conan, du mußt wissen, daß uns die ehrenhaftesten Motive leiten. Wir sind keine Banditen, wir sind Altruisten.«

»Santiddio, ich glaube nicht, daß Conan . . .«

»Genug, Mordermi! Deine Rettungsaktion heute morgen — die, wie ich besonders hervorheben muß, ein großes Risiko für dich war, ohne dir auch nur ein Kupferstück einzubringen — beweist über alle Zweifel, daß du einer von *uns* bist. Conan, du hast natürlich schon von der Weißen Rose gehört?«

Der Cimmerier, der den Mund voll Wein und Hühnerbrust hatte, blickte Sandokazi hilfesuchend an. Sie kaute an einer saftigen Orange, aber ihre Augen blickten ihn amüsiert an. Conan bemühte sich, alles schnell hinunterzuschlucken. *War die Weiße Rose vielleicht die Taverne, wo . . .*

Doch Santiddio gefiel der Klang seiner eigenen Worte viel zu gut, um auf eine Antwort zu warten. »Also, wie du weißt, ist die Weiße Rose die Revolutionsarmee, deren Ziel es ist, König Rimanendo und seinen korrupten Hof zu stürzen und eine freie zingaranische Republik zu errichten. Bestimmt hast du auch unsere Flugblätter gesehen. Wir verbreiten sie schneller als Rimanendos Knechte sie auflesen und vernichten können. Möglicherweise hast du sogar mein letzte Pamphlet studiert — das zu unserer Bekanntschaft unter dem Galgen führte.«

Conan nickte höflich und leckte das Fett von den Fingern. Das Hühnchen hatte zumindest seinen ärgsten Appetit gestillt, so daß sein Gleichmut wiederhergestellt war. Er erinnerte sich vage einer ziemlichen Aufregung in der Kaserne über die Entdeckung gewisser hochverräterischer Schriften eines Geheimbundes, den Rimanendo aufgedeckt und ausgerottet haben wollte. Doch das waren Dinge, mit denen die Stadtwache sich beschäftigen sollte, und uninteressant für die Söldner. Conan fand politische Argumente genauso uninteressant und fruchtlos wie dieses andere Gesprächsthema, über das die Gemüter sich so gern erhitzten: Religion.

»Republik?« fragte Conan und stolperte ein wenig über diesen ihm fremden zingaranischen Begriff. »Was meinst du damit?«

»Ich bin mir nicht sicher, ob deine Sprache dieses Konzept überhaupt kennt«, sagte Santiddio ein kleines bißchen von oben herab. »Es ist eine Schöpfung der neuesten politischen Gedankenrichtung. Ich weiß nicht, wie du es nennen würdest — Volksbund, vielleicht, in dem die Menschen ihre Regierung selbst wählen, statt sich mit den Herrschern abzufinden, die die Götter über sie gesetzt haben. Diese Idee ähnelt in etwa den Sitten einiger primitiver Stämme, die ihre Häuptlinge selbst wählen.«

Santiddio fing sich schnell. »Mit primitiv meine ich — äh — gewisse Barbarenvölker ...« Er versuchte sich an die Regierungsform der Cimmerier zu erinnern.

»Du sagtest, die Weiße Rose sei eine Armee«, unterbrach ihn Conan. »Wo sind dann eure Soldaten?«

»Das Volk von Zingara ist unsere Streitmacht«, erklärte ihm Santiddio und breitete die Arme weit aus, so als wollte er die ganze Welt einschließen. »Denn unsere gute Sache ist die Sache aller Menschen, die sich von der Tyrannei eines korrupten unberechenbaren Despoten befreien wollen.«

Conan hatte bereits vorgehabt zu fragen, wo denn ihr Hauptquartier sei, unterließ es jedoch nach dieser Antwort. »Und eure Offiziere? Wer sind sie?«

»Wir haben keine Offiziere, jedenfalls nicht in dem Sinn, wie du es meinst«, antwortete Santiddio. »Natürlich haben wir Führer, doch das sind Männer, die wir selbst aus unseren Reihen gewählt haben, keine kleinen Tyrannen, die durch Gold oder Geburtsrecht zu ihrer hohen Stellung kamen.«

»Und wer *ist* der Führer der Weißen Rose?« fragte Conan hartnäckig.

»Nun, wir haben keinen *Führer* — ich meine keinen, dem alle zu gehorchen haben. Was natürlich nicht heißt, daß wir führerlos sind.«

Conan nickte, den Becher halb an den Lippen.

»Sicher gibt es einige«, fuhr Santiddio fort, »die sagen, *ich* sei der Anführer der Weißen Rose. Und natürlich haben wir Gruppierungen — wie jede andere Bewegung auch. Avvinti hat beispielsweise seine Anhänger unter den Konservativen, genau wie Carcio mit seinen merkwürdigen Ansichten über Gemeinbesitz. Und es gibt noch weitere Prominente in unserer Bewegung, die ihre eigenen Parteigänger haben.«

»Wer trifft dann die Beschlüsse?«

»Ah! Das tun wir alle gemeinsam. Wir haben Diskussionen, bilden Komitees, um alle Aspekte der Situation zu studieren — dann stimmen wir ab und treffen unsere Beschlüsse aufgrund der Stimmenmehrheit. Die Befehlsgewalt liegt bei uns allen.«

Mordermi brach in schallendes Gelächter aus. »Und wenn es nach deinen Mitstreitern gegangen wäre, täten die Raben sich jetzt an deiner scharfen Zunge gütlich, Santiddio. Weißt du auch, weshalb die Weiße Rose nichts zu deiner Rettung tat? Weil das Komitee, das sich einen Plan zu deiner Rettung ausdenken sollte, sich nicht einigen konnte, ob sie das Gefängnis stürmen oder deine Wächter entweder töten oder auf ihre Seite bringen sollten, während Avvinti erklärte, daß du für die Bewegung von viel größerem Wert als Märtyrer seist denn als Verfasser von unausgegorenen Pamphleten.«

»Dieser Bastard Avvinti! Ich bringe ihn um!« tobte Santiddio. »Aber ich dachte, Sandokazi hat dich überzeugt, und du würdest nun bei uns mitmachen!«

»Nun, es stimmt, Sandokazi war sehr überzeugend — aber deine Rettung heute veranlaßte ich allein.«

»Dieser Bastard Avvinti!« wiederholte Santiddio. Seine Augen funkelten mörderisch. »Ich werde ihm eine Chance geben, sich Märtyrerruhm zu erwerben!«

Schäumend vor Wut stieg er in die frische Kleidung, die Sandokazi ihm gebracht hatte. Eine der Dirnen wollte ihm mit dem engen Beinkleid helfen, aber er schob sie unwirsch zur Seite und hüpfte, während er sich hineinzwängte, fluchend im Zimmer herum.

Conans Helferin brachte ihm Rasiermesser und Spiegel. Sie hätte ihm das Gesicht rasiert, aber Conan duldete nicht, daß eine andere Hand als die eigene scharfen Stahl so nahe an seine Kehle brachte. Er ließ sie den Spiegel halten und schabte sich selbst die Bartstoppeln ab. Santiddio hatte sich lediglich den im Gefängnis nachgewachsenen Bart zur normalen Länge stutzen lassen.

»Es ist so, Conan«, fuhr Santiddio fort, während er sich damit beschäftigte die Schnurrbartspitzen zu zwirbeln, »Mordermi hält viel von den Zielen und Prinzipien der Weißen Rose, auch wenn dieser eingebildete Esel uns für nicht viel mehr als Idealisten und Phantasten erachtet.«

»Du und deine Freunde predigen den Armen, daß der Reichtum von Rimanendos Hof von Rechts wegen dem Volk, also ihnen gehört«, sagte Mordermi sarkastisch. »Ich dagegen *nehme* ihn Rimanendos Höflingen ab und *gebe* ihn den Unterdrückten.«

»Nachdem du dir einen ganz schönen Anteil davon zurückbehalten hast.«

»Ich habe schließlich auch Ausgaben, mein teurer Santiddio. *Du* bist ja schließlich der, der von Altruismus spricht, nicht ich.«

»Mordermi!« Santiddio wirbelte herum und deutete mit anklagend ausgestrecktem Zeigefinger. »Unter deiner zynischen Fassade schlägt ein Herz aus Stein. Kazi, wo ist mein Degen?«

Sandokazi wandte sich an eine der Dirnen. Das Mädchen verschwand und kehrte kurz darauf mit einem Rapier in einer leicht modrigen Hülle zurück. Santiddio holte den doppelschneidigen Degen aus seiner Scheide, betrachtete ihn kritisch und hieb ihn ein paarmal prüfend durch die Luft. Conan sah ihm interessiert zu. Der Bursche verstand offenbar nicht nur mit Worten geschickt umzugehen. Sein Klingenspiel war vielversprechend.

»Avvinti, es ist Zeit für ein Zwiegespräch«, knurrte Santiddio. Er schob das Rapier in seine Scheide zurück und hängte sie um seinen Gürtel. »Conan, bist du vielleicht eine Auster, daß du dich den ganzen Tag in der Schale vollsaugst?«

»Du brauchst mir nur meine Kleidung zu bringen«, schlug der Cimmerier vor.

»Sie ist davongekrochen«, sagte Sandokazi lachend. »Die Läuse beschlagnahmten sie in König Rimanendos Namen und trugen sie als Nachspeise in das Gefängnis zurück. Die Mädchen sind gerade auf Suche nach etwas, das dir passen könnte.«

Conan händigte seiner Helferin das Rasiermesser aus und wusch sich die Seife vom Gesicht. Das Wasser, dachte er, hatte inzwischen den Punkt erreicht, wo es nun eher seinen Schmutz wieder auf ihn übertrüge als ihn von ihm abzuwaschen. Aber zumindest war er den Kerkergestank losgeworden. Er kletterte aus dem Zuber und mußte mit der Dirne um sein Handtuch ringen. Sandokazi beobachtete ihn amüsiert und ironisch, während sie immer noch an ihrer Orange knabberte.

Bis er sich trockengerieben hatte, war frische Kleidung für ihn herbeigeschafft worden — wenn nicht neu, so doch zumindest sauber.

Conan zwängte sich in eine lederne Hose, die an seiner feuchten Haut kleben blieb, und zog sich ein weinrotes Hemd mit weiten Ärmeln über den Kopf. Seine Stiefel hatte man geputzt und eilig ausgebessert, wo die Fußschellen das Leder durchgerieben hatten. Dann schlüpfte er noch in ein abgewetztes ärmelloses Brokatwams, das sich bequem um seine mächtige Brust schloß. Conan nahm an, daß sein ehemaliger Besitzer ein ziemlich dicker Mann gewesen war. Den breitkrempigen Hut, den man ihm ebenfalls gebracht hatte, probierte er nur kurz und weigerte sich, ihn zu tragen.

»Nicht schlecht« lobte Santiddio. »Man wird dich zwar nicht gerade für einen von Rimanendos Höflingen halten, aber in der Menge kannst du dich damit schon sehen lassen.«

Sandokazi lachte spöttisch.

»Ich bin sicher, wir werden in Kürze noch etwas Passenderes für dich finden«, sagte Mordermi. »Etwas Modischeres, vielleicht. Aber immerhin suchen die Wachen ja nach einem Barbaren in Lumpen.«

»Ich bin schon zufrieden, wenn ich noch ein gutes Schwert bekomme«, brummte Conan.

»Das sollst du haben. Unsere Waffenkammer ist besser ausgerüstet als unsere Kleiderstube.« Mordermi lächelte. »Wie wäre es mit einem geschmeidigen Rapier? Wir haben verschiedene Arten, auch die lange Duellklinge, mit der du Hauptmann Rinnova in die Ewigkeit befördert hast.«

»Ein Breitschwert wäre mir lieber«, brummte der Cimmerier. Er zog den geraden doppelschneidigen Bihänder allen anderen Waffen vor, bezweifelte jedoch, daß er hier einen finden würde.

»Ja, natürlich.« Mordermi nickte. »Du willst dir sicher selbst eins aussuchen wollen. Ich bringe dich in die Waffenkammer, da hast du eine gute Auswahl. Meine Männer und ich stehlen nur das Beste für uns selbst.«

»Ich werde dir alles bezahlen, sobald ich wieder zu Geld komme«, versicherte ihm Conan.

»Uns bezahlen?« Mordermi schlug ihm lachend auf die Schulter. »Conan, ich sagte dir doch, es ist alles Diebesgut! Außerdem hast du es dir verdient. Ohne dein Eingreifen heute morgen hätten wir das Nachsehen gehabt.«

»Wir verteilen lediglich seine eigenen Produkte an das Volk, um die eine ungerechte wirtschaftliche Struktur sie beraubte . . .«

»Oh, halt doch den Mund, Santiddio!« Mordermi stöhnte. »Conan kommt nicht zu uns, um dein Geschwätz zu hören.«

»Aber du schließt dich uns doch an?« fragte Santiddio.

Conan zuckte die Schultern. »Ich heuerte in gutem Glauben in Rimanendos Armee an, und dann legte man mich herein. Ich tötete einen eingebildeten Haudegen in einem Zweikampf, zu dem er mich forderte. Und dafür wollte General Korst mich hängen lassen. Ich verstehe deine hochtrabenden Worte und Theorien nicht, Santiddio. Aber ich habe etwas gegen Rimanendo und seine Schergen — und Mordermi schulde ich etwas für ein gutes Schwert.«

4

STAHL UND TRÄUMER

»Er und seine Freunde mögen vielleicht wie Wirrköpfe reden und sich auch so benehmen«, sagte Mordermi, »aber Santiddios Ideen sind im Grunde durchaus vernünftig.«

Klingt ein wenig verteidigend, dachte Conan. Er betrachtete die Klinge mit kritischem Auge. In dem Lagerraum, den Mordermi seine Waffenkammer nannte, gab es mehrere Breitschwerter. Santiddio und seine Schwester hatten sie alleingelassen, als Mordermi dem Cimmerier die Klingen zeigte. Dieses im Wasser gehärtete Schwert erregte Conans besondere Aufmerksamkeit — seinesgleichen war im Westen unüblich.

»Ihr beide scheint mir recht ungewöhnliche Kameraden zu sein«, bemerkte der Cimmerier, während er die Klinge ausprobierte.

»Wieso?« Mordermi lachte erbittert. »Die *Grube* ist die Zuflucht für frustrierte Träumer — ob sie nun von Rang und Reichtum träumen oder von künstlerischen und gesellschaftlichen Idealen. Rimanendo herrscht wie ein vollgesogener Vampir über Zingara. Immer feister wird er von unserem Blut, während die Edelleute sich ständig etwas Neues einfallen lassen, um uns Besitz und Freiheit zu stehlen. Anderswo könnte Santiddio seine Meinung in der Öffentlichkeit vor vielen Zuhörern äußern — und sie würden ihn entweder auslachen oder als Helden des einfachen Volkes verehren. In Kordava hängt man jene, deren Träume sie dazu veranlassen, gegen die Tyrannei zu sprechen, genau wie man jene am Galgen tanzen läßt, deren Träume sie dazu geführt haben, das von den Reichen zu stehlen, was die Tyrannei ihnen verwehrt.«

»Dann gehörst du also zu der ›Volksarmee‹ der Weißen Rose?«

»Mit allem Respekt vor Santiddios Gefühlen: Die Weiße Rose ist ein Debattierklub und alles andere als eine Armee. Santiddios Freunde sind die Elite der Intellektuellen von Zingara, oder zumindest behaupten sie es. Sie können die gesellschaftspolitische Weisheit unzähliger toter und lebender Philosophen und Denker in jeder Sprache zitieren — aber nicht einmal die Hälfte von ihnen weiß, wie man ein Schwert in die Hand nimmt, selbst wenn man es sie dreimal versuchen läßt.«

»Das hier gefällt mir«, erklärte Conan. Es war eine gute Waffe — eine gerade, breite, einschneidige Klinge mit Korbgriff und komplexem Parierteller aus Stahlschleifen und -plättchen und in vielen, unsagbar feinen Schichten geschmiedet.

»Ein prächtiges Breitschwert, nicht wahr?« sagte Mordermi. »Ich würde gern seine Geschichte kennen — ich bin sicher, daß der Korb ursprünglich nicht dazu gehörte. Ich hatte schon überlegt, es selbst zu benutzen, aber der Korb stört meine Finger, außerdem ist ein Rapier eine vielseitigere Waffe als ein Breitschwert, finde ich. Es ist eine leichtere, geschmeidigere Klinge mit einer größeren Reichweite beim Fechten. Die Schneide kann zum Hieb und die Spitze zum Stich verwendet werden. Du wirst sehen, daß das Rapier bald den breiteren Degen und der Stich den Hieb ablösen wird.«

»Für den Stich haben diese schmalen Klingen zu wenig Durchschlagskraft«, widersprach Conan. »Ich habe selbst gesehen, wie ein betrunkener Æsirsöldner ein Rapier durchs Herz bekam und danach noch seinen Angreifer und zwei seiner Freunde tötete, ehe er selbst über eine Bank stolperte und starb. Wenn man einem Mann den Schädel spaltet, und er fällt nicht, dann bestimmt nur, weil er gegen etwas lehnt. Ihr könnt eure feinen Fechttechniken und Rapierstöße behalten. Ich kämpfe mich mit einem guten Schwert mit scharfer Klinge noch aus jedem Handgemenge heraus.«

»Ja, natürlich.« Diesmal war der Sarkasmus unüberhörbar. »Nun, Hauptmann Rinnova hast du es jedenfalls gezeigt. Willst du das Schwert ausprobieren?«

Mordermi zog sein Rapier.

»Nur damit du dich vergewissern kannst, daß es auch gut in deiner Hand liegt«, sagte er grinsend. »Bis der erste Tropfen Blut fällt, einverstanden?«

Obgleich Conan absolut nichts von diesen sinnlosen Wettkämpfen hielt, mit der sogenannte zivilisierte Männer ihre Geschicklichkeit unter Beweis stellen wollten, konnte er diesen gutgemeinten Vorschlag nicht ablehnen. Aber er wünschte, er hätte in den verschleierten Augen des anderen lesen können.

Mordermi ging in Abwehrstellung und wartete, daß der Cimmerier mit dem Angriff begann. Conan, der sich ein wenig dumm vorkam, führte einen etwas schwerfälligen Stoß aus, dem Mordermi mit Leichtigkeit auswich. An des anderen Riposte dagegen war absolut nichts Schwerfälliges. Conan fing den Gegenstoß erst im letzten Augenblick mit dem Parierteller auf.

Verärgert stieß Conan Mordermis Klinge zur Seite und drehte mit der gleichen Bewegung sein Handgelenk zu einem Aufwärtshieb. Doch gerade noch rechtzeitig wurde ihm klar, daß die Schwertspitze verkrüppelnd in den Oberarmplexus dringen würde, und so wandte er die Spitze ab, als sie die Achselhöhle berührte. Mordermi konnte im Bruchteil eines Herzschlags, als Conan kurz zögerte, zurückweichen.

Der Hieb hätte eine nichtwiedergutzumachende Verkrüppelung verursacht. Zitternd erinnerte sich der Barbar, daß dies nur ein Spiel war. Mordermi kannte jedoch keine ähnlichen Gewissensbisse. Ehe Conan sich fangen konnte, hieb sein Rapier nach dem Gesicht des Cimmeriers. Conan parierte verzweifelt, aber Mordermi war schneller. Ihre Klingen trafen sich und prallten aneinander ab. Der Barbar spürte einen Ruck entlang des Kinns. Schon hatte sein Breitschwert, durch die instinktive Bewegung seines Armes, wieder auf Mordermis Rapier geschlagen, das der Banditenführer zurückziehen wollte. Die schwerere Klinge traf das Rapier in Griffhöhe und verfing sich in der Parierstange. Die Wucht des Hiebes entriß Mordermi die Waffe.

»Conan!«

Sandokazis Schrei brachte ihn wieder zu sich. Er hatte bereits das Schwert zum Todesstoß gehoben. Mordermi wirbelte herum, um nach seiner Waffe zu greifen, die in der Luft zu hängen schien.

Conan erstarrte. Das Rapier schlug auf dem Boden auf und prallte hoch. Mordermi fing es.

»Du blutest«, sagte Mordermi ruhig.

Conan berührte sein Kinn. Blut sickerte aus einer oberflächlichen Schnittwunde.

»Seid ihr vom Wahnsinn besessen?« rief Sandokazi empört. »Ich hörte das Klirren von Klingen ...«

»Tut mir leid«, murmelte Conan verlegen und blickte auf das Blut an seinen Fingern. »Ich bin nicht gewöhnt, nur so zum Spaß zu kämpfen.«

»Ich hätte es besser wissen müssen als in meiner Wachsamkeit nachzulassen«, sagte Mordermi leichthin. »Aber es spielt keine Rolle. Der Kampf war recht lehrreich.«

»Mitra! Was habt ihr beide ...«

»Conan wollte das Breitschwert ausprobieren, und ich war neugierig auf diesen Schwertarm, der Rinnovas Tod brachte«, erklärte ihr Mordermi. »Conan hat eine Theorie ...«

»Das war aber ein Hieb gewesen«, brummte Conan, als er sich erinnerte.

»Wie ich sagte, ein Rapier ist eine vielseitige Waffe.« Mordermi zuckte die Schultern. »Das hättest du sehen sollen, Kazi. Conan schwingt das Breitschwert, als wäre es Teil seines Armes und nicht schwerer als ein Finger.«

»Und du nennst Santiddio einen Wirrkopf!« Sandokazi schüttelte den Kopf. »Ich glaube, ich werde lieber zu ihm gehen und ihm bei seinen Wortgefechten zuhören, da fließt wenigstens kein Blut.«

»Da wäre ich mir nicht so sicher«, murmelte Mordermi, als sie die Waffenkammer verlassen hatte. »Selbst Santiddio und Avvinti werden einmal ihre Schlagfertigkeit als Redner erschöpft haben.«

»Wenn ich dieser Avvinti wäre«, sagte Conan nachdenklich, »hätte ich Sandokazi nicht gern in meinem Rücken, falls es zu einem Fechtkampf kommt. Sie zeigte keinerlei Mitleid, als sie über die zertrampelten Leichen auf dem Galgenplatz ritt. Diese Rettung hat das Leben von mindestens ebensovielen Unschuldigen gekostet wie von Kampfteilnehmern.«

»Keiner vom Esantiblut duldet, wenn er sich etwas in den Kopf gesetzt hat, ein Hindernis in seinem Weg. Weißt du, daß die brennenden Heuwagen ihre Idee waren?« Er begutachtete die Schnittwunde an Conans Kinn. »Ich habe mich beim Rasieren schon schlimmer geschnitten.«

»Esantiblut?« fragte Conan, dem war, als hätte Mordermis Ton enttäuscht geklungen.

»Ja. Santiddio und Sandokazi sind aus dem Geschlecht der Esanti — höhergeboren geht es kaum, wußtest du das nicht? Aber ich vergesse ständig, daß du ja fremd in Kordava bist. Die Esantis waren eine der vornehmsten

Familien in Zingara. Aber das ist jetzt natürlich alles vorbei. Es gibt nur noch drei ihres Blutes.«

Conan betrachtete erfreut die Reihe von Dolchen, auf die Mordermi deutete, und dachte, daß es hier genügend Waffen und Rüstung gab, eine kleine Armee auszustatten, sollten Santiddios Kameraden sich vielleicht doch entschließen, ihren Worten mit Stahl Nachdruck zu verleihen. »Du sagtest, es gibt drei ihres Blutes. Trägt dieser dritte den Titel, während Santiddio und Sandokazi als Ausgestoßene leben müssen?«

»Es gibt weder Titel noch Besitz mehr. Nur Santiddio und seine Schwestern — sie sind Drillinge, wußtest du das? Sie waren fast noch Kinder, als ihr Vater König Rimanendo beleidigte. Ich weiß den Grund immer noch nicht genau: ob der Graf mehr als seinen Anteil an Steuern einbehielt, die er von seinen Leuten einzog —, wie Rimanendo ihn beschuldigte —, oder ob er sich weigerte, seinen Leuten die volle Steuerlast aufzubürden, wie der König es verlangte — so ist jedenfalls Santiddios Version. Aber es spielt ja keine große Rolle. Der Graf wurde enthauptet, und sein Besitz ging an einen Günstling Rimanendos über. Was mit dem Rest der Familie geschah, daran möchte ich lieber nicht denken.

Aber Drillinge sind etwas sehr Seltenes. Solange ich lebe, hat es außer den Esantis keine Drillingsgeburten in Zingara gegeben. Drei ist eine heilige Zahl, deshalb wurden sie verschont. Einem einfachen Soldaten widerstrebt es eher, den Zorn seiner Götter heraufzubeschwören, als dem Offizier, der ihm den Befehl erteilt. Jedenfalls taten die Soldaten den Kindern nichts an. Santiddio und Sandokazi fanden schließlich ihren Weg in die *Grube* wie so viele andere auch. Treue Freunde ihres Vaters versorgten sie mit ausreichend Geld für ihren Unterhalt. Und jetzt tanzt Sandokazi, und Santiddio bekommt einen kleinen Anteil der Spenden für die Weiße Rose.«

Conan fand einen Dolch mit schwerer nierenförmiger Klinge, der ihm gefiel. »Und die andere Schwester?«

»Das ist Destandasi. Sie — nun, sie schloß sich einer anderen Gruppe an. Auch sie ist betroffen von der korrupten Tyrannei Rimanendos, doch während Santiddio und Sandokazi ihre Energie einer gesellschaftlichen Reform widmen, hat Destandasi der modernen Gesellschaft den Rücken gewandt. Sie verschrieb sich dem Mysterium Jhebbal Sags. Ich glaube, sie ist Priesterin in einem Jhebbal Sag geweihten Hain jenseits des Schwarzen Flusses. Die Geschwister haben in den letzten Jahren nichts oder kaum etwas voneinander gehört. Eine Zauberin — vor allem eine dieses alten Kultes — kümmert sich wenig um gesellschaftliche und politische Umwälzungen der modernen Welt, auch nicht, wenn ihre Geschwister darin verwickelt sind.«

»Destandasi«, wiederholte Conan und schob den Dolch in seinen Gürtel. »Sie ist also eine Zwillingsschwester von Sandokazi?«

»Eine Drillingsschwester«, korrigierte ihn Mordermi lachend, »und auch von Santiddio.«

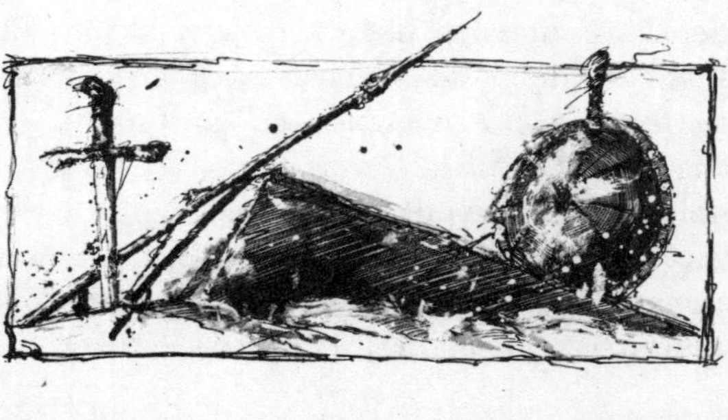

5

NÄCHTLICHE BESUCHER

Beim ersten Geräusch war Conan sofort völlig wach. Er verengte die Augen in der Dunkelheit seines Gemachs und umklammerte den Dolchgriff.

Mordermi hatte ihm einen der Räume des riesigen Herrenhauses überlassen, und Conan hatte sich ein Schlaflager mitten zwischen den Ballen und Stapeln von Plündergut gemacht, von wo aus er die Tür im Auge behalten konnte. Das leichte Knacken des gut geölten Riegels hatte ihn nach nur wenigen Stunden Schlaf geweckt.

Jemand hatte ganz schnell die Tür geöffnet und war hereingehuscht, dessen war Conan ganz sicher — obgleich die Tür wieder geschlossen war und das Zimmer in völliger Dunkelheit lag. Der nächtliche Besucher wartete offenbar ab, bis seine Augen sich in diesem vollgestopften Raum der Finsternis angepaßt hatten. Conan glitt unter seiner Decke hervor und schlich auf das unterdrückte Atmen zu, das nur für sein geübtes Ohr vernehmbar war.

Als er sich dem unsichtbaren Besucher näherte, entspannte er den Griff um den nierenförmigen Dolch. Eine Mischung aus Parfüm und Schweiß stieg ihm in die Nase. Conan streckte die Arme aus und zog eine überraschte weibliche Gestalt an sich.

Sandokazi stieß unwillkürlich einen leisen Schrei aus, dann gab sie sich widerstandslos Conans Umarmung hin. Seine nahezu unmerklich über sie streifenden Arme verrieten ihm, daß sie keinerlei Waffe bei sich trug.

»Ich hätte dich erstechen können!« fuhr Conan sie an. »Mitra! Bist du eine Katze, daß du im Dunkeln sehen kannst?«

»Ich hörte deinen Atem und roch dein Parfüm.« Conan wunderte sich, daß sie nicht selbst daran gedacht hatte. »Ich glaubte, ich hätte die Tür verschlossen.«

»Ah, jeder kann diese Schlösser öffnen«, erwiderte das Mädchen im gleichen Ton. »Aber wer würde schon von Mordermi stehlen wollen?«

»Eine gute Frage.«

Sandokazi hatte nur ein dünnes Nachthemd an. Conan, der noch weniger trug, war sich des warmen Körpers, der sich an ihn schmiegte, nur allzusehr bewußt.

»Ich tanzte bis spät in die Nacht«, erklärte ihm Sandokazi. »Die anderen sind alle betrunken und schnarchen jetzt, nachdem sie Santiddios Rettung gefeiert haben.«

Conan, der das Gelage eher verlassen hatte, verstand schnell. Hätte er nicht unterwegs zu seinem Schlafgemach einen kleinen Abstecher zum Zimmer seiner willigen Badehelferin gemacht, hätte er nun vielleicht anders reagiert, doch so benahm er sich, wie sein eigener Ehrenkodex es ihm vorschrieb, ein Kodex, der nicht ausgesprochen von Abstinenz bestimmt wurde — obwohl diese Gestalt mit den üppigen Rundungen so verführerisch wie ein Sukkubus war.

»Ich sagte dir doch, ich würde nicht vergessen, was du für meinen Bruder getan hast«, flüsterte Sandokazi, während ihre Finger ihn streichelten.

»Du bist Mordermis Mädchen«, erinnerte Conan sie schweratmend.

»Mordermi braucht es ja nicht zu wissen. Er ist nicht mein erster Liebster und wird auch nicht mein letzter bleiben. Ich bin keine keusche Maid wie meine fromme Schwester.«

»Das spielt keine Rolle«, protestierte Conan. Er wußte,

wenn es so weiterging, würde sein heißes Blut seine besten Vorsätze wegschwemmen. »Mordermi ist mein Gastgeber und Freund. Ich werde ihm nicht in seinem eigenen Haus Hörner aufsetzen.«

»Oh, wie bedauerlich!« spöttelte Sandokazi. »Wer hätte das von einem Barbarensöldner gedacht! Meine Berührung verrät mir, daß du gar nicht abgeneigt bist. Du hast doch sicher keine Angst vor Mordermi!«

Ärger sprach aus seiner Stimme. »Offenbar verstehst du nicht, daß ich noch nicht genügend zivilisiert bin, um mich mit der Frau meines Freundes im Heu zu wälzen. In Cimmerien sind unsere Sitten etwas archaisch.«

»Aber hier ist nicht Cimmerien«, neckte ihn Sandokazi. »Ganz sicher hat ein Mann wie du nicht jeder Dirne, die er ins Bett mitgenommen hat, die Ehe versprochen.«

»Bestimmt keiner Schlampe!« knurrte Conan. Sein Ärger war nun stärker als das Verlangen seines Körpers nach ihr. »Aber wenn ich ein starkes Gefühl für eine Frau empfinde, dann mache ich sie zu meiner Frau und würde jeden töten, der versuchte, sie mir wegzunehmen. Mordermi denkt genauso, wenn meine Menschenkenntnis mich nicht täuscht. Nähme ich dich, würde es zum Kampf zwischen ihm und mir kommen. Und ich habe keine Lust, einer Frau wegen einen Freund zu töten.«

»Ah, so ist das!« Sandokazi machte einen Schritt zurück. Nun war auch sie verärgert. »Santiddio hatte recht — du bist ein uneigennütziger Mensch. Also gut, mein besitzbewußter Cimmerier! Ich bin nicht gekommen, um mich dir als Hüttengefährtin in einem stinkenden Bergdorf anzubieten, sondern um dir eine Nacht lang Liebesfreuden zu schenken! Ich war neugierig, ob unter all diesen hübschen Muskeln ein echter Mann steckt! Jetzt weiß ich, daß du nur ein schwerfälliger Dummkopf bist!«

Als Sandokazi nach diesen Worten hastig zur Tür rannte,

mußte Conan ihr fast recht geben. Er war es nicht gewöhnt, seine Handlungen vorher genau zu durchdenken. Nur die Tatsache, daß er nichts unehrenhafter fand als einen Freund zu betrügen, hielt ihn davor zurück, das Mädchen zu packen und auf sein Lager zu werfen.

Nach der völligen Finsternis in Conans Gemach warf das Halbdunkel des Korridors einen breiten hellen Streifen, als Sandokazi die Tür öffnete. Die leichten Schritte des Mädchens waren völlig lautlos gewesen, so daß der Mann vor der Tür sie nicht gehört hatte und sich nun überrascht in dem Lichtstreifen abhob. Obgleich er nicht damit gerechnet hatte, fing er sich sofort, und das Messer in seiner Hand funkelte bedrohlich, als er damit zustach.

Sandokazi war nicht weniger überrascht als er und schrie gellend.

Der Arm des Eindringlings schwankte unwillkürlich — er hatte keine Frau erwartet —, und dieses Zögern genügte Sandokazi, sich unter dem Stoß herauszuwinden. Mit der Geschmeidigkeit der Tänzerin warf sie sich zu Boden. Und so bekam sie nur eine leichte Schnittwunde ab, als die Klinge die Schulter ihres Nachthemds durchtrennte. Wieder schrie sie schrill.

Der Meuchler wirbelte herum, noch völlig verwirrt durch den unerwarteten Verlauf der Ereignisse. Er wußte nicht, ob er sie zum Schweigen oder den Mann angreifen sollte, dem er hier aufgelauert hatte. Conan, der aus der Dunkelheit sprang, handelte zuerst. Er packte den Dolcharm des Eindringlings mit der Linken, stieß ihm mit der Rechten den nierenförmigen Dolch in den Bauch und zog ihn hoch. Der Schmerzensschrei des Mannes erstarb. Er entglitt Conans Griff und sackte tot zu Boden.

Sandokazi hörte auf zu schreien und blickte Conan mit glühenden Augen an.

Inzwischen wurden von überallher fragende Rufe laut.

Aus allen Türen stürzten Männer mit blanken Klingen und zum Teil auch Fackeln auf den Korridor. Mordermi war unter ihnen. Fragend schaute er Sandokazi und Conan an, als er die Szene in sich aufgenommen hatte.

Das Mädchen zögerte nicht. »Ich wollte gerade ins Bett gehen, als ich jemanden auf dem Gang schleichen sah. Er benahm sich recht auffällig, und so folgte ich ihm heimlich. Als ich sah, daß er vor Conans Tür anhielt, wußte ich, daß er ein Meuchler war. Ich warnte Conan durch einen Schrei, da stach der Mann nach mir, aber gleich darauf rannte Conan aus der Tür, kämpfte mit dem Mann und tötete ihn.«

Sie zog ihr Nachthemd, wo es durchtrennt war, weiter über die Schulter herab und betrachtete die Wunde. Sie blutete ziemlich stark, war jedoch kaum mehr als ein tiefer Kratzer. Conan war klug genug, ihrer Geschichte nicht zu widersprechen.

»Du hättest einem von uns Bescheid geben sollen.« Mordermi glaubte ihren Worten. »Er hätte dich töten können!«

»Wem hätte ich denn Bescheid geben können? Ihr seid ja alle besoffen über euren Weinbechern eingeschlafen.«

»Dreht ihn um!« befahl Mordermi seinen Männern. »Wir wollen sehen, wer es ist. Was sind das überhaupt für Zustände hier, daß Korsts Meuchler unbemerkt durch mein Haus schleichen können?«

Sie rollten die Leiche auf den Rücken und hielten eine Fackel tief über das Gesicht. Einige der Männer fluchten lautstark.

»Mitra! Es ist Velio!« knurrte Mordermi. »Ich hielt ihn für einen meiner vertrauenswürdigsten Leutnants. Also hat Rimanendos Gold sogar jene bestochen, die ich für meine besten Freunde hielt. Conan, ich bot dir Asyl hier und hätte fast deinen Tod verschuldet.«

Conan schwieg. Er war sich nicht so sicher, ob dieser Velio tatsächlich von Korst gekauft oder ein treuer Kampfgefährte Mordermis gewesen war, der Sandokazi, vielleicht zufällig, in sein Zimmer hatte treten sehen und die Ehre seines Freundes hatte rächen wollen.

6

AUF DEM MASKENBALL DES KÖNIGS

Der Salzgeruch des Meeres wurde vom Duft der Rosen aus den riesigen Gärten um den königlichen Pavillon übertrumpft. Der Pavillon befand sich hinter der hohen Mauer, die den Vergnügungspalast auf der Landseite schützte. Abseits des schmutzigen Hafens von Kordava erhob der königliche Pavillon sich über dem Meer auf einer hohen Landzunge jenseits der Stadtmauer. Tausende von bunten Lampions brachten ein farbiges Tageslicht in das nächtliche Dunkel des Lustgartens. Die fröhliche Unterhaltung und das Lachen der Gäste übertönten das Rauschen der gegen die Klippen brandenden Wellen.

Weniger festlich gestimmt als wachsam bewegte Conan sich durch die Gästeschar auf König Rimanendos Maskenball zur Feier seines Geburtstags. Das heutige Unternehmen war pure Tollkühnheit, selbst für einen wie Mordermi, der sich gefälschte Einladungen verschafft hatte.

Der Cimmerier machte eine beachtliche Figur unter den Edlen und wohlhabenden Bürgern, die geladen waren, aber er fühlte sich nicht sonderlich wohl in seiner Haut. Er trug den Hörnerhelm, den Schuppenpanzer und den Pelzumhang eines Vanirkriegers — obwohl er diese Rasse weder schätzte noch Ähnlichkeit mit ihren Angehörigen hatte. Henna hatte seiner Mähne einen rötlichen Ton verliehen, und eine Seidenlarve bedeckte seine obere Gesichtshälfte. Diese Maskerade war Sandokazis Idee, genau wie die schwere

Streitaxt — eine Bihänderwaffe mit breiter Klinge und Hammerende. Damit war Conan durchaus einverstanden gewesen. Zwar erregten normalerweise andere Waffen als Rapiere und Dolche unliebsame Aufmerksamkeit, wenn nicht Verdacht bei einer Festlichkeit wie dieser, aber die Axt gehörte zu seiner Kostümierung.

»Wer würde erwarten, daß ein echter Barbar sich als Barbar verkleidet?« hatte Sandokazi argumentiert und mit ihren Worten die Tendenz der Zingaraner bestätigt, alle Barbaren aus dem Norden in einen Topf zu werfen. Conan beherrschte Zamorianisch gut genug, um sich als hochgestellter Besucher aus diesem fernen Reich ausgeben zu können und so gegenüber den eingebildeten und spießbürgerlichen zingaranischen Edlen seinen Akzent zu tarnen. Die meisten Menschen hier würden einen Pikten kaum von einem Kushiten und einen Stygier nicht von einem Turaner unterscheiden können, falls sie sich überhaupt herabließen, sich darüber Gedanken zu machen.

Sandokazi trug eine Falkenmaske, die das gesamte Gesicht verdeckte, und ein allesverhüllendes Cape aus Federn, das um ihre nackten Beine wallte. Darunter trug sie nichts.

Santiddio, der sie an einer Silberkette um ihren Hals führte, hatte sich als Falkner mit einer Dominomaske verkleidet. Wie Sandokazi vorhergesagt hatte, widmete keiner der Anwesenden ihm einen zweiten Blick.

Am ungewöhnlichsten von allen war Mordermi maskiert, er ahmte nämlich in idealisierter Form Rimanendo persönlich nach — in Hermelinumhang, goldfarbiger Kettenrüstung und Krone, gepudertem Haar und einem Kissen vor dem Bauch, gerade genug, um seine eigene Figur zu verändern, ohne den zingaranischen Monarchen durch Übertreibung zu beleidigen. Auch das war Sandokazis Idee gewesen. »Wer wird einen Doppelgänger des Königs schon scheel ansehen?« hatte sie gefragt.

Conan fand das Mädchen ausgesprochen klug, und offenbar war sie das auch in anderer Beziehung, denn zu seiner Erleichterung hatte sie ihm während dieses ganzen Monats bei Mordermi keine nächtlichen Besuche mehr abgestattet.

Die Wochen waren schnell und recht einträglich für Conan vergangen. Die Beute, die Mordermi und seine Bande machten, war nicht zu verachten, und Mordermi war ein großzügiger Anführer. Conan plagten keine überflüssigen Gewissensbisse, wenn es darum ging, sich auf ungesetzliche Weise Besitz anzueignen, und er stand dem erfahreneren zingaranischen Briganten an Wagemut und Geschicklichkeit in nichts nach. Bewunderung wuchs zu einer festen Freundschaft, trotz der leichten unterschwelligen Rivalität, die keiner der beiden in seiner unbekümmerten Jugendlichkeit als Gefahr erkannte.

Es war eine Freundschaft, die Santiddio und Sandokazi mit einschloß, obgleich es mit den beiden letzteren nie diese geistige Verwandtschaft gab, die Conan mit Mordermi verband. Mordermi war ein Barbar der städtischen Elendsviertel und war dort in einer Wildnis aufgewachsen, die nicht weniger rauh und gnadenlos war als das schneebedeckte Bergland Cimmeriens. Zwischen ihnen und dem Geschwisterpaar bestand immer die kaum spürbare Schranke ihrer höheren Geburt und Erziehung. Denn trotz seines Geredes von einer Bruderschaft aller Menschen trennte sein Intellekt ihn von der Verwirklichung seiner Träume, während Sandokazi wie eine leicht belustigte Teilnehmerin an einem Spiel wirkte, das sie irgendwie kindisch fand.

Conan spürte, daß er für die anderen nicht weniger ein Rätsel war und daß ihre Freundschaft vielleicht gerade durch ihre Ungewöhnlichkeit gestärkt wurde. Sie alle waren aus der Gesellschaft ausgestoßen, waren anders. Mordermi, dessen Ehrgeiz weiter reichte, als nur König der Diebe zu sein. Sandokazi, der es Spaß machte, den hohen Stand, dem sie durch das Recht der Geburt angehörte, zu demütigen. Santiddio, dessen Traum es war, eine neue Ordnung zu schaffen, die auf Vernunft aufgebaut war, nicht auf Macht. Und schließlich Conan, ein barbarischer Abenteurer, der Cimmerien verlassen hatte, um die Königreiche der zivilisierten Welt kennenzulernen, und nur wenig gefunden hatte, das sein Umherstreifen der Mühe wert machte.

Doch auch Abenteuer hatte er gesucht, und in dieser Beziehung war Conan niemals enttäuscht worden.

Mehrere hundert Gäste waren zur Geburtstagsfeier des Königs eingeladen. Phantastisch kostümierte Gestalten schlenderten durch den Lustgarten, während im Pavillon Edelleute mit ihren prächtig gewandeten Damen sich im Tanz auf dem schwarzen Marmorboden drehten. Spärlich gekleidete Hofmaiden boten auf goldenen Tabletts Süßigkeiten, ausgesuchte Delikatessen sowie Wein und andere gekühlte Getränke in silbernen Kelchen an. Liebespärchen zogen sich auf einsame Bänke im Garten oder in Lauben zurück, wo Liebesschwüre und sanftes Stöhnen von der Musik und dem fröhlichen Treiben der anderen Gäste übertönt wurden.

Conan aß nur wenig, leerte jedoch jeden Kelch, den man ihm anbot, als gösse er billiges Bier in sich hinein und nicht erlesenste Weine. Feiernden, die ihn ansprachen, gab er kurze Antworten auf Zamorianisch. Die Gäste hielten ihn für mürrisch und betrunken, aber letzteres war der Cimmerier durchaus nicht.

Dieses nächtliche Abenteuer sagte ihm gar nicht zu, auch wenn Mordermi es für einen großartigen Spaß hielt. Conan zog unauffälligeren Diebstahl vor oder gleich offenen Raub — einen Einbruch in die Schatzkammer eines Reichen oder einen Überfall auf eine Handelskarawane. Mordermis Plan brachte das Risiko beider Methoden mit sich. Das war es jedoch nicht, was den Cimmerier störte, sondern die Maskerade und das ganze Getue darum herum.

Außer ihm, Conan, Sandokazi und Santiddio hatte Mordermi es fertiggebracht, etwa zwanzig seiner Männer und genauso viele Anhänger der Weißen Rose in den Königlichen Vergnügungspalast einzuschleusen. Die meisten spielten die Rollen von Dienern und Lakaien, einige von Santiddios Mitverschwörern konnten sich jedoch, ohne aufzufallen, maskiert unter die Gäste schmuggeln. Die Waffen waren das Hauptproblem. Man erscheint nicht bis an die Zähne bewaffnet zur Geburtstagsfeier eines Königs. Andererseits gehörte es glücklicherweise zum guten Ton, daß kein Höhergestellter ohne sein Rapier zu einem Ball kam. Und natürlich wurde von ihren Lakaien erwartet, daß sie Dolche oder Knüppel trugen, um ihre Herren vor Dieben und Meuchlern zu schützen. Conan mußte als Einmannschocktrupp innerhalb der Gartenmauern bereitstehen, hatte Mordermi erklärt, als der Cimmerier seinen Wunsch geäußert hatte, den Überfall von außen zu leiten.

Der Königliche Vergnügungspalast, der von hohen Mauern und milden Klippen geschützt war, wurde von Rimanendos Leibgarde bewacht. Der Plan war mehr als tollkühn; das Risiko schon fast selbstmörderisch; die zu erwartende Beute: die prallen Beutel und der kostbare Schmuck von Zingaras vermögendsten Edlen und Bürgern.

Ein rothaariges Mädchen, das nur ein schmales Tuch um den Busen, ein Röckchen aus aneinandergereihten Silberplättchen und einen Bihänder an der Seite trug, sah mit einem Lächeln zu Conans finsterem Gesicht herauf. »Weshalb so mürrisch, barbarischer Bruder?« trillerte sie. »Ich kenne ein stilles Fleckchen, wohin wir beide uns zu einem freundschaftlichen Kampf zurückziehen können. Schließlich ist es noch nicht Zeit, unsere — Masken abzulegen.«

»Es ist noch nicht Mitternacht?« fragte Conan mit übertrieben schleppendem Akzent. »Doch wohl aber bald Zeit für den Tanz des hübschen Falkenmädchens, den man uns versprochen hat.«

Die Barbarin schnitt eine Grimasse hinter ihrer Maske. »Wenn du dem Tanz irgendeiner Närrin zusehen willst, dann laß dich von mir nicht aufhalten!«

»Kleines Luder!« brummte Conan, als sie klirrend davonhüpfte. Seine Laune hatte sich durch den vielen Wein nicht gebessert. Wäre er allein gewesen, er hätte das Angebot dieser hochgeborenen Schönen nicht abgelehnt und wäre seinem Diebeshandwerk hinterher nachgegangen. Aber das hier war Mordermis Spiel, in dem Conan sich an die zugewiesene Rolle zu halten hatte — oder das sorgfältigst ausgearbeitete Husarenstück würde sich in eine Todesfalle für sie alle verwandeln.

Noch immer mit finsterem Gesicht ließ der Cimmerier sich seinen Kelch nachfüllen, dann schritt er zum Pavillon, wo Sandokazi zu tanzen begann. Im Gegensatz zu anderen Männern, denen die Spannung immer mehr zugesetzt hätte, verbesserte Conans Laune sich bei der Aussicht auf einen baldigen Kampf.

Daß eine der hochgestellten Damen vor den anderen Gästen etwas zum Besten geben wollte wie eine Tänzerin in einer billigen Taverne, war nicht ungewöhnlich, denn schließlich war heute des Königs Geburtstagsfeier, bei der Zingaras Edelvolk seine höfische Würde ablegte und den Launen und Leidenschaften nachging, die hinter den Masken und der feinen Erziehung schwelten. Keusche Matronen hüpften wie ausgelassene bemalte Dirnen herum; gesetzte Herren mochten sich in verführerischen Gewändern der Halbwelt auf der Tanzfläche wiegen; junge Töchter höchster Familien durften ihre weiche Haut in knappsten Kostümen vor den glühenden Augen junger Edler zur Schau tragen, deren phantastische Kleidung ihre männlichen Attribute eher offenbarte als verhüllte.

Rimanendo lächelte von seiner Königsloge auf die Gäste hinunter, die sich unterhalb der Galerie auf dem schwarzen Marmorboden amüsierten. Seine Majestät hatte bereits mehr getrunken, als er normalerweise bei diesen Anlässen tat, deshalb wirkte sein Lächeln auch ein wenig leerer als üblich. Seine korpulente Gestalt schien aus seinem samtgepolsterten Thron zu quellen. Ein kleiner Junge, dessen nackte Haut von parfümierten Ölen glänzte, drückte einen Kelch mit opiumgewürztem Wein an die Lippen seines Herrn, während ein zweiter, ihm wie ein Zwilling ähnelnder Junge dem König die Wein- und Schweißtropfen vom Dreifachkinn tupfte.

Eine größere Anzahl von Rimanendos auserwählten Günstlingen und Hofherrn durfte die Königsloge mit ihm teilen. Der Rest der Galerie war zum größten Teil von wachsamen Soldaten und des Königs Leibwache besetzt. König Rimanendo war noch nicht so betrunken oder so einfältig zu vergessen, daß viele seiner Gäste sich über seine Trauerfeier noch viel mehr gefreut hätten.

Sandokazis Auftreten erregte selbst heute — da soviel nacktes Fleisch zu sehen war — großes Aufsehen. Ja, nacktes Fleisch war bei diesem Fest alles andere als ungewöhnlich, was wohl hauptsächlich daher kam, daß die hochgeborenen Damen die Gelegenheit nutzen wollten, ihre Reize zu zeigen, die sie sonst der Schicklichkeit halber unter soviel Kleidung verbergen mußten, daß sie zumindest zwei Leibmägde zum An- und Ausziehen benötigten. Während diese Damen und Mädchen kühn ihre allzu knapp kostümierten Rundungen zeigten, lockte und verführte Sandokazi durch ihre Verhüllung und nur ganz flüchtig gewährte Blicke auf ihre grazile Tänzerinnenfigur unter den flatternden Streifen ihres gefiederten Umhangs. Da sie versprochen hatte, noch vor der Demaskierung zu tanzen, war die Spannung bis zu dieser Stunde angestiegen.

In dem Ballsaal des Pavillons machte man auf der Tanzfläche aus schwarzem Marmor Platz für sie. Sandokazi sprach nur kurz zu den Musikern — sie hatte bereits früher am Abend die Musikstücke mit ihnen vereinbart. Sie begannen auf ihren Saiteninstrumenten, Flöten und Trommeln eine lebhaft trillernde Melodie zu spielen. Conan wußte zu wenig über Musik, um dieses Stück zu erkennen, aber die wachsende Zuschauerschar klatschte begeistert.

Einen Augenblick stand Sandokazi unbewegt im Kreis, den man für sie freigemacht hatte. Sie bot eine wahrhaftig phantastische Figur, selbst inmitten des Prunks und der Schönheit ringsum. Ihr Federcape bedeckte sie vom Hals bis zu den Fersen. Hinter der Falkenmaske, die ihre Züge völlig verbarg, funkelten ihre Augen ungerührt ob der vielen Blicke. Dann nahm Santiddio die Silberkette vom Hals seiner Schwester und trat zurück.

Derart befreit, sprang Sandokazi in einem gewaltigen Satz vom schwarzen glänzenden Boden hoch und warf die Arme seitwärts, so daß ihr Umhang sich hob wie die Flügel eines emporsteigenden Vogels. Einen Augenblick lang schien Sandokazi in der Luft zu schweben, völlig nackt, während ihre gefiederten Schwingen sie hochtrugen. Als Hunderte den Atem anhielten, sank sie fast schwerelos auf den Boden zurück, und ihre Nacktheit war erneut von dichten Federn verhüllt.

Über den schwarzen Marmorboden tanzte sie jetzt, beugte sich auf Zehenspitzen tief vor, dann zurück, drehte sich graziös und erhob sich mit einem plötzlichen Sprung in die Luft. So schnell waren ihre Bewegungen, daß der Kranz aus weißen und braunen Federn sie wie lebende Flügel umwogte. Einen Herzschlag lang offenbarten sie verschwommen den weißen Busen, die sonnengebräunten Schenkel, im nächsten schmiegten sie sich dicht an ihre Haut. Die Musiker beschleunigten das Tempo der schrillen Melodie, und

Sandokazi schien über den schwarzen Boden dahinzufliegen — aufwärtsstrebend, vorwärtsschnellend, sich bückend. Die Zuschauer, die sich an den ersten Sprung und den kurzen Anblick ihrer makellosen Schönheit erinnerten, sahen verzückt dem betörenden Spiel des weiten Federcapes zu, das immer wieder, einen flüchtigen Moment lang, die Reize der Tänzerin zur Schau stellte, um sie gleich darauf erneut zu verhüllen.

Immer schneller wurde das Tempo ihres Fluges. Nur eine ausgebildete, erfahrene Ballettänzerin konnte eine solche Geschwindigkeit erreichen und diese schwierigen und doch so unsagbar anmutigen Bewegungen beherrschen. Viele Zuschauer fragten sich, betört durch die Schönheit, die sich ihnen immer wieder flüchtig offenbarte, wessen Gesicht wohl hinter der Falkenmaske verborgen sein mochte.

Schließlich, als die wilde Musik ein Crescendo erreichte, sprang Sandokazi erneut hoch in die Luft, die Arme weit ausgebreitet, und drehte eine Pirouette hoch über dem Boden. Ihr Federcape offenbarte erneut die absolute Perfektion ihrer nackten Schönheit. Dann schien sie die Schwingen an sich zu ziehen und landete schwerelos wie ein Falke auf dem Marmorboden. Die Weite ihres Umhangs raffend, verneigte sie sich vor ihrem bezauberten Publikum.

»Meine Damen und Herren!« rief Santiddio und schloß sich seiner Schwester unter tobendem Applaus wieder an. »Ihr habt den Tanz des Falken gesehen und solltet bedenken, daß der Falke ein Raubvogel ist — denn jetzt müßt ihr den Preis für diese Unterhaltung bezahlen.«

Zuerst glaubten alle, sie würden dazu aufgefordert, dem Mädchen klingende Münze zuzuwerfen, wie man es bei einer üblichen Tänzerin tat. Doch wütende Aufschreie belehrten sie schnell eines anderen.

»Ruhig, ruhig, meine Lords!« warnte Santiddio und zog

sein Rapier. »Wir wollen nur euer Gold und eure Kleinodien, nicht euer Leben!«

Völlig verwirrt schienen die meisten Anwesenden in diesem Gedränge nicht gleich zu begreifen, daß dies kein etwas ausgefallener Scherz war. Während Sandokazis Tanz hatten Mordermis Leute unbemerkt ihre Posten an den Türen bezogen. Jetzt waren sämtliche Ein- und Ausgänge des Pavillons von Briganten mit grimmigen Gesichtern und gezogenen blanken Klingen besetzt. In den Gärten flohen erschrockene Festgäste vor den drohenden Gestalten, die plötzlich aus der Dunkelheit jenseits der bunten Lampions aufgetaucht waren.

»Keiner rührt sich von der Stelle!« brüllte Mordermi. Er sprang auf einen Tisch und schwang sein Rapier. »Hundert meiner Männer haben den Pavillon umstellt. Leistet keinen Widerstand, wenn ihr es nicht bereuen wollt!«

Ein paar Männer — aus Ungläubigkeit oder trunkenem Wagemut — zogen ihre Klingen. Sofort schlugen Modermis Männer sie erbarmungslos mit Klingen oder Knüppeln nieder. Frauen schrien gellend, als Blut spritzte und Schmerzensschreie und Todesröcheln den kurzen Aufstand der Unüberlegten beendeten. Des Königs Gäste waren zum Maskenball gekommen, um sich zu amüsieren; Mordermis Briganten, um zu plündern. Die Gesetzlosen waren bewaffnet und gingen nach Plan vor. Ihr Überraschungsangriff hatte den Gästen keine Zeit gegeben, sich gemeinsam gegen sie zu stellen. Den Gästen, die Waffen trugen, wurden sie schnell abgenommen; wo es sein mußte, mit Gewalt, und an jene Banditen verteilt, die noch eine Klinge brauchen konnten. Panik ergriff die vornehmen Herrschaften, und sie drängten hilflos gegeneinander oder irrten verstört durch den Ballsaal.

Beim ersten Aufblitzen des gezogenen Stahls strebten König Rimanendos Wachen sofort zur Tanzfläche, genau wie Mordermi es erwartet hatte. Conan stieß einen zufriedenen Rülpser aus, umklammerte den Schaft seiner Streitaxt und postierte sich an der Treppe zur Galerie. Einige Briganten schlossen sich ihm an und schleppten Tische und Stühle für eine Barrikade herbei.

»Macht mir Platz!« donnerte Conan. »Ich kann die Treppe gegen tausend pomadisierte Spielzeugsoldaten halten. Kommt herunter zu mir, ihr geschleckten Affen! Wer möchte als erster sterben?«

Conan hatte gar nicht so sehr übertrieben. Nur ein paar Männer konnten die Treppe gleichzeitig herunterkommen. Die königliche Leibgarde bot einen prächtigen Anblick in ihren Wappenröcken aus Samt und Seide und den silbrig glänzenden Kettenhemden. Aber ihre Hellebarden behinderten sie auf der engen Treppe. Und sie hatten auch keine Bogenschützen in ihren Reihen, die Breschen unter den Angreifern schlagen konnten.

»Kommt zurück zu mir, ihr Narren!« schrillte Rimanendo, als sein benebelter Verstand die Gefahr erkannte. »Bildet einen Kreis um mich! Hört ihr? Sie wollen euren König ermorden! Ich werde jedem, der mich im Stich läßt, lebenden Leibes die Haut abziehen lassen!«

Der König von Zingara drückte seine Freudenknaben an die zitternde Brust, fast wimmernd flehte er seine Soldaten an, bei ihm zu bleiben und ihn bis zu ihrem letzten Blutstropfen zu beschützen vor dieser Armee von Attentätern. »Laßt die unten im Saal ihr Heil in der Flucht suchen!« rief er. »Mitra, wie sie schreien! Weshalb eilten meine Soldaten am Tor nicht herbei, um ihren König vor seinen Mördern zu retten?«

Eine größere Einheit war am Tor und entlang den hohen Mauern postiert, die den Königlichen Vergnügungspalast vom Festland trennten, während weitere Soldaten regelmäßig am Rand der steilen Klippen patrouillierten, die von der Landzunge ins Meer abfielen. Sie waren gegenwärtig hier eingesetzt, um den König und seine Gäste vor unliebsamen Störungen zu bewahren und eventuelle Einbrecher zu entmutigen, nicht jedoch, um einen Überfall größeren Stils mit Waffengewalt zu vereiteln.

Als Sandokazis Tanz seinen Höhepunkt erreichte, hatte Mordermi einem seiner Männer außerhalb des Pavillons einen Wink gegeben, und dieser wiederum hatte das Signal an die hinter den Mauern Wartenden weitergeleitet.

Unter den dunklen Bäumen der Allee zu den Lustgärten leuchteten plötzlich Fackeln auf. Schreie gellten, als eine wilde Menge sich um das Tor scharte. Es waren etwa hundert Angehörige der Weißen Rose — so viele, wie Santiddios gerühmte Volksarmee noch nie auf einem Haufen gezählt hatte. Sie waren aus der Dunkelheit gestürmt, schwangen Plakate und brüllten Schlagworte.

»Auseinander!« befahl der Hauptmann der Wache. »Seht zu, daß ihr sofort verschwindet! Hört ihr?« Er rief hastig nach dem Rest seiner Soldaten, um die Posten hier am Tor zu verstärken.

»Wir werden nicht verschwinden, ehe wir nicht Audienz bei König Rimanendo bekommen!« schrie der kräftig gebaute Anführer. Es war Carico, der radikalste von Santiddios Rivalen um die Führerschaft der Weißen Rose, und er war begeistert von dieser Aufgabe, die ihm zweifellos Ansehen und Respekt verschaffen würde. »Unser König und seine verweichlichten Edlen feiern Orgien, während in Kordava Witwen und Waisen sich von Abfall ernähren und in der Gosse schlafen müssen.«

»Zieht euch sofort zurück, oder ich schicke Soldaten, damit sie eure Köpfe einschlagen!« drohte der Hauptmann.

»Wir werden uns nicht zurückziehen, ehe wir nicht eine Audienz beim König bekommen!« brüllte Carico erneut über die Aufmunterungsrufe seiner Kameraden hinweg.

»Das Volk verhungert, während der Tyrann und seine Günstlinge sich den Bauch vollschlagen.«

»Ruf unsere Bogenschützen!« befahl der beunruhigte Hauptmann einem seiner Leute, als ein Steinhagel gegen das Tor prasselte. »Wenn Seine Majestät von diesem Aufruhr erfährt, läßt er mich um einen Kopf kürzer machen.«

Und so kam es: Während Applaus für Sandokazi einsetzte, rannten die entlang den Mauern und in den Lustgärten eingesetzten Soldaten zu dem Volksauflauf vor dem Haupttor. Doch der Tumult war zu fern, als daß man im Innern des Pavillons auf ihn aufmerksam wurde. Außer den Soldaten, die jetzt der aufgebrachten Menge gegenüberstanden, war sich keiner des unerwarteten Aufruhrs bewußt, der zu einem gewaltsamen Höhepunkt des Geburtstagsfestes führen sollte.

Doch bald würden die Schreie aus dem Pavillon und die verstört aus dem Garten fliehenden Gäste die Soldaten am Tor auf die wirkliche Gefahr aufmerksam machen. Ehe sie sich von dem Schock erholt hatten, mußten Mordermi und seine Bande bereits von hier fort sein, denn es war zweifellos einfacher, einen Ballsaal mit angetrunkenen Männern und ohnmächtigen Frauen in Schach zu halten als gegen einen größeren Trupp von schwerbewaffneten Soldaten zu kämpfen.

Während Rimanendo sich hinter dem Schildwall seiner Leibwache verkroch, erleichterten Mordermis Briganten die königlichen Gäste eilig um ihre Wertsachen, und sie taten es trotz aller Eile sehr geschickt und sorgfältig. Da dies eines der glänzendsten Feste des Hofes war, waren alle Eingeladenen mit ihrem kostbarsten Schmuck behangen. Jetzt wurden wertvolle Ringe, Armbänder, Halsketten, unschätzbare Diademe, juwelenbesetzte Dolche und Degen sowie Beutel, prall von Gold und Silber, sehr unhöflich von ihren bisherigen Besitzern getrennt und in feste Säcke gestopft.

Andere Briganten sammelten eilig silberne Schalen und Kelche, goldene Tabletts und Armleuchter ein.

Sandokazi, die hinter ihrer Maske erfreut und aufgeregt lachte, rannte mit einem offenen großen Lederbeutel herum und füllte ihn mit einem Vermögen an Gold und Geschmeide, während ihr Bruder sie mit gezogenem Rapier begleitete. Nach dem ersten flüchtigen bewaffneten Widerstand hatte sich kaum noch jemand gegen die Zwangsenteignung seiner Wertsachen gewehrt. Frauen wimmerten, als sie ihrem kostbaren Schmuck für immer Lebewohl sagen mußten, während Männer fluchend Rache schworen. Aber ein halbes Dutzend verkrümmt am Boden liegender Toter und einige Unüberlegte, die stöhnend ihre Wunden versorgten, waren Beweis genug, daß die Gesetzlosen keinen übermäßigen Respekt vor dem hohen Stand ihrer Opfer hatten.

Conan schüttelte eine leichte Verkrampfung seiner mächtigen Schultern ab und blickte zweifelnd zu den Leibwachen am Ende der Galerie hinauf. Es würde zu einem bedenklichen Kampf kommen, sollten die Männer des Königs sich doch entschließen herunterzustürmen. Der Cimmerier fragte sich, ob diese Soldaten einen König respektieren konnten, der sich als betrunkener Feigling erwies und zusah, wie seine Höflinge vor seinen Augen ausgeplündert wurden, ohne ihnen seine Solaten zu Hilfe zu schicken.

»Schnell jetzt, meine treuen Untertanen!« drängte Mordermi händeklatschend. Der Hof Seiner Majestät wußte den Scherz, daß er sich als König Rimanendo maskiert hatte, nicht gebührend zu würdigen.

Die Plünderung des königlichen Pavillons schritt schnell voran. In kürzester Zeit waren die Briganten mit so vielen prall gefüllten Säcken beladen, wie sie gerade noch fortschleppen konnten. Mordermi hielt es für angebracht, sich von seinem Gastgeber zu verabschieden und sich zurückzuziehen, ehe Verstärkung ihnen den lohnenden Abend verdarb.

»Ihr werdet alle im Saal bleiben!« drohte er mit dröhnender Stimme. »Ich habe Bogenschützen an allen Ausgängen postiert. Jeder Narr, der uns zu verfolgen sucht, wird eine hölzerne Anstecknadel bekommen, die er im Herzen tragen kann.«

Conan fragte sich, wie lange dieser Bluff sie vor einer Verfolgung bewahren würde. Wenn die zingaranischen Edlen aus demselben Holz wie ihr König geschnitzt waren, würden sie vermutlich im Saal bleiben, bis sie verhungerten.

Die Briganten hatten kaum den Pavillon verlassen, als wilde Schreie und das Waffenklirren laufender Soldaten ihnen verrieten, wie knapp sie ihren Abgang berechnet hatten.

Auf die Drohung eines Schützeneinsatzes hin hatte der Mob am Tor Deckung gesucht. Jetzt bombardierten die Männer der Weißen Rose die Wachen aus dem Hinterhalt der dunklen Bäume mit Steinen und Beschimpfungen. Vor allem Carico machte reichlich Gebrauch von seinem Schatz an Schimpfwörtern und bewies mit seiner Lautstärke, welch gute Lunge er hatte. Mitten auf der Straße hatte man einen Scheiterhaufen errichtet, den man nun anzündete und darauf eine Strohpuppe verbrannte, deren Ähnlichkeit mit König Rimanendo unverkennbar war.

Ergrimmt hatte der Hauptmann der Wache seinen Bogenschützen den Befehl zum Einsatz gegeben. Vereinzeltes Aufheulen belohnte ihre Bemühungen, aber es waren nur wenige Schützen und ihre Ziele gut durch Nacht und Wald verborgen. Verhältnismäßig sicher vor dem Pfeilbeschuß, war der Mob durch diesen Einsatz von Gewalt eher noch mehr aufgebracht als eingeschüchtert, und so wurde der Aufruhr vor den königlichen Lustgärten nur noch schlimmer.

Der Hauptmann, der glaubte, nicht auf Entlastung aus der Stadt warten zu können, hatte einen Ausfall befohlen, um den Mob zu vertreiben. Ein größerer Trupp war gerade aus dem Tor marschiert, als ihm der Überfall auf den Pavillon gemeldet wurde. Der Offizier wußte nicht mehr aus noch ein. Er dachte daran, den eben ausgeschickten Trupp zurückholen zu lassen, um das Tor zu verteidigen, während er einen anderen zum Pavillon abbeordern wollte. Aber er war sich nicht klar darüber, welche der beiden Bedrohungen die größere war, und so verzögerte sich seine Entscheidung eine Weile.

Die Folge war, daß ein wirrer und abgehetzter Trupp den geplünderten Pavillon viel zu spät erreichte, um Mordermi und seine Briganten noch innerhalb der Marmormauern zu stellen. Dafür sah er sich einer Menge verstörter und höchst entrüsteter Festgäste gegenüber, die aller ihrer Wertsachen beraubt waren und wütend die Köpfe der Räuber, aber auch der unfähigen Wachsoldaten forderten.

Mit einem ganz knappen Vorsprung hasteten Mordermi und seine schwerbeladenen Männer durch die Dunkelheit jenseits der beleuchteten Gärten. Zwar hatten sie augenblicklich einen geringen Vorsprung, waren jedoch keinesfalls in Sicherheit. Steile Klippen stürzten überall — außer an der mauergeschützten Landseite — dem Meer entgegen, und es bestand keine Chance mehr, die Mauer zu erklimmen, nachdem die gesamte Wacheinheit im Einsatz war.

Der dritte Teil von Mordermis Plan mußte nun fehlerfrei gelingen, oder sie würden gejagt, bis sie wie Wölfe im Schafspferch eingeschlossen waren.

Aus der nebelverhangenen See kämpfte sich eine kleine Flotte von Ruderbooten durch die zurückweichende Flut, um an einen jetzt freien, schmalen Strandstreifen unter der steilen Klippe zu gelangen. Genau berechnet erreichten sie ihn gerade, als die Wachen, die normalerweise hier patrouillierten, zum Tor zurückgerufen worden waren, um den Mob zu vertreiben. Schon Tage zuvor ausgesandte Späher hatten den besten Rückweg zum Festland ausgekundschaftet, und jetzt stürmten die verfolgten Briganten zu der vereinbarten Landesstelle.

Die Landzunge erhob sich hundert oder mehr Fuß über der Brandung, ihre Klippen bildeten eine zerklüftete Steilwand. Als sie den Treffpunkt erreicht hatten, schoß einer der Männer in den Booten einen Pfeil hoch, an dem ein Seil befestigt war. Eifrige Hände griffen danach und knüpften das Seil um einen Baum, der dicht am Klippenrand verwurzelt war. Dann kletterten die Banditen, durch die schweren Säcke mit Plündergut etwas behindert, schleunigst den Strick hinunter.

Conan riß sich die Seidenmaske vom Gesicht und spähte den Weg zurück, den sie gekommen waren. Die Lustgärten waren weit ausgedehnt, und verkrüppelte Bäume übernahmen den Platz von Rosen und blühenden Sträuchern. Im Schutz der Dunkelheit war es für die Verfolger schwierig gewesen zu erkennen, welchen Weg die Briganten genommen hatten, und das hatte letzteren einen wertvollen Vorsprung eingebracht. Aber Conan konnte bereits die Geräusche hastiger Schritte und knackender Zweige hören, und zwar in breiter Front, was bedeutete, daß die Verfolger weitgefächert kamen und daß den Banditen nicht mehr viel Zeit blieb.

»Schnell hinunter, Kazi!« drängte Mordermi das Mädchen. »Es kann hier bald zum Kampf kommen.«

»Ich warte, bis ihr alle da seid«, erklärte Sandokazi.

»Santiddio, sieh zu, daß deine Schwester umgehend das Seil hinunterklettert, oder ich werfe sie hinab und lasse den Falken heimfliegen. Conan und ich werden die Nachhut bilden.«

Conan beobachtete, wie sich die anderen hinunterließen.

»Wir wären längst schon alle unten, wenn sie die Säcke fallen ließen und einfach das Seil hinunterglitten.«

»Was? Damit wir alle die hübschen Kinkerlitzchen in der Brandung verlieren?« fragte Mordermi ungläubig. »Conan, schließlich haben wir all dieses Gold gestohlen, damit wir es wieder ausgeben und uns ein schönes Leben machen!«

»Na, dann sieh zu, daß du es auch schaffst«, mahnte Conan. »Hier kommen etliche, die sehr dagegen sind, daß wir es für unsere Zwecke verwenden.«

Der erste verstreute Trupp stürmte heulend auf sie zu, wie eine Hundemeute, die das Wild gestellt hat. Das Licht reichte gerade aus, daß man die Silhouetten der Briganten am Klippenrand wahrnehmen konnte. Also brüllten die Wachsoldaten ihren Kameraden zu, daß sie die Räuber in die Falle getrieben hätten.

Conan riskierte einen flüchtigen Blick auf das Seil. Die meisten Männer waren unten angekommen, der Rest kletterte noch hastig hinunter. Aber er und Mordermi würden erst mit diesem Trupp fertigwerden müssen, ehe ihre Flucht Erfolg hätte.

Die Soldaten waren völlig atemlos von der Verfolgung, aber durchaus zum sofortigen Kampf bereit. Conan, in Helm und Kettenrüstung, war besser dran als seine Kameraden. Ohne Zögern griff er den vordersten Soldaten an. Er schwang die Streitaxt mit beiden Händen. Sie zerschmetterte das Rapier, das sie zu parieren suchte, und drang durch den Harnisch tief in die Brust des Mannes. Schnell riß der Cimmerier die Axt zurück und wehrte damit die Klinge eines anderen so ab, daß der Hammerkopf den Arm des Angreifers zermalmte, dann erledigte er ihn mit der Klinge der Streitaxt.

Mordermi kämpfte neben ihm gegen einen anderen Soldaten. Obwohl er zweifellos der bessere Fechter war, kam er im Augenblick nicht gegen den Brustpanzer des Königstreuen an. Doch dann stieß er schnell zu, wich dem Parierhieb des anderen aus und stach die Rapierspitze in die ungeschützte Kehle über dem Harnisch. Als er jedoch beim Ansturm eines zweiten Soldaten hastig zurücksprang, stolperte er — und genau in diesem Moment schlitzte die Klinge eines dritten, der sich geduckt hatte, ihm den Bauch von unten nach oben auf.

Conan wirbelte von einem sterbenden Gegner herum und spaltete dem Burschen den Schädel, als er sich nach dem tödlichen Hieb auf Mordermi erhob. Zu des Cimmeriers Verblüffung war Mordermi jedoch noch sehr lebendig. Er lachte und stieß seine Klinge durch den Schenkel eines weiteren Angreifers, dem er gleich darauf, als dieser verwundet zusammensackte, den Todesstoß versetzte. Nicht Blut und Gedärme quollen aus dem Bauch des Banditenhäuptlings, sondern die dichten Wollflocken des Kissens, mit dem er sich den Bauch gepolstert hatte.

»Rutsch das Seil hinunter, ehe noch mehr kommen!« brüllte Conan.

»Ich mache die Nachhut!« bestand Mordermi. »Sieh lieber zu, daß du hinunterkommst!«

Conans Antwort wurde im Keim erstickt, als Mordermi plötzlich einen merkwürdigen Laut von sich gab und rückwärts zum Klippenrand taumelte. Seine Augen starrten ungläubig auf den Pfeil, der aus seiner linken Schulter ragte.

Conan warf sich zu Boden, als ein zweiter Pfeil dicht an ihm vorbeisirrte. Fluchend ließ Mordermi sich neben ihn fallen. Sie hörten, daß der Hauptrupp der Soldaten immer näher kam. Ein weiterer Pfeil prallte gegen einen Felsblock neben ihren Köpfen.

»Ist es schlimm?« fragte Conan und versuchte etwas durch Mordermis blutige Finger zu sehen, die er gespreizt auf die Wunde drückte.

»Er hat mein Herz verfehlt, wenn du das meinst«,

knirschte Mordermi durch zusammengebissene Zähne. »Sieht ganz so aus, als müßte ich das Seil jetzt mit einer Hand hinunterklettern. Mach schon! Ich komme dir nach!«

»Crom, du bist so eigensinnig wie ein Esel!« fluchte der Cimmerier. Er beobachtete die Baumreihe hinter ihnen. Mordermi sah nichts, aber als der nächste Pfeil sich neben ihnen in die Erde bohrte, sprang Conan hoch und warf die schwere Axt. Ein Todesschrei schrillte auf und erstarb.

»Ich glaube, es war nur *ein* Bogenschütze«, brummte Conan und zog Mordermi hoch. »Schnell, ehe die anderen uns erreichen. Wir klettern gleichzeitig hinunter.«

In verzweifelter Hast schwangen sie sich über den Klippenrand. Conan voraus, damit er Mordermis Gewicht ein wenig entlasten konnte. Es war ziemlich schwierig, und sie kamen langsam voran, indem sie sich mit den Füßen von der fast senkrechten Felswand abstießen und mit den Händen die Rutschpartie so gut wie möglich abbremsten.

Sie hatten etwa die Hälfte der Felswand erreicht, als das Seil mehrmals ruckte und dann erschlaffte. Mordermi streckte die Arme aus, als sie zu fallen begannen — der Strand war noch gut dreißig Fuß entfernt, und spitze Steine und Felsbrocken erwarteten sie dort unten.

Da drückte Conan den kleineren Mann gegen die Klippenwand. Während er sich mit einer Hand an einem Spalt festklammerte, hielt er Mordermi im anderen Arm. Das durchtrennte Seil fiel an ihnen vorbei in die Tiefe. Von unten hörten sie erschrockene Schreie.

»Ich spürte, wie der Strick zitterte, als sie ihn durchhackten«, sagte Conan. »Die Klippe ist hier so stark zerklüftet, daß ich mich ohne größere Schwierigkeiten festhalten konnte.«

»Jetzt haben wir keine Chance mehr!« fluchte Mordermi. »Ohne Seil kommen wir nicht hinunter.«

Conan schnaubte abfällig. »In Cimmerien lernen Säuglinge das Bergsteigen, ehe sie noch auf flachem Boden laufen können. Das hier ist wie ein Spaziergang auf einem Gartenweg. Halt dich an mir fest, wenn du nicht selbst hinunterklettern kannst.«

Durch seine Pfeilwunde behindert, blieb Mordermi nichts übrig als sich an Conan zu klammern und sein Gewicht jeweils so zu verlagern, daß es den Cimmerier am wenigsten behinderte. Ihm schien die Klippenwand so glatt wie eine Glasscheibe zu sein, die teilweise hinter dem dichten, vom Meer aufsteigenden Nebel verborgen lag, der selbst die Sterne verdeckte. Das Gestein war rutschig vom hochsprühenden Gischt der Brandung, und ein glitschiger Moos- und Flechtenbewuchs machte ihren Abstieg mit jedem Fuß gefährlicher, den sie zurücklegten.

Und doch klomm Conan die Klippenwand mit der scheinbaren Leichtigkeit eines Affen hinunter, der einen Baum hinabklettert, und so als spüre er Mordermis Gewicht überhaupt nicht. Für Mordermi schien es eine Ewigkeit zu dauern, die er nie vergessen würde, obgleich in Wirklichkeit nur wenig Zeit verging, bis Conan das letzte Stück einfach sprang.

»Habt ihr beschlossen, den Weg abzukürzen?« fragte Santiddio mit zittrigem Lachen. »Wir sahen das Seil herunterfallen und fragten uns, was ihm folgen würde.«

»Die Hälfte von Rimanendos Streitkräften«, knurrte Conan, »wenn wir noch länger hier herumstehen. Mordermi hat sich schon einen Pfeil geholt, und zweifellos werden ihm in Kürze weitere folgen.«

»Rudert los!« brüllte Mordermi. »Worauf wartet ihr noch?« Sein Gesicht war aschfahl vom Blutverlust. »Conan, das werde ich dir nie vergessen.«

»Du hast mich vom Galgen gerettet«, brummte Conan, als sie in das Wasser wateten, um das Boot abzustoßen. »Ich begleiche meine Schulden immer.«

7

GOLDENES LICHT, BLAUES LICHT

Mordermis Gesicht war unnatürlich blaß, aber an seinem Lächeln war nichts von Siechtum oder Gebrechen, als er eine schimmernde Halskette ausgesucht schöner Perlen in das goldene Kerzenlicht hielt.

»Sandokazi, sie gehört dir. Sie kommt aus meinem Anteil. Niemand sonst hätte so wunderbar tanzen und dadurch diese Schafe dazu bringen können, sich so bequem zum Scheren aufzureihen.«

Mordermis linke Schulter war frisch verbunden und sein übriger Oberkörper nackt. Man hatte ihm noch vor dem Morgengrauen den Pfeil herausgeschnitten, gleich nachdem sie ohne weitere Schwierigkeiten durch einen der Tunnel zurückgekehrt waren, der den Hafen mit der *Grube* verband. Der Pfeil war am Knochen abgeprallt und hatte sich in den mächtigen Schultermuskeln eingenistet. Der Schmerz war nicht mehr groß, nachdem die Widerhakenspitze entfernt und die Blutung gestillt war. Der Schlaf hatte Mordermi viel seiner Kraft wiedergegeben, und der Anblick der ungeheuren Beute erhöhte sie noch.

Sie hatten sich alle wieder in Mordermis Hauptquartier eingefunden. Conan verschlang hungrig sein Frühstück, bestehend aus einem Riesenstück Käse und einem Leib Schwarzbrot. Santiddio sah zerzaust und ein wenig mitgenommen aus. Seine innere Erregung hatte ihn daran gehindert, den fehlenden Schlaf nachzuholen. Sandokazi strahlte, als sie sich die Perlenkette um den Hals legte. Mordermis Augen leuchteten bei dem Gedanken, daß durch dieses Husarenstück sein Name Legende würde unter der Bruderschaft der Diebe.

In der Mitte des getäfelten Gemachs brach eine schwere Mahagonibankettafel fast zusammen unter all dem Gold und Silber, das man darauf gehäuft hatte. Der Schatz an Juwelen allein stellte schon ein unschätzbares Vermögen dar. Steine ohne Zahl glitzerten an Ringen, Halsketten, Anhängern, Diademen und Broschen, die wiederum einen eigenen riesigen Haufen bildeten. Es war, als hätte man alle Sterne vom Firmament geholt und auf diesen Tisch geschüttet.

»Ist dir klar«, fragte Mordermi und seufzte zufrieden, »daß die Verteilung des Schatzes schwieriger sein wird als seine Aneignung?«

»Aber auch angenehmer«, warf Santiddio ein.

Conan spülte einen Bissen Brot mit Wein aus einem goldenen Kelch hinunter. »Möglicherweise jedoch nicht weniger gefährlich«, gab er zu bedenken. »Diese hübschen Steinchen sind vielleicht schön anzusehen, aber ich persönlich ziehe eine Truhe voll Münzen vor. Wir können ja schließlich das Zeug nicht einfach auf dem Markt feilbieten.«

»Das ist überhaupt kein Problem«, versicherte ihm Mordermi. »Wir gehen damit vor wie bei einem ganz normalen Diebstahl. Ich habe ja immerhin die nötige Organisation. Wir schmelzen alles Gold und Silber zu handlichen Barren — ihren Ursprung kann man nicht zurückverfolgen —, und der Steine entledigen wir uns durch meine Verbindungsmänner in Aquilonien. Selbst wenn wir dadurch etwas an Profit verlieren, bleibt noch genug, uns ganz Zingara zu kaufen und Rimanendo als Schwammreiniger in einem öffentlichen Bad einzustellen.«

»Es ist zuviel Geld«, beharrte Conan. »Darin liegt die Gefahr.« Er nippte an seinem Wein und unterließ es, näher darauf einzugehen.

»Die Hälfte davon bekommt die Weiße Rose!« rief Santiddio strahlend und ignorierte Conans Befürchtungen — der Cimmerier war schließlich von Natur aus von düsterem Gemüt.

»Sie hat es sich wohl verdient«, stimmte Mordermi ihm bei. »Ich muß gestehen, ich hatte meine Bedenken, ob deine Leute ihren Teil auch wirklich beitragen könnten.«

»Auch ich habe meine Organisation«, erklärte Santiddio selbstgefällig.

»Das wird wohl deine Organisation sein«, sagte Sandokazi sarkastisch, als es an der Tür klopfte.

Einer von Mordermis Männern — das Brigantenhauptquartier wirkte jetzt nach dem Überfall wie ein Feldlager — öffnete die Tür, um Avvinti und Carico einzulassen. Ihre Ankunft war so pünktlich, daß die beiden nur zu früh gekommen sein und draußen auf die ausgemachte Zeit gewartet haben konnten. Avvinti verbeugte sich mit vollendeter Form, Carico dagegen grüßte lautstark und schüttelte jedem die Hand. Etwas wie Ehrfurcht leuchtete aus den Augen der beiden beim Anblick der gewaltigen Beute.

Die beiden Männer — Santiddios Hauptrivalen um die Führung der Weißen Rose — waren keine Freunde, trotz Santiddios Gerede von der gemeinsamen Sache. Avvinti war groß und von beeindruckendem Äußeren. Mit seinen aristokratischen Zügen und seinen ausgezeichneten Manieren hatte er Ähnlichkeit mit Santiddio. Doch gerade das — er war der vierte Sohn einer vornehmen Familie und hatte eine ausgezeichnete Erziehung genossen — war eher ein Grund zur Eifersucht als verbindend. Conan mochte ihn nicht. Carico war aus anderem Holz geschnitzt. Er wirkte ungeschlacht, neigte dazu leicht zu schwitzen, seine Züge waren grobgeschnitten, die Brust war wie eine Tonne. Er hatte breite Schultern, und sein Gesicht wies Rußspuren auf, die sich wie bei einem Schmied in die Haut eingefressen hatten, und dem Handwerk eines Schmiedes ging er auch nach, wenn er nicht gerade in einer Geheimversammlung der Weißen Rose neue radikale Gedankengänge erörterte. Denn obgleich er keine bessere Erziehung oder Schulbildung genossen hatte, war Carico ganz groß als Denker, eine Eigenschaft, die seine Anhänger sehr würdigten. Conan, dessen Vater ein Schmied gewesen war, schätzte Carico als guten Saufkumpan und hielt mehr von seiner Geschicklichkeit im Kampf als im Redenhalten.

Santiddios Einstellung hielt sich etwa in der Mitte zwischen Avvintis Doktrin einer wohlwollenden Diktatur der Intellektuellen und Caricos klassenloser Utopie, zu der es durch einen Zusammenschluß von Bauern und Arbeitern kommen sollte. Wegen eben dieser Einstellung lehnten die beiden Parteiflügel ihn ab, während er andererseits von allen unterstützt wurde, die weder dem einen noch dem anderen Extrem zugetan waren. Demzufolge war es Santiddios Führungsfähigkeit, die die Weiße Rose zusammenhielt.

»Sehr beeindruckend, nicht wahr?« bemerkte Santiddio, während die beiden Neuankömmlinge immer noch sprachlos die Schätze anstarrten.

»Das ist Gold genug, um die Armen von ganz Zingara ein volles Jahr lang zu versorgen!« rief Carico begeistert.

»Genug, um der Weißen Rose die Machtbasis zu verschaffen, die sie benötigt«, sagte Avvinti von oben herab, »wenn unsere Bewegung als politische Macht in Zingara etwas zu sagen haben soll.«

»Wir können uns bei unserer nächsten Versammlung darüber einigen, wofür unser Anteil verwendet werden soll«, unterbrach Santiddio die beiden, um eine drohende

Auseinandersetzung zu vermeiden. »Mordermi wird Zeit brauchen, um den Schmuck unauffällig zu Gold zu machen.«

»Wieviel Zeit?« fragte Avvinti mißtrauisch.

»Das hängt von General Korst ab«, schnaubte Mordermi. »Wir werden es angehen, sobald wir es wagen können. Nur ein Narr würde sich in Gefahr bringen, mit Diebesgut erwischt zu werden, das so leicht zu identifizieren ist. Ich rechne damit, daß unsere Flucht übers Wasser ihn veranlaßt, sich erst einmal die im Hafen vor Anker liegenden Schiffe vorzunehmen. Aber das hier ist kein gewöhnlicher Raub, und Korst weiß, daß seine Stellung davon abhängt, ob er Rimanendos Zorn besänftigen kann. Wir müssen äußerste Vorsicht walten lassen.«

»Aber zumindest die Münzen könnten wir jetzt schon aufteilen«, meinte Carico. »Wir beide haben ziemlich hohe Auslagen zu begleichen. Ich bin überzeugt, daß Mordermi den Rest der Beute so gut und schnell wie möglich zu Gold macht.«

»Ganz meiner Meinung«, pflichtete ihm Santiddio bei. »Avvinti?«

»Wir könnten alles sofort aufteilen, auch die Steine«, schlug Avvinti vor. »Ich bin sicher, daß wir unsere Hälfte durch die Weiße Rose genauso schnell versilbern können und dabei weniger Gefahr laufen, hereingelegt zu werden.«

Mordermi lächelte dünn. »Hereingelegt werden?« Kaltes Licht blitzte hinter den verschleierten Augen. Sein Schwertarm war unverletzt, und die Hand ruhte scheinbar zufällig auf dem Rapiergriff.

»Durch Mittelsleute«, erklärte Avvinti hastig.

»Wie viele Hehler kennst du denn?« erkundigte sich Carico sarkastisch.

»Außerdem gehört ein Fachmann dazu, den Wert dieser Beute abzuschätzen«, gab Santiddio zu bedenken. »Sollen wir uns vielleicht von einem shemitischen Goldschmied den Wert für jedes einzelne Stück nennen lassen? Oder jedes Schmuckstück gleich in zwei Teile hacken?«

»Ich will nur, was immer für die Weiße Rose das Beste ist«, erklärte Avvinti eisig. »Ihr müßt schon entschuldigen, daß ich weniger Erfahrung im Absetzen von Diebesgut habe als andere.«

Conan, der schon früher zu oft Streitigkeiten dieser Art erlebt hatte, verhielt sich stumm. Mordermi entging es nicht, daß der Cimmerier nur mit der Linken weiteraß, während seine Rechte neben dem Schwertgriff herunterhing.

Avvinti war nicht so uneinsichtig, die Gefahr nicht zu erkennen. »Wenn die Mehrheit gegen meinen Vorschlag ist, werde ich ihn zurückziehen«, sagte er widerstrebend. »Wollen wir nun also zumindest das Geld verteilen?«

»Einverstanden«, brummte Mordermi. »Wir können die Münzen zählen oder auswiegen, ich habe eine Waage. Ich nehme nicht an, daß die hohen Herrn Falschgeld bei sich trugen.«

Die Stimmung wurde in diesem Augenblick der Erwartung besser, da Sandokazi sich über den Tisch lehnte, um die schweren Beutel mit Gold-, Silber- und Kupfermünzen heranzuziehen. Die Augen glühten auf, als sie sie auf die Tischplatte leerte.

So sehr konzentrierten sich alle darauf, daß nur Conan bemerkte, wie die Kerze plötzlich mit einem blauen Strahlenkranz flackerte. Ungläubig rieb sich der Cimmerier die Augen. Die gelben Flammen schienen tatsächlich unter einem bläulichen Schleier zu zucken. Er öffnete den Mund, um darauf hinzuweisen.

Die Tür schwang plötzlich leise und unerwartet auf. Im blauen Schein der Kerze stand ein Fremder auf der Schwelle. Ungebeten betrat er das Gemach. Die Tür schloß sich wie von selbst, und in diesem Augenblick sah Conan Mordermis Männer unbewegt auf ihren Posten stehen.

Es kam alles so plötzlich, so völlig unvorbereitet, daß die Zeit stillzustehen schien, ehe sich überhaupt etwas tat.

Mordermi fand als erster Worte. »Wer bist du — und wie bist du hier hereingekommen?«

»Ich heiße Callidios«, antwortete der Fremde ironischen Tones. »Und ich bin zu Fuß hierhergekommen.«

»Ich gab Anweisung, uns nicht zu stören«, knurrte Mordermi, verärgert über die Unterbrechung, vor allem aber darüber, daß seine Sicherheitsmaßnahmen das Eindringen des Fremden nicht verhindert hatten.

»Das hat mir niemand gesagt«, erwiderte der Fremde.

»Na schön, weshalb bist du hier?«

»Um Euch zum König zu machen.«

Conans Faust schloß sich um den Schwertgriff, aber Mordermi lachte nur — genau wie die anderen nach einer nervösen Pause. Die so ruhig geäußerte Behauptung in dieser Räuberhöhle war zweifellos ein dummer Scherz. Nur Conan lachte nicht, denn er spürte die Eiseskälte von Zauberei, und dem Akzent nach war der Fremde ein Stygier.

Callidios sah nicht sehr gefährlich aus. Er war jung — offenbar nicht älter als die meisten der Anwesenden —, schlank, ja schlacksig in dem engen Beinkleid und einfachen Wams, beides leicht zerschlissen. Ein weiter Umhang aus grauem Tuch hing über die schmalen Schultern. Er stand ein wenig schief, so daß es aussah, als würde er jeden Augenblick über das lange Rapier stolpern, das er viel zu tief an der Hüfte hängen hatte. Der dunklen Haut und der Hakennase nach entstammte er einer hohen stygischen Kaste, aber das strähnige strohblonde Haar und die graugrünen Augen verrieten sein gemischtes Blut. Zwischen dem herabhängenden Haar und den tief in den Höhlen liegenden Augen befand sich eine hohe Stirn. Allerdings wurde der Eindruck überdurchschnittlicher Intelligenz durch die dünnen Lippen, die unkontrolliert zuckten, und durch die allzu glänzenden Augen beeinträchtigt, die von Lotusträumen sprachen.

»Noch einmal, ehe meine Männer hereinkommen und dir ein paar Rippen brechen, was willst du hier?«

»Ruft Eure Männer ruhig, aber sie werden Euch nicht hören.« Callidios lächelte und verlagerte sein Gewicht auf die andere Hüfte, so daß er wieder schief stand. »Sie schlummern tief und fest. Vielleicht hatten sie vergangene Nacht zu wenig Schlaf.«

»Sifino! Amosi!« brüllte Mordermi. »Herein mit euch! Schlagt diesem verdammten Narren doch ein paar Zähne aus!«

Als keine Antwort kam, rief Mordermi noch einmal nach ihnen und so, daß sie es unbedingt hören mußten. Aber das Resultat blieb das gleiche.

»Es ist ganz einfacher Zauber«, sagte Callidios schulterzuckend. »Ich kenne noch einen anderen. Zieht eure Klingen nicht, meine Herren! Läge es in meiner Absicht, euch Böses zuzufügen, hättet ihr es längst bemerkt.«

»Conan, bring diesen verdammten Toren um, wenn er noch eine Bewegung macht!« knurrte Mordermi. »Santiddio sieh nach, was draußen auf dem Korridor vorgeht!«

Santiddio wollte es tun — und erstarrte. Das Gemach hatte plötzlich keine Tür mehr. Nur eine kahle Wand befand sich dort, wo sie gewesen war.

»Eine kindische Illusion, das gebe ich zu«, entschuldigte sich Callidios. »Es könnte durchaus sein, daß die Tür noch ist, wo sie war, ich bin mir nicht ganz sicher. Ich muß euch bitten, meine Vorsichtsmaßnahmen zu verzeihen, aber es darf kein Außenstehender an unserer kleinen Besprechung teilnehmen.«

Callidios machte keine erkennbare Bewegung, doch

plötzlich war die Tür wieder da. Vom Gang dahinter waren dumpfe anklagende Stimmen zu hören.

»Es war nicht sonderlich einfallsreich.« Callidios zuckte die Schultern.

»Warte, Conan!« Mordermi hielt den Cimmerier zurück, der zu einem mörderischen Sprung angesetzt hatte. »Wir sollten vielleicht doch erst einmal hören, was er zu sagen hat. Unser Besucher ist ein Mann von beachtlichem Talent.«

»Er ist ein stygischer Zauberer und wird bedeutend weniger beachtlich sein, wenn er erst um einen Kopf kürzer ist«, knurrte Conan. »Wenn wir ihn nicht hier und jetzt töten, werden wir es noch alle bereuen.«

»Warten wir damit noch einen Augenblick«, schlug Mordermi vor, als er sah, daß die anderen Conans Meinung zu teilen schienen. »Da Callidios sich mit uns unterhalten will, sollten wir ihm vielleicht doch erst einmal erlauben, uns den Grund seiner Anwesenheit genauer zu erklären.«

»Sehr gern«, versicherte ihnen der junge Mann mit müder Stimme. »Ich bin gekommen, euch zu helfen, euren Schatz gut anzulegen.« Mit absoluter Sorglosigkeit ließ er sich in einen Sessel am Tisch fallen.

»Der Bursche ist verrückt!« brummte Mordermi kopfschüttelnd. »Ich glaube, ich habe dich schon einmal gesehen. Du hast dich taumelnd vom Rauch des gelben Lotus am Hafeneingang zur *Grube* herumgetrieben. Ich weiß nicht, wie du hergefunden hast. Aber ob du nun Rimanendos Spion bist oder deinem eigenen Wahn folgst, du wirst feststellen, daß es bei weitem nicht so einfach ist, mit unserem Geheimnis hier wieder herauszukommen.«

»Geheimnis? Ihr glaubt doch nicht wirklich, daß ein Raub dieser Größenordnung geheimgehalten werden kann? Es gibt niemanden in der *Grube*, der nicht von Mordermis tollkühnem Unternehmen der vergangenen Nacht spricht. Selbst die Dummköpfe an Rimanendos Hof dürften inzwischen begriffen haben, wessen Hand sie um ihre Wertsachen erleichterte — und ihren Stolz kränkte. Zu dumm, daß Ihr das eine nicht ohne das andere stehlen konntet, Mordermi. Bisher hat Rimanendo nur deshalb nichts gegen Euch unternommen, weil er Euch seiner Aufmerksamkeit nicht für würdig erachtete. Ihr mögt vielleicht der König der Diebe in der *Grube* sein, aber Seine Majestät und seine Herren Lords stehlen dem Volk mit ihren Steuern in einer Woche mehr, als Ihr und Eure Leute Rimanendo durch Überfälle in einem ganzen Jahr abnehmen könntet.

Doch jetzt habt Ihr ihm seine Selbstachtung geraubt. Rimanendo kann sein Gesicht nur wahren, wenn er Euch und Eure Männer auf dem Tanzboden den Raben vorwirft. Und schlimmer noch, Ihr habt Euch mit der Weißen Rose verbündet und sie aus ihrem heimlichen Widerstand heraus zu Taten angestiftet. Korst wird gegen die *Grube* vorgehen, und Rimanendo wird ihm sämtliche Streitkräfte geben, die er braucht, um Euch und die Weiße Rose zu vernichten.

Und deshalb«, schloß Callidios, »werdet Ihr Euer neues Vermögen mit äußerster Vorsicht anlegen, wollt Ihr nicht bald den Raben gegenüber damit prahlen.«

»Der Mann ist ein Genie!« Mordermi lachte säuerlich. »Bis zu diesem Augenblick glaubten wir doch tatsächlich, daß Rimanendo sich nichts anderes wünschte als seinen Reichtum mit uns zu teilen. Und nun verrate uns in den paar Herzschlägen, die dir noch bleiben, wie du unser Vermögen gern angelegt sehen möchtest.«

»Benutzt es, Rimanendo zu vernichten — ehe er euch vernichtet!«

Callidios erhob sich aus dem Sessel und schritt in seiner aufreizend schiefen Haltung im Zimmer auf und ab.

»Ihr habt ein ungeheures Vermögen gestohlen, doch ihr kennt seinen Wert nicht. Ihr sprecht von Nahrung für die Hungernden, feiner Kleidung für euch selbst, Pamphleten, mit denen ihr eure politischen Ansichten verbreiten könnt, Waffen um sie an eure Anhänger zu verteilen. Ihr erinnert mich an Diebe, die ein uraltes Amulett aus einem Tempel Sets in meiner Heimat stahlen. Als man sie faßte, stellte sich heraus, daß sie die Edelsteine herausgebrochen und das Gold eingeschmolzen hatten — und sie bildeten sich ein, jetzt reiche Leute zu sein. Dabei hätte das Amulett, das sie so unüberlegt zerstörten, die Kraft gehabt, seinen Träger unangreifbar zu machen.

Wißt ihr, was ihr hier habt? Den Kaufpreis für ein Königreich! Wenn ihr diesen Reichtum richtig einsetzt, könnt ihr Rimanendos Sturz herbeiführen. Statt euch als Gejagte in der *Grube* zu verkriechen, könnt ihr die neuen Herrscher von Zingara sein und in Freuden in den Palästen der Edlen leben.«

»Wie du hörst«, sagte Santiddio zu Mordermi, »der Bursche ist total verrückt!«

»Vielleicht teilt er nur seinen Lotustraum mit uns«, meinte Mordermi. »Aber solche Träume sind großartige Visionen.«

»Ich werde seinen Wahnsinn kurieren!« knurrte Conan.

»Nein, warte!« Wieder hielt Mordermi ihn zurück. »Laßt uns Callidios zu Ende anhören.«

»Stellt euch das Machtgefüge vor, das Rimanendos Regierung zusammenhält«, fuhr Callidios fort, als säßen sie zu einem vertraulichen Gespräch in seinem Privatgemach. »An der Spitze der Pyramide ist König Rimanendo, korrupt und unfähig. Sein einziges Interresse als Herrscher gilt der Sorge, genügend Steuern zu kassieren, um seine Schatztruhen zu füllen, damit er seine Ausschweifungen nicht einzuschränken braucht. Unter dem König sind seine Lords, die das zingaranische Volk nach Belieben tyrannisieren können, solange nichts Rimanendo bei seinen Lustbarkeiten stört. Jede einzelne der mächtigeren Familien könnte Rimanendo absetzen, wären da nicht der Neid und die Eifersucht ihrer Rivalen — die sich zweifellos bei jeder Änderung des Machtgefüges einmischen würden. Gestützt werden der König und seine Edlen von den Streitkräften — sowohl von der Königlich Zingaranischen Armee als auch von den Privatheeren der mächtigeren Lords. Sie zwingen den Massen den Willen ihrer Herren auf — den Massen, dem zingaranischen Volk, das den Sockel der Pyramide bildet.«

»Dieser Mann«, brummte Santiddio, »hat die erstaunliche Besessenheit, uns Dinge zu erzählen, die wir nur zu gut wissen.«

»Und doch duldet ihr diese Situation!« höhnte Callidios.

»Nicht mehr viel länger!« platzte Carico heraus, der sich nicht zurückhalten konnte. »Wenn das Fundament der Pyramide sich verschiebt, müssen die an ihrer Spitze fallen. Die Weiße Rose wird das Volk in eine neue Gesellschaftsordnung führen, in der es weder Unterdrücker noch Unterdrückte mehr gibt.«

»Ich bin sicher, daß wir alle hier ebenso denken«, unterbrach ihn Callidios. »Aber Rhetorik allein stürzt keinen Herrscher, genausowenig wie Bauern mit Heugabeln sich gegen eine Armee stellen können.«

»Die Soldaten werden nicht gegen ihre Brüder kämpfen, sobald die Weiße Rose sie davon überzeugt hat, daß unsere gute Sache die des gesamten zingaranischen Volkes ist.«

»Da täuscht Ihr Euch aber sehr, Carico! Die Soldaten werden gegen jeden kämpfen, solange sie dafür bezahlt werden. Das ist ihr Beruf.«

Callidios deutete mit einem Daumen auf den schatzbeladenen Tisch.

»Hierfür werden sie kämpfen!«

Gegen ihren Willen lauschten alle gespannt den Worten des Stygiers.

»Ihr seht in diesem Schatz nur den materiellen Wert«,

fuhr Callidios fort. »Ihr seid wie die bedauernswerten Diebe des Amuletts. Ich sage euch, sein wahrer Wert ist die *Macht*! Und mehr noch: das Mittel zu größerer Macht. Absolute Macht in Zingara — wenn ihr es wagt, nach ihr zu greifen!«

»Warum soll ich die Illusionen dieses Zauberers nicht mit reinem Stahl auf die Probe stellen?« fragte Conan. »Seine Zunge ist so irreführend, wie seine Schritte es sind.«

»Zingara ist reif, gepflückt zu werden«, fuhr Callidios unerschütterlich fort. »Doch nicht durch Rhetorik und kleine Diebereien. Jeder der mächtigen Lords könnte Rimanendo den Thron entreißen — wenn seine Rivalen es zuließen. Aber Thronräuber würden das Machtgefüge ins Schwanken bringen und zu einem Bürgerkrieg führen — und Bürgerkriege sind gewöhnlich die Vernichtung beider Seiten. Also bleibt Rimanendo weiter auf dem Thron.

Doch mit der Macht, die jetzt euer ist — wenn ihr sie weise einsetzt —, könnt ihr die Pyramide zum Einsturz bringen. Für die von oben getretenen Menschen Zingaras ist Mordermi ein Held, und die Massen sind den Worten der Weißen Rose gegenüber aufgeschlossen. Mit diesem Reichtum hier könnt ihr euch mächtige Freunde kaufen, den Einfluß von ganz Hochgestellten gewinnen. Ihr könnt die Richter des Königs bestechen und euch Gefälligkeiten von jenen erkaufen, die am Hof etwas zu sagen haben. Ihr könnt dafür Waffen erstehen und Rüstungen für eure Volksarmee — oder besser noch: Kompanien kampferprobter Söldner anwerben. Wird eure Macht erst einmal anerkannt, könnt ihr Geheimbünde mit den hohen Lords schließen. Dann werdet ihr stark genug sein, gegen Rimanendo und seine Anhänger vorzugehen — und aus den Flammen eines Bürgerkriegs wird sich eine neue Ordnung erheben, und ihr könnt einen neuen Herrscher nach eurer eigenen Wahl auf den Thron setzen.

Der große Moment ist gekommen, ihr braucht ihn nur zu nutzen. Zögert ihr jedoch, wird er für immer verloren sein, und ihr werdet von den Kräften vernichtet, die ihr bereits herbeibeschworen habt.«

»Und wie paßt du in diesen großen Traum?« fragte Santiddio.

»Ich erwarte natürlich, an eurer Macht teilzuhaben«, erwiderte Callidios verbindlich. »Wie Mordermi bereits bemerkte, bin ich ein Mann von beachtlichem Talent. Immerhin spazierte ich in eure geheime Festung, ohne von eurer kleinen Armee von Briganten daran gehindert zu werden. Ich kann sie auch wieder ungehindert verlassen — und euren Schatz mitnehmen, wenn ich an derart Unwichtigem interessiert wäre. Mein Plan ist, ein Königreich in meine Macht zu bringen, nicht mich wie ein Hund unter anderen Hunden um die Knochen zu balgen, die von des Königs Tisch fallen.«

»Sehr kühn, euer Plan«, brummte Mordermi. »Aber ich wüßte nicht, wieso wir einen abtrünnigen stygischen Zauberer brauchten, um ihn in die Tat umzusetzen. Ich kann nur staunen, wieso ein Mann, der so von seinen Fähigkeiten überzeugt ist, seine Zeit hier in der *Grube* vergeudet.«

Callidios zuckte ein wenig schief die Schulter. »Wie ihr bereits erraten habt, wäre es unklug von mir, nach Stygien zurückzukehren. Ich bin bedauerlicherweise auch kein Lord des Schwarzen Ringes, denn sonst würdet ihr mich nicht in diesem unwürdigen Zustand sehen. Aber ich habe meine Gründe, daß ich meine Tage damit zubringe, in der *Grube* umherzustreifen.«

Er schenkte sich, während er sprach, einen Kelch voll Wein und ließ sich wieder in den Sessel fallen, und irgendwie brachte er es fertig, keinen Tropfen dabei zu verschütten.

»Mein Vater war ein Priester Sets, meine Mutter eine

Æsirsklavin, die ersteigert worden war, um eine wichtige Rolle in einem bestimmten Ritualopfer zu spielen. Sie war sehr schön und das Verlangen meines Vaters nach ihr groß, und so war sie schon in kurzer Zeit nicht mehr als jungfräuliches Opfer zu gebrauchen. Mein Vater war glücklicherweise mächtig genug, der Strafe für seine Tat zu entgehen, jedoch nicht der Schande. Als ich geboren wurde, erachteten seine Feinde mich als ihrer Aufmerksamkeit nicht würdig, wogegen ich für meinen Vater eine ständige Erinnerung an die Tatsache war, daß er in Ungnade gefallen war.

Meine Mutter starb. Niemand hinderte mich daran, in den Tempeln Sets herumzustreifen, man duldete mich etwa wie einen streunenden Hund, der keine Ungelegenheiten macht. Ich lernte sehr viel in jenen Tempeln — interessante Geheimnisse und verbotenes Wissen, eben wie ein streunender Hund sich von Krumen und Brosamen ernährt und hin und wieder einem fetteren Brocken, wenn es niemand sieht. Schließlich wurde es lebensnotwendig für mich, Stygien zu verlassen, doch nicht, ehe ich genügend Kräfte beherrschte, meine Flucht ungehindert durchzuführen. Ich sitze hier vor euch, und das dürfte Beweis genug sein, daß es keine leere Prahlerei ist.

Von Luxor floh ich nach Khemi und nahm dort ein Schiff nach Kordava. Seit einigen Wochen lebe ich bereits in der *Grube*, doch nicht, um mich hier zu verstecken — diese begrabene Stadt wäre keine Zuflucht vor jenen, die mich suchen würden, wenn sie es vermöchten. Nein, ich kam zur *Grube*, um gewisse Dinge zu finden, von denen ich gehört hatte. Ich fand auch, wohinter ich her war, doch wußte ich nicht so recht, welchen Nutzen ich aus meinem Wissen ziehen sollte. Und natürlich spricht jeder in der *Grube* von Mordermis tollkühnen Unternehmungen. Als ich schließlich von Eurem letzten, nächtlichen Coup hörte, mein Freund, kam mir ein Gedanke, wie wir uns von gegenseitigem Nutzen sein könnten.«

»Ich muß schon sagen, Callidios«, Mordermi lachte, »für einen Zauberer aus eigenen Kräften stehst du keinem Banditen, den ich kenne, an Unverfrorenheit nach. Wenn deine Zauber nur halb so betörend wären wie deine Worte, würdest du heute über ganz Stygien herrschen. Trotzdem klingt, was du sagst, sehr einleuchtend, und ich kann stets einen weiteren klugen Kopf in meiner Bande brauchen. Weißt du wirklich mit deiner Klinge umzugehen, oder schickst du deine Gegner erst mit einem Zauberspruch in den Schlaf, ehe du sie ihnen in die Brust stößt?«

»Ich bin mir nicht sicher, ob ich das so genau beantworten kann«, erwiderte Callidios ruhig. »Aber ich habe keine Schwierigkeiten, eine ganze Armee von Schwertkämpfern herbeizurufen, gegen die sich gewiß kein menschlicher Gegner freiwillig stellen würde.«

»Eine Armee?« Mordermi fragte sich, ob er lachen sollte. Eisiges Selbstvertrauen sprach aus Callidios' Stimme, das so gar nicht zum Grinsen reizte.

»Eine Armee, die ich durch mein geheimes Wissen herbeibeschwören kann«, versicherte ihm Callidios. »Genau wie Ihr Euch durch den gestohlenen Reichtum eine Armee beschaffen könnt. Nun, wollen wir uns verbünden, Mordermi?«

Sarkastisches Lachen blitzte aus den graugrünen Augen, so daß Mordermi sich plötzlich fragte, welcher von ihnen den Narren markierte.

8

FRÜHMORGENDLICHER AUSFLUG

Das Meer schlug schwerfällig gegen das Gewirr verrottender Kais. Fernes Glockengeläut war zu hören. Conan sah Sandokazi zu, wie sie die nackten Beine in das träge Wasser steckte, und fragte sich, ob es den Himmel oder die Hölle bringen würde.

»Wir brauchen ein Boot«, hatte Callidios gesagt. »Und jemanden, der es rudert. Außerdem einen geübten, ausdauernden Schwimmer.«

Der Cimmerier zog mürrisch die Ruder ein, wodurch das Boot durch die leichten Wellen zu gleiten begann. Am Heck strich Sandokazi den Rock über den Oberschenkeln zurecht und strampelte mit den Beinen im Wasser. Am Bug saß Callidios in schiefer Haltung und rief ihm gelegentlich eine Anweisung zu. Conan hatte sich zu diesem Ausflug bereit erklärt, mit dem noch unausgegorenen Gedanken, dem Stygier den Anker um den Hals zu schlingen und ihn an der tiefsten Stelle der Bucht zu versenken.

Mordermi und Santiddio hatten sich mit den Unterführern der Briganten und dem inneren Kreis der Weißen Rose zusammengesetzt, um Pläne zu schmieden, und das die ganze Nacht hindurch. Zu Conans unverhohlenem Unwillen hatten sie die Ideen des Stygiers voll und ganz akzeptiert — so sehr, daß Mordermi bereits erklärt hatte (und es vielleicht selbst glaubte), daß Callidios lediglich seine eigenen Gedanken ausgesprochen hatte.

Außerdem hatte Callidios einige sehr wirksam

erwähnt, deren er fähig war — erstaunliche Mächte, die er zur Unterstützung der guten Sache seiner neugewonnenen Kameraden herbeirufen konnte. Vielleicht waren es alles nur Lotusträume. Aber es war nie sehr klug, die Worte eines Mannes anzuzweifeln, der mit den schrecklichen Geheimnissen der Setpriester vertraut war. Callidios beteuerte, einen Beweis seiner kühnen Behauptung erbringen zu können. Conan war dazu bestimmt, diesen Beweis unter die Lupe zu nehmen, und Sandokazi hatte sich ihnen angeschlossen, um zu verhindern, daß der Cimmerier ihrem möglicherweise wertvollen Verbündeten etwas antat.

Der Morgen war unter dem schwindenden Dunst noch recht kühl, obgleich die Geschwindigkeit, mit der die aufgehende Sonne den grauen Schleier vertrieb, einen heißen Tag versprach. Conan, der sich daran erinnerte, daß Korst den Hafen überwachen ließ, fluchte über die Wahnwitzigkeit des Stygiers, auf diesem Ausflug in der Bucht zu bestehen. Es war gerade Ebbe, und ein buntes Durcheinander von Kauffahrern und Fischerkähnen lief aus. Das erweckte in Conan die Hoffnung, daß ihr Boot nicht unliebsam auffallen würde.

»Conan, schau doch!« rief Sandokazi. »Man kann unten am Grund Menschen sehen!«

Callidios wäre in seiner Hast, als er sich über den Bootsrand beugte, um ihrem deutenden Finger zu folgen, fast ins Wasser gefallen. »Statuen!« fauchte er verärgert. »Nichts als Gartenstatuen! Ich werde euch etwas Besseres zeigen.«

Conan rastete die Ruder ein und blickte über die Seite. Als die Strahlen der Morgensonne die blaue Tiefe durchdrangen, offenbarten sie ein paar Faden unter ihnen die versunkenen Ruinen des alten Kordava. Halb unter einem Algenwald begraben hielt eine Gruppe angeschlagener Steinskulpturen Wache zwischen den umgestürzten Säulen und geborstenen Wänden eines wasserüberspülten Herrenhauses. Schwärme kleiner Fische flitzten wie fliegende Silbervögel über den überwucherten Steinen und Trümmern verrottender Ziegel. Verschwommen verschmolzen weitere Ruinenriffe mit dem kopfstehenden Horizont, wo lange Bänder aus Seetang in der Strömung schaukelten, als flatterten sie im Morgenwind.

»Ich hatte nicht gewußt, daß soviel von der alten Stadt durch das Beben vom Meer verschluckt wurde«, murmelte Conan. »Ich dachte, es wäre nur ein kleiner Streifen am Hafen gewesen. Aber wir befinden uns hier bereits zumindest eine Meile vom Ufer entfernt.«

»Wir sind schon außerhalb der Mauern der alten Stadt«, erklärte ihm Callidios. »Das hier war eine längliche Halbinsel, die einst die Einfriedung des damaligen Hafens bildete. Die gesamte Halbinsel versank im Meer, als das Erdbeben diese Küste erschütterte. Die Reichen hatten hier ihre Villen. Wir rudern gerade über den Ruinen eines der Herrenhäuser.«

Er blinzelte zur offenen See, wo die zurückflutenden Wellen über die versunkene Landzunge wogten. »Gut, wir haben den richtigen Kurs. Rudere weiter entlang der Untiefe. Die Grabkammer liegt weiter seewärts, aber bei Ebbe dürften wir keine Schwierigkeiten haben, sie zu finden.«

»Ah, zu einer Gruft führst du uns also?« bemerkte Conan sarkastisch. »Ich dachte, du wolltest uns deine Armee zeigen.«

»Ich werde dir soviel davon zeigen, wie du nur sehen möchtest, Cimmerier.«

Conan spuckte ins Wasser und griff wieder nach den Rudern. Er hatte sich nicht viel Gedanken über Callidios' Rederei gemacht, weil er sie ohnedies nur für Aufschneiderei hielt. Natürlich wäre es möglich gewesen, daß der stygische Zauberer eine Bande von Meuchlern unter seinem Kommando hatte, die fernab der Küste auf einem Schiff wartete oder sich auf einer der kleinen Inseln im Delta des Schwarzen Flusses versteckt hielt.

»Wessen Grabkammer suchen wir denn?« fragte Sandokazi, um das Schweigen zu brechen.

»Die von König Kalenius.«

Sandokazi überlegte mit gerunzelter Stirn. »König aus einem Lotustraum, vielleicht. Ich erinnere mich an keinen ›Kalenius‹ unter den Königen von Zingara.«

Conan schnaubte verächtlich und dachte, daß das Wasser bald sehr tief sein würde, wenn sie erst über diese ehemalige Halbinsel hinweg waren.

»Kalenius war einer der größten thurischen Könige«, erklärte Callidios ein wenig von oben herab. »Er lebte zu einer Zeit, als Atlantis und Lemuria sich noch über die Wellen erhoben und die Königreiche dieses Landes Verulien und Farsun und Valusien waren, während Zingara noch ein gutes Jahrtausend auf seine Entstehung warten mußte.«

»Nun, ich habe jedenfalls nie von diesem Kalenius gehört«, sagte Sandokazi gereizt. »Auch nicht von seinem Reich oder seiner Gruft.«

»Die Könige und Reiche des alten Thurien sind Geister und Staub, vergessen von den stolzen hyborischen Zivilisationen, die sich aus den Gebeinen ihrer einstigen Größe erhoben haben«, sagte Callidios mit abfälliger Stimme. »Ich glaube, es wird der Tag kommen, da auch unsere Zeit vorbei ist und wir und unsere Zivilisation Staub sind. Und die Kinder, die auf unseren Gerippen tanzen, werden sich an unsere Länder und unsere Rassen nur noch in ihren Träumen erinnern.«

»Welch ein Unsinn!« Sandokazi lachte. »Könige sterben, aber wie könnte dieses Land und seine Zivilisation dahinscheiden?«

»Du brauchst nur in die Tiefe zu schauen, dann hast du deine Antwort«, erwiderte Callidios.

Conan schwieg. Wenn es Sandokazi Spaß machte, sich mit einem Wahnsinnigen anzulegen, sollte sie doch! Das Ankertau und hundert Faden würden Callidios' Zunge bald für immer zum Verstummen bringen.

»In den Jahrhunderten, nachdem Kull, der Atlanter, den valusischen Thron an sich gerissen und die thurischen Königreiche in ein Zeitalter der gegenseitigen kriegerischen Zerstörung gezogen hatte, war es Kalenius, der schließlich durch Eroberung den Frieden in die Lande nördlich und westlich von Grondar und in die Verlorenen Länder brachte. Das Reich Kalenius' überstieg sogar die Träume des ehrgeizigen Königs Yezdigerd von Turan. Die Herrscher und Völker eines ganzen Kontinents beugten sich seinen Befehlen und Launen. Kalenius behauptete, sein Reich würde tausend Jahre überstehen, und sein Ruhm alle Ewigkeit.

Aber Kalenius wurde alt und starb. Sein Reich zersplitterte in den Bürgerkriegen, die einsetzten, noch ehe er bestattet wurde. Schließlich zog die plötzliche Vernichtung einen alles verhüllenden Schleier über die thuranischen Königreiche, und von der Größe Kalenius' haben nur noch die wenigen Kenntnis, die sich für das verlorene Wissen einer längst vergessenen Zeit interessieren.«

Callidios unterbrach seinen Monolog mit einer plötzlichen Verlagerung seiner Haltung und brüllte wild: »Hör zu rudern auf, Conan! Wir sind da!«

Einen Augenblick später hatte der Stygier bereits den Anker über die Bootsseite geworfen. Mit schiefem Grinsen begegnete er Conans Augen, und der Cimmerier fluchte heimlich.

Sie lagen nun etwa drei Meilen vor der Küste vor Anker. Bei Ebbe befand sich die Halbinsel nur einen Faden unter ihrem Kahn. Vereinzelte Wogen schäumten über der versunkenen Landzunge. Conan nahm an, daß die Strömung bei Gezeitenwende recht tückisch sein würde. Keine Schiffe oder Fischerkähne befanden sich in Sichtweite — sie blieben in tieferem Gewässer.

»Unter uns«, Callidios deutete, »liegt das Mausoleum König Kalenius'.«

Conan und Sandokazi spähten hinab. Das Wasser war klar, aber die gischtigen Wellen verbargen den Grund. Möwen flatterten und kreischten über ihnen. Wind und Meer trafen aufeinander. Conan nahm an, daß der Boden deshalb viel höher war, weil sich hier unter ihnen ein Berg oder Hügel von beachtlicher Größe befand.

»Wo ist es denn?« fragte der Cimmerier und warf Sandokazi einen bedeutungsvollen Blick zu.

»Unter See und Sand«, antwortete Callidios. »Vor tausend Jahren hättet ihr vielleicht noch die Ruinen einiger der größeren Monumente des Mausoleums sehen können, zu dessen Errichtung man dreißig Jahre brauchte. Was die Katastrophe verschonte, holten sich die Gründer Kordavas als Bausteine. Nur der Grabhügel blieb, und selbst ihn verschlang schließlich das Meer. Wir befinden uns über den Überresten dieses Bestattungshügels.«

»Wie faszinierend«, log Sandokazi.

»Dreißig Jahre seines Lebens widmete Kalenius dem Bau seines Mausoleums. Hunderttausend fähige Arbeiter, zehntausend Handwerksmeister, das Vermögen eines ganzen Reiches und der Wille des Alleinherrschers des thuranischen Kontinents schufen dieses Bauwerk, das ein Weltwunder werden sollte — eine Grabkammer, die bestimmt war, die Ewigkeit zu überdauern.«

»Ungemein interessant«, sagte Sandokazi jetzt und gähnte. Die Sonne war höher gestiegen, die Hitze nahm immer mehr zu, und das Vergnügen an einem Abenteuer ließ nach.

»Es ist doch überhaupt nichts hier«, brummte Conan. Er fühlte sich nach der bombastischen Rede des Stygiers jetzt tatsächlich betrogen.

Callidios zerrte an seinen Stiefeln und quälte sich aus ihnen heraus. »O doch«, versicherte er ihm. »Wenn man weiß, wo man suchen muß. Marmortempel und goldene Springbrunnen haben den Zahn der Zeit vielleicht genausowenig überstanden wie ein Blumenkranz auf einem Grab, aber die alles übertreffenden Wunder von König Kalenius' Mausoleum waren von vornherein unter der Erdoberfläche verborgen.«

Callidios legte seine Stiefel neben sein Rapier, breitete sein Wams darüber und wand sich aus dem hautengen Beinkleid. »Natürlich«, fuhr er fort, »wirst du ein Stück schwimmen müssen, wenn du etwas sehen willst.«

Conan zuckte die Schultern und zog ebenfalls die Stiefel aus. Sein Oberkörper war ohnedies nackt, und aus seinen Beinkleidern war er schnell geschlüpft. Um die nackte Mitte schnallte er den Waffengürtel und vergewisserte sich, daß der Dolch fest in der Scheide steckte.

Sandokazi lächelte ihm verwegen zu, dann löste sie die Schnüre ihres Mieders. Sie stieg aus dem Rock, zog die Bluse über den Kopf und stand ihm in einem dünnen Baumwollhemd gegenüber.

»Du willst mitkommen?« fragte der Cimmerier halb protestierend.

»Warum nicht? Ich schwimme gern, und hat Callidios uns nicht atemberaubende Wunder versprochen?«

»Wir werden nicht lange weg sein«, versicherte ihnen der Stygier und zog am Ankertau, das sie über den Rand des Unterwasserhügels trieben. Seiner Kleidung entblößt, wirkte Callidios wie eine ungeschickte Zusammenstellung von knorrigen Gelenken und eckigen Gliedern. Neben Conans sonnengebräunter muskulöser Gestalt sah Callidios wie eine unterernährte, streunende Katze aus, die sich in einer Pfütze gewälzt hatte.

»Was wird uns denn geboten?« fragte Conan.

»Folge mir, dann wirst du es sehen«, erwiderte der Stygier ausweichend und ließ sich ins Wasser fallen.

Vergnügt lachend tauchte Sandokazi ihm nach. Conan folgte ihnen mit gerunzelter Stirn.

Drei Köpfe ragten aus den Wellen. Hinter ihnen schaukelte der leere Kahn in der leichten Morgenbrise. Callidios, dessen wergfarbiges Haar an seinem knochigen Schädel klebte, strampelte bis zu einer Stelle, wo der Grund jäh abfiel. Dort wartete er wassertretend auf die beiden anderen.

»Das Mausoleum mit seinen tausend Säulen und seiner Decke aus Lapislazuli, auf das tagsüber eine goldene Sonne und des Nachts ein silberner Mond schien und dessen Bodenfliesen aus quecksilberdurchflossenem Serpentin bestanden, sollte nicht mehr als den trauernden Untertanen über Generationen hinweg ein prächtiges, ehrfurchterregendes Denkmal sein. Der Leichnam König Kalenius' hingegen, durch die Zauberkräfte seiner Magier vor dem Zerfall bewahrt, wurde unter der Erde in einer geheimen Grabkammer bestattet, deren Wunder die des Mausoleums so sehr übertrafen wie diese das Grab eines Bettlers. Kalenius befahl seinen Untertanen, in der hiesigen Ebene einen Berg zu erschaffen. Zweihunderttausend Sklaven plagten sich drei Jahrzehnte lang damit ab, Erde herbeizuschleppen, um für Kalenius einen Berg aufzuhäufen, wo keiner gewesen war.

Die so entstandene Grabstätte war eines Gottes würdig, zweihundert Fuß erhob sie sich über die Ebene, ein kreisrunder Hügel, tausend Fuß im Durchmesser. Auf seiner Kuppe wurden Tempel und Grabmonumente errichtet, die in ihrer Pracht das Auge seiner Untertanen blenden sollten. Aber in seinem Innern war ein Palast vergraben, der noch viel prunkvoller war als jener, von dem aus König Kalenius einen ganzen Kontinent regierte. Dort wurden die sterblichen Überreste des Königs auf einen goldenen Thron gesetzt, um für immer in der Welt des Todes zu herrschen.«

Callidios machte eine Pause, um Atem zu schöpfen. Conan warf einen Blick zum Kahn und sah erleichtert, daß der Anker hielt. Er dachte, daß der Stygier die lange Rede ruhig schon im Boot hätte halten können, bevor sie ins Wasser sprangen.

»Zu der Zeit, da die Erde erbebte und das alte Kordava vernichtete«, fuhr Callidios fort, »war Kalenius längst vergessen und sein Grabhügel nicht mehr als ein unbedeutender kleiner Berg. Dann verschlang das Meer alles, was von den großen Werken der voratlantischen Zeit noch geblieben war, und der Berg, den ein mächtiger König einst hatte errichten lassen, wurde zu einer namenlosen Untiefe. Als Spielball von Untergang und Erdbeben versank die geheime Grabkammer Kalenius' in der See, wo nun die Gezeiten und Stürme von mehr als einem Jahrhundert unermüdlich die letzte Barriere zu einem unterirdischen Palast wegspülten. Wenn ihr an dem Beweis meiner Worte interessiert seid, dann folgt mir.«

Trotz all seiner Skepsis begann Conan sich nun doch zu interessieren. Die Aussicht, eine königliche Grabkammer plündern zu können, ließ ihm die Gedanken durch den Kopf schwirren. Wenn auch sein Ruhm die Jahre nicht überlebt hatte, so würde doch zumindest Kalenius' Gold die Zeit überdauert haben.

»Diese Grabkammer ...«, begann Conan.

Aber Callidios tauchte bereits in die Tiefe.

Conan fluchte noch einmal heftig, ehe er tief Luft holte und den Atem anhielt. Dann folgte er dem Stygier.

Das Salzwasser brannte anfangs in den Augen, doch nachdem er sich daran gewöhnt hatte, konnte er recht gut sehen. Dicht neben ihm entdeckte er Sandokazi — ihr weißes Hemd, das im Wasser an ihr klebte, verbarg nichts von ihrer geschmeidigen Figur. Callidios schwamm vor ihnen von der Kuppe des versunkenen Berges weg und tauchte immer noch tiefer. Der Wasserdruck stach wie mit Nadeln in Conans Kopf, aber er biß die Zähne zusammen und folgte weiter dem Stygier.

Als sie die Untiefe hinter sich hatten, fiel der Grund immer mehr ab. Seetang verhüllte den unterseeischen Hang und verbarg so seine genauen Konturen. Conan bemerkte vage Umrisse von riesigen Steinplatten, die wirr aus dem Meeresgrund ragten. Als er sich genauer umsah, glaubte er, auch Trümmer geborstener Säulen zu sehen.

Conans Lunge schmerzte, und er empfand einen scheußlichen Druck im Kopf, als Callidios über einem dunklen Fleck am Hang anhielt. Der Stygier gestikulierte heftig nach unten und tauchte an die Oberfläche. Mit dem letzten bißchen aufgespeicherter Luft schwamm Conan zu der angedeuteten Stelle.

Teilweise von Algen verhangen, gähnte ein Spalt in dem versunkenen Berg. Geborstene Steinplatten und gebrochene Säulen ragten aus diesem Spalt und hatten eine Geröllablagerung des Hangs bis in die dunklen Tiefen der früheren Küste gebildet. Als Conan an der Öffnung vorbeischwamm, sah er, daß die Trümmer tief hineinreichten. Von Geröll und Seetang halbverborgen standen im Tunneleingang zu beiden Seiten Reihen von Steinfiguren, die sich schwach von der Dunkelheit im Innern abhoben.

Da seine Lunge nach Luft schrie, tauchte Conan hastig hoch. Als er aufschaute, sah er aus der sonnenbeschienenen Mauer der Oberfläche Callidios' knochige Beine wassertreten, neben ihm Sandokazis schlanke Schenkel, die durch das hochgerutschte Hemd aufreizend entblößt waren. Conan stieß neben ihnen mit dem Kopf aus dem Wasser.

»Nun?« fragte Callidios. »Hast du es gesehen?«

»Ich sah Steinruinen und eine Höhle im Hang«, brummte

Conan und rieb sich die Augen. Unweit von ihnen schaukelte der Kahn in den sanften Wellen.

»Genau, wie ich es euch sagte!« jubelte der Stygier. »See und Erdbeben haben endlich den Grabhügel aufgerissen, und der Weg zu König Kalenius' Grabkammer liegt nun frei. Lange habe ich nach diesem Tunnel gesucht und nach einem Beweis, daß es wahrhaftig Kalenius' Gruft ist — und habe ich ihn nicht gefunden? Hatte ich nicht recht?«

»Du hast von einer mysteriösen Armee gefaselt, die uns helfen könnte, Rimanendo zu stürzen«, erinnerte ihn Conan. »Wir haben dich begleitet, um dafür einen Beweis zu sehen, statt dessen zeigst du uns versunkene Ruinen und einen wasserüberspülten Grabhügel. Mir scheint, dein Versprechen, uns zu helfen, war nichts als leere Prahlerei. Was du wirklich willst, ist unsere Unterstützung in deiner Suche nach zweifelhaften Schätzen in einer unterseeischen Gruft!«

»Glaubst du vielleicht, ich hätte euch und eure Banditenfreunde eingeweiht, wenn ich ohne eure Hilfe auskäme?« fragte Callidios spöttisch. »In dieser Grabkammer liegen Schätze, wie du sie dir nicht in deinen kühnsten Träumen ausmalst, Cimmerier — sonst wäre ich nie aus Stygien geflohen, um nach ihnen zu suchen. Aber ich habe nicht vergessen, daß ich euch einen Beweis meiner Macht versprach, die ich für euch einsetzen kann. Denk mal nach. Was sonst hast du dort unten gesehen?«

»Nichts als einen Spalt und zerborstene Säulen«, erwiderte Conan. »Und einige Statuen, ähnlich denen, über die wir hinwegruderten.«

»Statuen?« Callidios lachte. »Dann hast du sie also gesehen? Untersuch sie diesmal etwas näher, Cimmerier!«

Ohne auf ihn zu warten, tauchte Callidios erneut in die Tiefe. Conan, der sich fragte, welch verrücktes Spiel der Stygier mit ihm trieb, folgte ihm.

Wieder peinigte ihn der stechende Schmerz im Kopf, als

der Wasserdruck stärker wurde. Conan dachte, daß außer bei Ebbe nur ein geschickter Taucher fähig wäre, den Spalt zu erreichen. Widerwillig empfand er plötzlich Respekt vor dem Stygier, denn die unterseeische Höhle zu finden, dazu gehörten Mut, Ausdauer und Geschicklichkeit. Trotzdem war ihm immer noch ein Rätsel, welchen Plan der Zauberer verfolgte.

Callidios schwamm langsam über der dunklen Öffnung zum Hang. Auch wenn der Wald aus Seetang den Grund verbarg, schloß Conan doch aus der Stellung der Steinruinen, daß der Stygier die Wahrheit gesagt hatte: Das Erdbeben hatte gemeinsam mit dem zerstörerischen Wasser einen Grabhügel aufgebrochen, dessen verborgene Gruft nur die eines großen Königs sein konnte.

Er schwamm näher an die Tunnelmündung heran und betrachtete die im Innern stehenden Statuen, die halb unter Trümmerstücken und Tang begraben waren. Es handelte sich um die lebensgroßen Figuren von Kriegern in Waffen und Rüstung archaischer, unbekannter Art. Der Künstler, der sie aus glänzendem schwarzen Stein gehauen hatte, hatte nicht die geringste Einzelheit außer acht gelassen. Das war genau zu erkennen, obgleich die Statuen stellenweise mit Entenmuscheln und Seetang bedeckt waren. Sechs standen dicht am Tunneleingang, und weitere waren tiefer im Innern zu sehen. Ja, jede einzelne war ein Kunstwerk. Wenn man sie bergen konnte, würden sie in Kordava zweifellos einen guten Preis bringen. Das also waren Callidios' Armee und sein unbegreiflicher Scherz. Gewiß, es mochten unvorstellbare Schätze im Innern des Grabhügels liegen, aber sie waren sicher vor jedem Dieb. Kein Wunder, daß Callidios Hilfe gesucht hatte, um die von ihm entdeckte Gruft zu plündern.

Sandokazi schwamm an Conan vorbei, um sich ein besseres Bild von Callidios' Entdeckung machen zu können.

Ihre sonnengebräunten Beine stießen kraftvoll aus, bis sie die Tunnelöffnung erreichte und dicht neben dem vordersten Steinkrieger anhielt.

Da schoß der Arm der Figur vor. Eine Obsidianfaust schloß sich um ihren Hemdsaum.

Sandokazi hatte sich bereits wieder umgedreht, weil sie zur Oberfläche zurücktauchen wollte. Sie blickte zurück, um zu sehen, wo sich ihr Hemd verfangen hatte. Ihr Schrei ließ Luftblasen aus ihrem Mund sprudeln.

Die Statue hielt Sandokazi mit der Linken und zog sie näher zu sich, während die Rechte eine steinerne Steinkeule hob. Durch das Wasser kaum behindert, schwang sie zu einem tödlichen Hieb auf des Mädchens Kopf herab.

Conan versuchte gar nicht lange zu begreifen, sondern zog seinen Dolch und tauchte hinab zu der verzweifelten Frau. Er packte sie an der Schulter und riß sie gerade noch rechtzeitig zur Seite, so daß die Keule sie verfehlte.

Aus dem Augenwinkel sah Conan, wie sich eine weitere Steinfigur ihnen zuwandte. Seetang löste sich von halbbegrabenen Beinen, als sie, die Obsidianaxt schwingend, aus der Tunnelöffnung trat.

Das Sprudeln aus Sandokazis Mund hörte auf, während sie hilflos mit den Beinen um sich trat. Conan stieß mit dem Dolch auf den schwarzen Arm ein, aber die Klinge glitt vom Stein ab. Die Streitkeule kam nun auf ihn zu. Der Cimmerier zog die Beine an, wich dem Hieb aus und trat mit aller Kraft gegen die Steinschulter, um das Mädchen freizubekommen.

Ihr Hemd riß. Dadurch wurde Conan von dem Steinkrieger zurückgeworfen, doch mit ihm Sandokazi.

Das halbertrunkene Mädchen in den Armen, stieß der Cimmerier zur Wasseroberfläche hinauf. Er schaute schnell noch einmal zurück. Der Steinkrieger starrte ihnen mit funkelnden Augen aus der Tunnelöffnung nach. Die Streitkeule hielt er hoch erhoben in der Rechten, und die Linke umklammerte einen Fetzen von Sandokazis Hemd — ein Beweis, daß sie keiner alptraumhaften Täuschung der Tiefe erlegen waren.

Conan schoß mit dem Kopf aus dem Wasser, gefolgt von Sandokazi, die heftig würgte und nach Atem rang und in ihrer Panik immer noch um sich schlug.

»Callidios, du verdammter Bastard!« fluchte Conan. »Du hast genau gewußt, daß diese Dinger leben! Weshalb hast du uns nicht gewarnt?«

»Ich wußte, daß sie sich bewegen, sobald man sich nähert«, verteidigte sich der Stygier, »aber sie sind viel zu schwer, um zu uns hochzutauchen. Und ich hätte euch nie für so unvorsichtig gehalten, direkt an sie heranzuschwimmen.«

Jetzt grinste Callidios boshaft. »Nun, wo bleibt eure höhnische Herablassung, meine Freunde? Bin ich nur ein verrückter Lotusträumer? Noch vor kurzem habt ihr mich doch dafür und nicht für mehr gehalten. Weshalb sollte ich mein Wissen an einen skeptischen Barbaren und eine hochmütige Hure verschwenden? Ich sagte euch, ich könnte durch meine geheimen Kräfte eine Armee herbeirufen. Ihr habt es mir nicht geglaubt und Beweise verlangt. Ich habe euch den nötigen Beweis erbracht, und wenn diese Demonstration nicht ganz ohne Gefahr war, teilte ich sie zumindest mit euch.«

»Laß ihn zufrieden, Conan«, riet Sandokazi dem Cimmerier zwischen würgendem Husten. »Er hat recht. Wir würden ihm nicht geglaubt haben, wenn wir es nicht selbst erlebt hätten. Mich interessierte, aus welchem Stein die Figuren gehauen waren, sonst wäre ich nie so nahe an sie herangeschwommen.«

Conan fluchte heftig, aber der Zauberer hielt sich in sicherer Entfernung, und Sandokazi war noch zu mitgenommen, um ohne Hilfe schwimmen zu können. Conan schwor, es dem Stygier später heimzuzahlen, und schwamm mit Sandokazi zum Kahn. Callidios folgte ihnen.

»Trotzdem hättest du uns warnen können«, brummte Conan wütend, als sie alle im Boot saßen. Seine eisigen blauen Augen schwelten gefährlich. Er holte den Anker ein.

Sandokazi, die immer noch Wasser aushustete, warf einen besorgten Blick über die Seite. Es stimmte vermutlich, daß die Steinkrieger nicht schwimmen konnten, aber sie wünschte, Conan würde endlich Callidios vergessen und zu rudern anfangen. Sie fröstelte, obwohl die Sonne heiß herabbrannte.

»Was sind diese — Gestalten?« fragte sie.

»Man nannte sie die Letzte Wache«, erwiderte Callidios. »Es waren tausend der besten Krieger aus Kalenius' ganzem Reich — Fanatiker, die ihrem König mit einem Eid die Treue schworen, den nicht einmal der Tod brechen konnte.«

»Das waren keine menschlichen Krieger!« protestierte der Cimmerier. »Meine Klinge glitt von dem Arm ab, als wäre er Stein.«

»Früher einmal war es durchaus lebendes Fleisch«, versicherte ihm Callidios. »Aber Kalenius wußte, daß kein sterbliches Fleisch seine Grabkammer für alle Ewigkeit beschützen könnte. Verborgene Gemache müssen mit der Zeit dem Geduldigen ihr Geheimnis offenbaren; Fallen werden deutlich, wenn sie zuschnappen; tödliche Zauber können durch wirkungsvolle Gegenzauber aufgehoben werden. Kalenius wußte, daß nichts von all dem ausreichen würde, seinen ewigen Palast vor Dieben und Eindringlingen zu bewahren.

Seine Erzzauberer schufen die Letzte Wache. Damit Kalenius' Grabkammer durch alle Zeit hindurch bewacht bleibe, wurden tausend seiner Elitekrieger in unsterbliche

Wesen aus lebendem Stein verwandelt. Seit Jahrtausenden halten sie unter der Erde Wache, während Kontinente erbebten und versanken und Kalenius und sein Reich zur Legende und schließlich vergessen wurden. Wie ihr seht, sind sie immer noch auf ihren Posten.«

»Wie kann ein Mensch sich einem solchen Schicksal beugen?« Sandokazi schüttelte sich und schlüpfte in ihre Kleider, nachdem sie sich in der Sonne getrocknet hatte.

»Die Geschichte erwähnt nicht, ob man ihnen überhaupt eine Wahl ließ«, sagte Callidios schulterzuckend. »Es ist nicht ungewöhnlich, daß ein großer Monarch sich seinen ganzen Hofstaat in die Grabgemächer mitgeben läßt, entweder lebend oder getötet. Die Letzte Wache war ein Eliteregiment aus Fanatikern, die es als Ehre erachteten, Auserwählte zu sein. Und schließlich, während andere Herrscher ihre Krieger für sich sterben lassen, verhalf er der Letzten Wache zu einer Art Unsterblichkeit.«

»Du erachtest lebenden Tod als Ehre?« schnaubte Conan und ruderte heftig.

»Aber ihr müßt doch selbst zugeben, daß sie ihre Pflicht getreu erfüllen«, sagte Callidios. »Der Zahn der Zeit mag Kalenius' ewigen Palast zu einer versunkenen Ruine gemacht haben, aber seine Grabkammer wurde nie von irgendeinem Dieb geschändet. Wie kann ein Mensch gegen solche Wächter ankommen? Stahl vermag sie nicht zu erschlagen, Gold kann sie nicht bestechen. Nur Kalenius kann ihnen Befehle erteilen, und Kalenius ist tot. Er befahl ihnen, seinen ewigen Palast zu beschützen, und das wird die Letzte Wache tun, bis die Zeit selbst stillsteht.«

Conan hörte zu rudern auf. »Du hast uns also hierhergebracht, um uns eine Armee von Teufeln zu zeigen, die kein Mensch kommandieren kann, und eine königliche Gruft, die niemand zu plündern vermag. Mordermi wird nicht sehr erfreut darüber sein.«

Mordermi ihm neu gefüllt hatte. Er war viel zu schwer, als daß er ihn halten konnte. Conan hörte, wie er auf dem Boden aufschlug, als er selbst sich Mordermi zuneigte. Seinen eigenen Aufprall hörte er nicht mehr.

Mordermi blickte mit bedauernder Miene auf den bewußtlosen Cimmerier hinab. »Vielleicht wird er vernünftiger, wenn er Zeit gehabt hat, über alles in Ruhe nachzudenken. Schließlich ist er ja nur ein barbarischer Abenteurer. Was sollte es schon für eine Rolle für ihn spielen, für wen er kämpft, solange er auf der Seite des Siegers ist?«

»Du müßtest es wirklich besser wissen«, murmelte Callidios. Er stupste die schlaffe Gestalt des Cimmeriers mit der Zehe. »Er war deine Schachfigur, weil er dir vertraute. Ein Spieler sollte sich klar darüber sein, wann er eine Figur opfern muß.«

9

KEIN WEG ZURÜCK

Korsts Angriff war ein reiner Verzweiflungszug.

Nach Mordermis Überfall hatte König Rimanendo seinen General zu sich beordert. Der Monarch hatte seinen Befehl mit ungewohnter Schärfe ausgedrückt: »Wenn die Diebe in drei Tagen nicht hängen, werdet *Ihr* am Tanzboden baumeln!«

Daß Mordermi hinter diesem Husarenstück steckte, hätte selbst ein Geheimdienst bald herausgefunden, der weniger fähig als der von Korst war. Bisher hatten die wagemutigen Briganten dem General nicht mehr als ein unbedeutendes Ärgernis bedeutet. Mit Mordermis Diebstählen und Raubzügen hatte sich die Stadtwache zu befassen, das war keine Angelegenheit für die Armee. Mordermis Plünderzug in des Königs Pavillon hatte die Situation allerdings verändert. Rimanendos Ehre war verletzt worden, und daß die Weiße Rose an der Untat teilgenommen hatte, mußte als offene Rebellion angesehen werden. Die Wiederbeschaffung der Beute war zweitrangig. Wichtig war, daß Mordermi und seine Bande um jeden Preis ausgemerzt wurden.

Und Korst wußte nur zu gut, daß der Preis hoch sein würde. Die *Grube* war eine eigene Stadt innerhalb von Kordava — ein Gebiet, in dem die zingaranischen Gesetze genausowenig galten wie beispielsweise die von Khitai oder Vendhya. Gegen die *Grube* vorzugehen, war das gleiche wie in ein fremdes Land einzufallen. Und die Bürger der *Grube* würden Rimanendos Soldaten und Schergen blutigen Widerstand entgegensetzen.

Doch Korst hatte nicht die Absicht, an Mordermis Statt am Galgen zu baumeln.

Bis Conan den Hafen erreichte, war Korsts Angriff in vollem Gang. Das Weinrot und Gold der Königlich Zingaranischen Armee schien durch die Straßen zu fließen. Aus Häusern über dem Gebiet der Grube leckten Rauch und Flammen, während Truppen, dicht geschart, die Haupteingänge zur versunkenen Stadt versperrte.

»Du wirst doch nicht dort hinein wollen?« fragte Callidios.

»Mordermi ist mein Freund«, erwiderte Conan einfach. Für den Cimmerier war klar, was er tun mußte. Nichts würde ihn davon abhalten.

»Mordermi steckt in der Falle«, gab Callidios zu bedenken. »Du wirst dich um des zweifelhaften Vergnügens willen, mit deinen Freunden sterben zu dürfen, durch Korsts Linien kämpfen müssen.«

»Ich wäre jetzt bei ihnen, wenn du uns nicht zu einer sinnlosen Kahnpartie überredet hättest«, knurrte Conan. »Wenn Mordermi lange genug durchhalten kann, um Korsts Angriff aufzuhalten, haben wir eine Chance. Korst wird es nicht wagen, halb Kordava zu verwüsten, nur um uns auszuräuchern.«

Er fügte hinzu: »Sandokazi, du hältst dich besser heraus. Nehmt, sobald ich herausgesprungen bin, den Kahn und versucht ...«

»Wenn du glaubst, daß ich feige davonlaufe, dann bist du so verrückt wie Callidios«, unterbrach ihn das Mädchen. »Das ist mein Kampf mehr als deiner, Conan.«

»Wie du willst.« Conan zuckte die Schultern. Cimmerische Frauen waren noch nie vor einem Kampf zurückgescheut, aber er hatte bemerkt, daß die zivilisierten Rassen dagegen waren, daß ihre Frauen auch nur zusahen, wenn Blut floß.

»Callidios«, brummte er. »Sobald wir an Land sind, kannst du bis nach Stygien rudern, wenn du willst. Mir ist es egal.«

Der Zauberer hatte sich wieder angekleidet und schnallte gerade seinen Waffengürtel um. »Ich sagte, ich würde Mordermi zum König machen.« Er grinste. »Es ist natürlich bedauerlich, daß General Korst sich jetzt eingeschaltet hat, aber eine Umkehr kommt, so wie es aussieht, für keinen von uns in Frage. Ihr und eure Freunde habt von einer Revolution gesprochen. Nun, ihr habt jetzt eine begonnen, und für Rebellen gibt es keine Gnade. Wenn wir als Befreier begrüßt und nicht als Verräter gehängt werden wollen, müssen wir uns nun auf unsere Klingen verlassen — und auf unseren Verstand.«

Das dürfte Callidios' Chancen zunichte machen, überlegte der Cimmerier. Der Stygier war und blieb ihm ein Rätsel. Steckte echter Mut hinter diesen spöttischen Augen, oder hatten die Dämpfe des gelben Lotus ihn der Gefahr gegenüber gleichgültig gemacht? Aber jetzt war nicht die Zeit, sich damit zu beschäftigen. Er rückte sein Breitschwert zurecht.

Sandokazi hatte eine Idee. »Callidios, du kamst doch gestern unbemerkt in unser Hauptquartier. Kannst du nicht einen Zauber wirken, der uns durch Korsts Postenkette bringt?«

»Was?« protestierte der Stygier. »Uns alle drei am hellichten Tag durch dieses Gewühl schaffen? Das ist eine völlig andere Situation. Du erwartest doch auch nicht von einem Gaukler, daß er unedles Metall in Gold verwandelt. Besäße ich solche Kräfte, wäre ich nicht hier.«

»Ich glaube, da hören wir endlich einmal die Wahrheit über die Fähigkeiten, mit denen er so prahlt«, höhnte Conan.

»Was verstehst du schon von Zauberei, Cimmerier?«

fauchte Callidios. »Wenn ein Krieger ein meisterhafter Bogenschütze ist, bedeutet das noch lange nicht, daß er genausogut mit dem Schwert umgehen kann. Ich folgte bestimmten Pfaden und anderen nicht. Doch gibt es keinen Lord des Schwarzen Ringes, der jenen Pfad, den ich erwählte, besser kennt.«

»Das kannst du Korsts Streitern sagen, wenn sie uns fragen, was wir hier zu suchen haben«, brummte Conan. »Wir wollen sehen, ob wir Mordermi durch den Tunnel erreichen können, den wir nach dem Beutezug benutzten. Korst kann doch nicht vor jedem Rattenloch Männer postiert haben.«

Damit hatte der Cimmerier recht. Es war ein Dilemma, dessen Korst sich voll bewußt war. Da er gar nicht alle Ausgänge kannte, hatte er statt dessen durch die Straßen, etwa um die Grenzen der *Grube*, eine Postenkette gelegt und dann drei Kompanien der Königlich Zingaranischen Armee in die unterirdische Stadt geschickt. König Rimanendo hatte ihm freie Hand in bezug auf Mordermis Bande gegeben. Er beabsichtigte, gegen die *Grube* vorzugehen, als wäre sie eine Festung der Briganten. Wer sich nicht widersetzte, wurde lediglich gefangengenommen — um nach Überprüfung freigelassen oder inhaftiert zu werden. Wer Widerstand leistete, handelte in offener Auflehnung gegen das Kriegsrecht und den Befehl des Königs. Er sollte erbarmungslos niedergemacht werden.

Wenn alles gut ging, würde Korst Mordermi in seinem Bau abriegeln und seine Männer überwältigen, ehe die Banditen sich überhaupt richtig bewußt wurden, daß sie unter Angriff standen. Natürlich war Korst Realist genug, um zu wissen, daß er mit einem solch leichten Sieg nicht rechnen konnte. Eher würde es dazu kommen, daß die gesamte Bürgerschaft der *Grube* mit Waffengewalt gegen die Soldaten des Königs vorging. Aber er war darauf vorbereitet, falls es erforderlich war, die gesamten Streitkräfte einzusetzen, um Mordermi gefangenzunehmen. Das Leben des Pöbels bedeutete Korst genausowenig wie seinem königlichen Herrn.

Der Tunnel vom Hafen war Korsts Aufmersamkeit entgangen. Durch ihn kamen die drei unbemerkt durch die Absperrung. Wie lange er unentdeckt bliebe, war eine andere Frage. Conan plante ihn jedenfalls nicht als Fluchtweg ein. Mit Sandokazi und Callidios unmittelbar hinter sich, bahnte sich Conan einen Weg durch das Gewühl und hoffte, Mordermis Festung zu erreichen, ehe Korsts Soldaten die Grube erstürmten.

Conan drängte sich über ein Schlachtfeld, wie er kein ähnliches je gesehen hatte. Unter den Straßen von Kordava war die *Grube* ein angsterregendes Durcheinander von Gemetzel und blutigen Leibern, das eher an eine ausgedehnte Tavernenprügelei als an eine kriegerische Schlacht erinnerte. Es gab hier keinen offenen Platz, von einem freien Feld ganz zu schweigen, nur Straßen und Häuser, wo dichtgedrängt gekämpft wurde, während sich eine dichte Rauchdecke herabsenkte. Conans Lunge brannte, und der Lärm schmerzte seine Ohren. Er hatte einmal die Schlacht zweier Ameisenarmeen um einen Ameisenhügel beobachtet. Er hatte ein Stück des Hügels abgehoben und über den erbarmungslosen Kampf gestaunt, den Angreifer und Verteidiger sich in dem Labyrinth lieferten. Das fiel ihm jetzt ein, als er sich durch die verstopften Gassen der unterirdischen Stadt drängte.

Was sie hier behinderte, war eher Chaos als bewaffneter Widerstand. Nachdem Korst die *Grube* umzingelt hatte, waren seine Soldaten von drei Stellen aus in die Gewölbestadt gedrungen, um sie einzunehmen, ehe ihre Bürger Zeit zur Gegenwehr fanden. Aber die *Grube* war bereits bei der Aufstellung des Sperrgürtels gewarnt, und der Einsatz der

Königlich Zingaranischen Armee überzeugte alle, die in der *Grube* hausten, daß Rimanendo jetzt beabsichtigte, Kordava von seinem berüchtigten Verbrecherviertel und Sündenpfuhl zu säubern, wie man es schon lange gefürchtet hatte. In ihrer Verzweiflung — da sie auch nicht fliehen konnten — wehrten sich die Menschen und kämpften wie umzingelte Ratten.

Korsts Vorhut, die von den Bürgern nicht mehr Widerstand als von verschreckten Schafen erwartet hatte, sah sich nun sozusagen wilden Tieren gegenüber. Die Menschen hier waren keine hilflosen, gesetzestreuen Bürger, die es gewohnt waren, allen Befehlen der Obrigkeit blindlings zu gehorchen. Die Menschen der *Grube* waren kleine und große Gauner, schwerbewaffnete Männer, für die Gewalttätigkeit zum täglichen Leben gehörte — die die Gesetze des Königs nur ein bißchen weniger haßten als die Männer, die sie erzwangen. Korsts Männer waren noch nicht sehr tief in die engen Straßen eingedrungen, als sie feststellen mußten, daß ihr Weg von Barrikaden und Zusammenrottungen verzweifelter Männer und Frauen blockiert war. Pfeile und Steine kamen von unsichtbaren Heckenschützen, denen die überhängenden Mauern der Häuser Schutz gewährten. Die Soldaten suchten Deckung hinter ihren Gefallenen und Verwundeten und waren nicht in der Lage, Fuß in der Enge der tunnelartigen Straßen zu fassen. Sie zogen sich zurück, so gut sie konnten, und sandten Korst die Meldung, daß ein geordneter Vorstoß unmöglich war. Unbeeindruckt griff der General mit weiteren Truppen an.

Durch Sackgassen kämpften Conan und seine beiden Gefährten sich ihren Weg. Korst hatte die *Grube* zwar umzingelt, aber seine Soldaten plagten sich vergebens einzudringen. Im Innern herrschte Belagerungszustand. Die Bürger der *Grube* hatten sich zusammengeschlossen, um ihre Stadt gegen einen Angreifer zu verteidigen, dessen Sieg ihren Untergang, ja ihre Ausrottung bedeuten würde. Das Feuer entlang dem Randbezirk war außer Kontrolle geraten und drohte zu einer ganz Kordava verheerenden Feuersbrunst zu werden. Männer und Frauen rannten mit Waffen und allem möglichen Gerät zu den Eingängen zur *Grube,* um sie zu verbarrikadieren. Hinter diesen Barrikaden und in den verstopften Gassen sorgte ein grimmiger Kampf auf Leben und Tod dafür, neue Barrieren aus blutigen Leibern zu errichten.

Sie hatten Mordermis Festung fast erreicht, als Conan den Brigantenführer auf einem Pferd inmitten eines Trupps seiner Männer entdeckte. Mordermis Gesicht war vor Aufregung gerötet, aber von Panik war ihm nichts anzumerken, als er Befehle zur Verteidigung seines kleinen Reiches gab. Mit einem Lächeln erwiderte er Conans Gruß.

»Na, das ist ein Mann!« Mordermi lachte. »Während einige meiner tapferen Banditen an Flucht denken, kommt der Cimmerier, um sich ins Getümmel zu werfen. Was hast du erfahren?«

»Korst hat einen Sperrgürtel um die Grube gelegt ...«, begann Conan.

»Sag mir lieber etwas, was ich noch nicht weiß. Wir werden Korst mit Pfeilen spicken und seinen Angriff mit einem Gegenangriff erwidern. Santiddio hat die Weiße Rose bewaffnet und sie die Barrikaden bemannen lassen. Korsts Angriff hat der Volksarmee viel mehr neue Rekruten gewonnen als alle ihre weitschweifenden und hochtrabenden Reden. Wenn wir die Barrikaden halten, kann Korst uns nicht herausholen, ohne den größten Teil der neuen Stadt zum Einsturz zu bringen, und selbst Rimanendo wird ihn nicht so weit gehen lassen.«

Mordermi deutete mit einem Kopfnicken auf Callidios. »Ich wollte wissen, was du von unserem selbsternannten Königsmacher erfahren hast. Hat er euch etwas von wirklicher Bedeutung vorweisen können, oder seid ihr bloß einem Lotustraum nachgejagt?«

»Sandokazi wird dir alles erzählen«, erwiderte Conan, der keine Lust hatte, über Zauberei zu reden, wenn die Ungeduld, sich in den Kampf zu stürzen, in ihm steckte. »Wo willst du mich einsetzen?«

»Übernimm das Kommando über die Barrikade in der Aalstraße und schick Sifino zu mir zurück, um Meldung zu erstatten«, erwiderte Mordermi und verzog das Gesicht, als er seine bandagierte Schulter berührte. »Korst konzentriert sich gerade darauf, und wenn es ihm gelingt, dort einzudringen, kann er die *Grube* überrennen. Ich organisiere alles von hier aus. Für den Nahkampf tauge ich mit meiner verdammten Schulter nicht. Wenn es sein muß, ziehen wir uns in unsere Festung zurück. Aber natürlich ist es für alle in der *Grube* besser, wenn Korst überhaupt nicht erst eindringt.«

Conan grinste. »Das war auch nicht unbedingt etwas, was ich noch nicht wußte. Überlaß mir jetzt lieber ein Pferd, sonst komme ich noch zu spät zum Kampf, bis ich durch die Menge hindurch bin.«

Einer von Mordermis Leuten saß ab und warf Conan die Zügel seines Pferdes zu. Der Cimmerier schwang sich in den Sattel und wandte das Tier in Richtung Aalstraße. Er war begierig darauf, endlich seinem Schwert Arbeit zu verschaffen und nicht mehr an Callidios' Ränke und Zaubereien erinnert zu werden. Mann gegen Mann, Stahl gegen Stahl — etwas anderes wollte er im Augenblick gar nicht.

Mordermi grinste, als er dem durch das Gewühl reitenden Cimmerier nachsah. »Mitra! Gib mir hundert solcher Männer, und Zingara wird einen neuen König haben!«

Er fühlte Callidios' Blick auf sich. »Nun, Stygier?« fragte er kurz.

»Conan reitet in die Schlacht, wie eine gute Schachfigur es soll.« Callidios lächelte. »Solche Figuren sind nützlich, um Schlachten zu gewinnen, und solche Schlachten, um den Krieg siegreich zu überstehen. Aber der Spieler, der versteht, seine Figuren richtig einzusetzen, zu ziehen und seinen Sieg zu nutzen, befindet sich auf dem Weg der Könige. Ich glaube, Mordermi, es ist Zeit, daß wir uns ein wenig mehr mit dieser Sache befassen.«

10

SENGENDE HITZE

Die Aalstraße — die Bezeichnung war typisch für den zingaranischen Humor — kam einer Hauptdurchgangsstraße so nahe, wie es in der *Grube* überhaupt möglich war. In den Tagen des alten Kordava hatte sie einen anderen Namen gehabt, der längst vergessen war, und sie war damals eine breite, gerade Prunkstraße zwischen stolzen Herrenhäusern gewesen. Jetzt, da die meisten Straßen in der *Grube* es gerade noch zuließen, daß zwei Karren aneinander vorbeifuhren, bot die Aalstraße Korst den besten Angriffspunkt, und so konzentrierte der General seine Kräfte hier, um so mehr, als sein Vormarsch überall sonst verhindert worden war.

»Conan!« Eine vertraute Stimme erreichte ihn aus einer Gruppe Verwundeter. »Du kommst wie gerufen! Santiddio sagte, du seist Fischen gegangen.«

Carico knotete eine schmutzige Binde um einen mächtigen Schenkel. »Irgend so ein Hund hat mich direkt unterhalb der Rüstung erwischt«, sagte er, und seine Stimme klang entschuldigend, als Conan absaß. »Aber er beschwert sich bestimmt nicht mehr, daß er einen gespaltenen Schädel hat.«

»Wo ist Santiddio?« fragte Conan den Schmied.

»Durch die Hintertür«, erwiderte Carico und bemühte sich, auf seinem verwundeten Bein aufzutreten. »Er versucht in der neuen Stadt Rekruten für uns zu finden. Wäre besser gewesen, ich hätte mich drum gekümmert, aber die

Arbeit hier verlangt mehr Muskeln, als Santiddio sie an seinen dürren Knochen hat.«

»Mordermi wies mich an, die Verteidigung hier zu übernehmen«, sagte Conan. »Wo ist Sifino?« Er blickte die verräucherte Straße hoch. Das Kampfgetümmel klang wie Donnergrollen.

»Vermutlich tot«, brummte Carico. »Er war an der ersten Barrikade, und die ist gefallen. Korst wirft alles, was er hat, gegen uns. Du brauchst eine Rüstung. Nimm meine. Meine Schmiede ist ganz in der Nähe. Ich schicke einen Burschen, mir meine zweite zu holen, während ich versuche, die verdammte Blutung zum Stillstand zu bringen. Gibt nicht viele hier, von denen du dir eine aussuchen könntest.« Mit einem Kopfnicken deutete er auf eine Reihe Gefallener.

Conan murmelte einen hastigen Dank und schlüpfte in Caricos dick wattiertes Stepphemd und zog den Kettenpanzer darüber. Der untersetzte Schmied war kleiner als Conan, aber an Schulter- und Brustbreite stand er dem Cimmerier nicht nach. Caricos Angebot war mehr als eine höfliche Geste. Ohne Rüstung konnte selbst der beste Krieger in diesem Handgemetzel nicht lange überleben. Und Conan würde sonst kaum eine passende finden.

Das Tageslicht drang durch die Mündung der Aalstraße, allerdings nicht wie bisher mit voller Kraft, sondern gebrochen durch die Trümmer und den schwelenden Schutt eines der flammenzerstörten Häuser der oberen Stadt. Der Einsturz hatte den Verteidigern eine kurze Pause verschafft, während Korsts Soldaten durch die Hitze zurückgetrieben worden waren. Nahe dem schwelenden Schutt und den zum Teil brennenden Trümmerstücken aus Holz zogen Soldaten Leichen von einer Barrikade, die überrannt worden war, nach den weinrot- und golduniformierten Toten zwischen ihr und der zweiten, weiter in der Grube liegenden Barrikade zu schließen. Conan hielt kurz an und beobachtete die angestrengten Bemühungen, diese behelfsmäßige Befestigung zu verstärken: Karren, Türen, Balken und größere Möbelstücke bildeten ein Bollwerk von Wand zu Wand, vom Straßenpflaster bis zur Decke. Im Gegensatz zu einer üblichen Barrikade war es hier unmöglich darüberzuklettern. Die Invasoren mußten sich schon durchbrechen, wenn sie etwas erreichen wollten. Eine Lücke in dieser zweiten Barrikade gestattete den Verteidigern, zur gefallenen Barrikade zu gelangen.

»Schafft einen Teil dieses Zeugs vorwärts!« befahl Conan. »Wir können die erste Barrikade bemannen, während Korst sich neu formiert und zurückkehrt, falls es den Soldaten gelingt, uns zu vertreiben. Es wäre dumm, diesen Hunden mehr Boden zu überlassen als unbedingt sein muß. Und errichtet schon mal eine dritte Barrikade weiter hinten. Die Bogenschützen sollen Posten beziehen, so daß sie beim nächsten Angriff die vordersten Reihen des Feindes bestreichen und sich zur nächsten Barrikade zurückziehen können, um von dort aus unseren Rückzug zu decken — falls es nötig wird.«

Die Verteidiger hier — Conan schätzte sie auf mehrere hundert — waren zum größten Teil normale Bürger, verstärkt durch Männer von Mordermis Bande, und der Rest Angehörige der Weißen Rose, die mit Carico gekommen waren. Wenn einige sich darüber wunderten, daß der junge Cimmerier das Kommando übernommen hatte, murrte zumindest keiner laut. Bei denen, die ihn persönlich oder vom Hörensagen kannten, war er beliebt und geachtet. Für die anderen war der Riese im Kettenhemd mit dem mächtigen Breitschwert eine zu bedrohlich wirkende Gestalt, als daß sie gewagt hätten, seine Befehle in Frage zu stellen.

Aus einem Haufen Gefallener angelte der Cimmerier sich eine Bourgignotte, die er sich über den Kopf stülpte. Nachdem er sich weiter umgesehen hatte, holte er sich von demselben Toten noch einen brauchbaren Schild. Die Männer beeilten sich, die äußere Barrikade zu verstärken, und warfen dazu auch die Toten auf das Bollwerk. Es war wie in einer Höhle, dachte Conan — düster und eng. Es würde ein brutaler Kampf werden — nichts für romantische Balladen. Trotzdem war er völlig ruhig. Die Sitten und Motive seiner zivilisierten Freunde verwunderten Conan zwar des öfteren, aber wenn die Zivilisation ihre sogenannte Kultiviertheit aufgab und etwas mit Waffengewalt zu erreichen suchte, war Conan in seinem Element.

Hinter der schwelenden Barrikade des eingestürzten Hauses sah er zingaranische Soldaten, die sich bemühten, die Flammen zu löschen und sich einen Weg durch den Schutt zu bahnen. Ihre Kameraden, die durch den Einsturz vom Rest der Truppe abgeschnitten waren, waren inzwischen von den neugruppierten Verteidigern niedergemetzelt worden. Andernfalls hätten Korsts Männer möglicherweise Erfolg mit einem Durchbruch hier gehabt.

Als sich im Rauch Gestalten abzuzeichnen begannen, legten die Rebellenschützen Pfeile an die Sehnen. Korsts Männer, die sich näherten, durch ihre Schilde geschützt, stolperten und wankten unter dem Pfeilhagel, der aus dieser Nähe tödlich war. Doch immer mehr Soldaten zwängten sich durch und über die Leichen ihrer Kameraden, um das kurze Stück zwischen den beiden Seiten zu überqueren und die Barrikade zu stürmen. Dadurch waren sie zu nahe für einen wirkungsvollen Beschuß, um so mehr, als sie unterhalb der Schießlöcher Deckung hatten. Und so wurde die Barrikade zu einem Wall drängender Leiber und blitzenden Stahls.

Conan kauerte hinter einem umgekippten Karren. Die Planken erbebten, als mehrere Soldaten sich dagegenwarfen, um ihn zur Seite zu schieben. Ein Gesicht tauchte vor einem der Löcher auf, durch die die Schützen ihre Pfeile abgeschickt hatten. Conan stieß sein Schwert hindurch, so gut es ging, die Spitze drang jedoch statt in die Kehle in den Mund. Eine Lanze schnellte durch die Öffnung, gerade als Conan zurücksprang. Der Rebell neben dem Cimmerier packte den Schaft und zog. Ehe der Soldat die Hand oder die ganze Lanze zurückziehen konnte, durchtrennte Conan sowohl Schaft als auch Handgelenk. Conans Nachbar stolperte mit dem vorderen Lanzenteil zurück. Als er nicht mehr aufstand, blickte der Cimmerier über die Schulter und sah einen Pfeil aus dem Gesicht des Mannes ragen.

Ein weiterer Pfeil bohrte sich in Conans Schild. Auch Korst hatte Bogenschützen, und sie schossen durch jede Öffnung in der Barrikade. Weitere Soldaten näherten sich hinter behelfsmäßigen großen Schilden und warfen sich gegen die Barrikade. Lange Klingen, Lanzen und Hellebarden stachen von beiden Seiten durch die Barriere, als die Rebellen sich bemühten, die Soldaten des Königs zurückzuwerfen, ehe sie das hastig errichtete Bollwerk zerlegten.

Äxte hieben gegen Holz. Conan wartete, bis eine Planke von seinem Karren zersplittert war, dann stieß er hastig die Schwertspitze in die Achselhöhle des Axtschwingers. Das Breitschwert war normalerweise zum Stich nicht sehr geeignet, aber in diesem Fall erfüllte es durchaus seinen Zweck. Und bei einem Gegenhieb klirrte die mächtige Klinge lediglich, während eine leichtere zersprungen wäre.

Eine Hellebarde stach aus einer Öffnung, die Conan vorher nicht bemerkt hatte. Die Spitze der Stoßklinge drang durch ein Kettenglied seines Brustpanzers und in das dick gepolsterte Stepphemd — ohne Conan auch nur die Haut zu ritzen, da er sich mit der Wucht des Schlages zurückwarf. Caricos Geschenk hatte ihm das Leben gerettet. Conan hatte keine Lust, seine gute Klinge am stahlummantelten Hellebardenschaft möglicherweise schartig zu hauen. Carico war ungeachtet seiner politischen Philosophie ein guter

Schmied. Der Cimmerier hieb seinen Schild hinter das Stichblatt der Hellebarde, hielt ihn dort und zog scharf daran. Die Kettenglieder seines Panzers waren dicht und fest. Aber auch der Panzer, in dem die Spitze der Stoßklinge steckte, gab nicht nach, wo andere Kettenglieder längst zersprungen wären. Der Hellebardenträger wurde heftig gegen die Karrenplanken geworfen, da er den Schaft nicht losließ. Durch die geborstene Planke traf Conans Schwert seinen Bauch.

Es waren zu viele Soldaten, stellte Conan im fortschreitenden Kampf fest. Die Barrikade, die in aller Eile nach ihrem ersten Fall wiedererrichtet worden war, gab erneut nach. Korsts Männer waren auf die Idee gekommen, Stricke an Teile der Barrikade zu binden und sie wegzuziehen — außer Reichweite der Rebellenwaffen. Dem Cimmerier war klar, daß sie sich zur nächsten Barrikade zurückziehen mußten, und er konnte nur hoffen, daß sie stabiler errichtet worden war. Es war vielleicht ein Fehler gewesen, die Schützen zur zweiten Barrikade zurückzuschicken, sie hätten möglicherweise die Tauzieher abschießen können. Conan beschloß, beim nächstenmal daran zu denken.

Unmittelbar hinter der Barrikade taumelte eine Gestalt aus der Tür einer Weinstube. Conan wirbelte herum, um sein Schwert auf sie herabzuschwingen, und hielt inne, als er Sifinos schwarzbärtiges Gesicht unter einem blutigen Verband erkannte. Mordermis Leutnant stank nach Wein, und er torkelte nicht nur wegen seiner Kopfwunde. Er blinzelte Conan verwirrt an.

»Bin unter die Theke gekrochen, als die Barrikade fiel«, murmelte er mit schwerer Zunge. »Muß wohl weg gewesen sein. Wo ist Carico? Und wie konnten wir diese Barrikade zurückgewinnen?«

»Carico läßt sein Bein versorgen«, antwortete Conan kurz. »Du sollst zu Mordermi kommen. Nimm mein Pferd und beschreib ihm die Lage hier. Sag ihm, wir müssen die erste Barrikade aufgeben und uns hinter der zweiten verschanzen. Wir brauchen mehr Männer, um sie zu halten.«

Wie um seinen Worten Nachdruck zu verleihen, kippte ein großer Teil der Barrikade nach außen. Conan schob Sifino hastig durch die Weinstubentür zurück, als ein schwerer Schrank aus dem rutschenden Haufen nach innen fiel. Sofort kletterten zwei Soldaten durch die Bresche. Conan machte den vordersten nieder, und Sifino, der wieder aus der Tür kam, schmetterte dem zweiten ein Tischbein auf den Schädel. Zusammen hoben sie den schweren Schrank wieder in die Lücke. Pfeile prallten dagegen, als sie ihn hineinrammten.

Conan fluchte. »Wir können sie nicht länger halten. Zünden wir sie an. Das sollte uns Zeit geben, uns neu zu gruppieren.«

Sifino nickte. Er schwankte zurück in die Weinstube und kehrte unmittelbar darauf mit einem halbleeren ledernen Weinbeutel und einer vollen Schale mit Lampenöl zurück.

»Damit brennt es schneller«, murmelte er und goß das Öl an den Haufen.

Conan warf eine Fackel. Sofort leckten gelbe Flammen über die einstürzende Barrikade. Augenblicklich wurde sie zu einem Feuerwall, der Angreifer und Verteidiger hastig von der sengenen Hitze und dem würgenden Rauch wegtrieb. Ein kleiner Trupp zingaranischer Soldaten, die sich einen Weg durch die Barrikade gegraben hatten, löste sich von dem lodernden Scheiterhaufen und hüpfte wie in einem verrückten Tanz herum.

Conan riß Sifino den Weinbeutel aus der Hand und trank wie ein Verdurstender. »Gib Mordermi Bescheid!« knurrte er.

Carico schloß sich ihm hinter der zweiten Barrikade an. Der untersetzte Schmied trug eine neue Rüstung und war mit einer schweren doppelklingigen Axt bewaffnet. Sein verwundetes Bein war unter dem Verband steif, aber flinke Fußarbeit wurde heute nicht verlangt.

»Etwas Neues?« fragte Conan grimmig.

»Wir halten uns immer noch recht gut.« Carico drückte die Schulter an die Seite eines Ochsenkarrens, als Conan nach einem Rad griff. Der schwere Karren legte sich schräg. Er kippte mit einem heftigen Krachen genau in die Lücke der Barrikade, durch die Conans Männer sich zurückgezogen hatten. Die Hitze der weißglühenden Barriere, die sie verlassen hatten, hatte ihre Gesichter angesengt. Doch ohne sich darum zu kümmern, stützten sie den Karren jetzt mit schweren Balken ab.

»Korsts Angriff ist wieder einmal ins Stocken gekommen«, fuhr Carico fort. »Jetzt muß sich erst noch herausstellen, ob er weiterhin versuchen wird, einen größeren Durchbruch zu erzwingen, oder sich auf kleinere, gleichzeitige Angriffe an allen Luftschächten und Rattenlöchern zur *Grube* verlegt.«

»Korst kann nicht herein, wir nicht hinaus.« Conan spuckte in hohem Bogen aus. »Nun, er wird nicht abziehen, und wir können uns nicht ständig von einer brennenden Barrikade hinter die nächste retten.«

»Unsere beste Chance wäre, uns dorthin zurückzuziehen, wo wir eine stabile Verteidigungslinie errichten könnten«, meinte Carico optimistisch. »Wir haben Proviant und Wasser genug, um einer Belagerung standzuhalten. Wenn die Stadt erst sieht, daß die freien Bürger der *Grube* eine feste Stellung gegen die Armee des Tyrannen einnehmen, wird sie sich gegen Rimanendo erheben, und wir können Korsts Schlächter in die Zange nehmen.«

»Auf unseren Sieg!« prostete Conan und gab den Weinbeutel an Carico weiter. Seine persönliche Einschätzung der Situation war bedeutend düsterer, aber der Optimismus des anderen war mitreißend. »Wann soll der Gegenangriff beginnen?«

»Santiddio ruft das einfache Volk der neuen Stadt zu den Waffen. Avvinti hat einen Teil unserer Beute mitgenommen, um die Unterstützung gewisser ehrgeiziger Lords zu erkaufen. Wir müssen uns nur noch gegen Korsts Armee verteidigen. Rimanendo herrscht lediglich durch Furcht. Wenn das Volk sieht, daß man sich gegen seine Macht stellen kann, wird es seine Furcht verlieren — und nur noch seinen Haß befriedigen wollen.«

»Was sagst du da von Avvinti?« platzte Conan heraus. Er war nicht an Caricos langer Rede interessiert. »Wann ist er mit dem Gold aufgebrochen? Mordermi kann doch nicht so leichtgläubig sein, diesem geschniegelten Gecken zu trauen!«

»Ich bin auch nicht gerade begeistert von Avvinti«, versicherte ihm Carico, »aber er würde die Weiße Rose nie betrügen. Avvinti hat Freunde unter den Hochgeborenen und anderen einflußreichen Persönlichkeiten, das macht ihn für unsere Sache von unbezahlbarem Wert. Er brach vor Morgengrauen auf, um seine Beziehungen spielen zu lassen, wie man so schön sagt.«

»Vor Morgengrauen?« Conans Argwohn wuchs noch. »Hatte Avvinti eine Ahnung von Korsts Plänen?«

»Oh, Korsts Angriff kam nicht ausgesprochen unerwartet«, erinnerte ihn Carico. »Callidios sah ihn voraus, und so war es doch klar, daß wir mit unseren Plänen nicht zögern durften.«

»Aber wenn Mordermi vermutete, daß Korst in voller Stärke angreift, weshalb nahmen wir dann die Beute nicht einfach und zogen uns alle aus der *Grube* zurück, als Avvinti aufbrach?« fragte Conan. »Korst wäre bei seinem Einmarsch in die *Grube* auf keinen Widerstand gestoßen. Er hätte festgestellt, daß wir mit dem Plündergut geflohen waren — und es wäre zu keinen Kampfhandlungen gekommen.«

»Ohne Kampfhandlungen kein Krieg«, erklärte Carico. »Wir brauchten doch gerade eine solche blutige Auseinandersetzung mit Rimanendos Streitkräften, um das Volk für unsere Seite zu gewinnen.«

Etwas in Conans Miene warnte Carico. Er beeilte sich hinzuzufügen: »Das ist natürlich im nachhinein alles leicht behauptet. Aber wer hätte wirklich erwartet, daß Korst mit geballten Kräften gegen die *Grube* vorginge?«

Conan schwieg. Er starrte mit finsterem Gesicht blicklos auf die flammenden Überreste der ersten Barrikade. Die Zugluft hatte den Rauch zum größten Teil nach außen geblasen und so die Soldaten die Aalstraße zurück und aus der Grube getrieben. Diese Kampfpause gab den Verteidigern Zeit, Atem zu schöpfen und ihre Befestigungen zu verstärken. Sie gab aber auch Conan Zeit, darüber nachzudenken, ob seine Freunde Toren oder Wahnsinnige waren.

Sifino kehrte zurück, ehe das Feuer ganz herabgebrannt war.

»Was sagte Mordermi?« fragte ihn Conan.

»Kam nicht an ihn heran.« Sifino fluchte wütend. »Er und dieser Stygier halten Kriegsrat — nur die beiden — und wollten nicht gestört werden. Ich hatte keine Lust abzuwarten, bis sie damit fertig waren, also sagte ich Sandokazi, was hier los ist, und kehrte mit so vielen Männern zurück, wie ich nur finden konnte.«

»Callidios!« Conans Miene wurde noch finsterer. »Croms Teufel! Ist Mordermi jetzt auch noch übergeschnappt? Die Zeit, verrückte Komplotte und Wahnsinnspläne zu schmieden, ist vorbei. Jetzt müssen wir *kämpfen*, um am Leben zu bleiben.«

Er traf eine Entscheidung. »Sifino, du übernimmst das Kommando hier. Ich werde nachsehen, wie es bei den anderen Barrikaden steht. Dann melde ich es Mordermi — und wenn er zu beschäftigt mit Callidios ist, um die Schlacht zu leiten, dann tue ich es, wenn es sein muß!«

Die *Grube* war ein Labyrinth verschlungener Gassen und Keller unter Keller. Ihre ungewöhnliche Architektur machte zwar einen Direktangriff unmöglich, genauso war es jedoch auch ausgeschlossen, eine wirkungsvolle Verteidigungslinie zu bilden. Da Korst in seiner Verachtung nicht an die Möglichkeit der Grubenbürger glaubte, einen organisierten Angriff zurückzuschlagen, hatte er sich einstweilen an seine ursprüngliche Taktik gehalten — die Verteidiger durch einen massiven, entscheidenden Durchbruch an irgendeiner der drei Fronten zu überrennen. Aber Conan war klar, daß der General des Königs, wenn dieser Durchbruch noch immer nicht durchzuführen war, sich durch verteilte Angriffe in voller Stärke über jede Treppe, jeden Luftschacht, jede Öffnung in die Grube rächen würde. Die Anfangsverluste würden enorm sein, seine Streitkräfte wären über das ganze Gebiet verstreut — aber schließlich würde die Grube doch durch die überlegene Königlich Zingaranische Armee eingenommen werden.

Der Gedanke daran machte den Cimmerier tollkühn. Wenn die Barrikaden nicht hielten, würde die *Grube* fallen. Und wenn sie hielten, würde sie ebenfalls fallen. Sie konnte nur durch eine dritte Streitmacht gerettet werden, die ihnen von außen zu Hilfe kam. Conan glaubte nicht, daß Santiddios Versuch Erfolg hatte, das einfache Volk von Kordava für ihre Sache zu gewinnen und es zu den Waffen zu rufen. Und er war überzeugt, daß Avvinti inzwischen längst mit dem Vermögen, für dessen Erbeutung seine ehemaligen Kameraden gestorben waren, auf dem Weg nach Aquilonien war. Es war nun nur noch eine Sache der Zeit, bis Korsts Ungeduld stärker als seine Vorliebe für militärische Präzision wurde.

Conan ritt in die Wasserstraße und stellte fest, daß die Barrikaden dort so gut wie verlassen waren. Das Feuer hatte sich in der ärmlichen Hafengegend ausgebreitet, und beide Seiten waren gezwungen gewesen zu fliehen, als die Feuersbrunst das Randgebiet zur *Grube* verschlungen und auf die neue Stadt übergegriffen hatte.

An der alten Marktstraße hatten die Verteidiger die Pfeiler unterhöhlt, die die Straße und die Gebäude darüber trugen. Der sich daraus ergebende Einsturz hatte genauso viele Rebellen wie Soldaten getötet, aber die alte Marktstraße war nun unter einem Trümmerberg verschüttet. Um sich hier durchzugraben, würde Korst einen Monat, wenn nicht länger brauchen.

Conan machte einen schnellen Kontrollritt durch die *Grube*. Rücksichtslos zwang er sein Pferd durch die auf den Straßen drängenden Menschenmassen. Überall gab es Barrikaden, die selbst unbedeutendste Gassen und Öffnungen versperrten, die Zutritt zu der vergrabenen Stadt gewähren mochten. Die Fenster waren mit Brettern vernagelt, die Türen verriegelt. Ängstliche Gesichter spähten hinter Ecken hervor und warteten auf den Angriff des Feindes. Soldaten waren hier nirgends zu sehen. Aber Korst hatte seinen Angriff ganz sicher nicht aufgegeben. Mit einem unguten Gefühl drückte Conan seinem Pferd die Fersen in die Weichen und galoppierte zur Aalstraße zurück.

Panikerfüllte Flüchtlinge bereiteten ihn auf das vor, was ihn dort erwartete.

Conan lenkte sein Pferd durch das entgegenkommende Volk. Als er in die Aalstraße einbog, sah er sofort, was passiert war.

Korst hatte, nachdem sein Angriff überall fehlgeschlagen war, seine geballte Macht hier eingesetzt. Während die Soldaten die Barrikade stürmten, war ein Trupp von Korsts Streitern heimlich in das Freudenhaus an der Aalstraße gedrungen, unmittelbar hinter dem Bollwerk. Sie hatten alles niedergemetzelt und waren durch die tobende Schlacht auf den Straßen auch nicht bemerkt worden — bis sie aus dem Haus stürmten und den Rebellenverteidigern in den Rücken fielen. In dem Schlachtgewühl war es unmöglich gewesen, ihre Zahl zu schätzen. Da sie einen Durchbruch in großem Ausmaß befürchteten, hatten die Reserven, die Conan zur Errichtung einer dritten Barrikade zurückgelassen hatte, ihre Posten verlassen und waren geflohen.

Conan galoppierte hinzu und schlug mit der flachen Klinge um sich. »Zurück und kämpft, ihr erbärmlichen Feiglinge!« brüllte er. »Wo wollt ihr euch verkriechen? Kämpft — oder sterbt!«

Trotz ihrer Panik flößte das Erscheinen des Cimmeriers ihnen nicht nur Angst, sondern auch Respekt ein. Einen Augenblick zauderten sie.

»Folgt mir, Hunde!« befahl Conan. »Zurück zu den Barrikaden! Wir können Korsts Schlächter aufhalten! Von jeder anderen Barrikade wurden sie bereits vertrieben! Kämpft, sage ich euch! Wenn sie uns hier überrennen, ist es das Ende für uns! Folgt mir!«

Ohne sich umzudrehen, ob sie gehorchten, ritt Conan durch ihre Reihen. Er war durchaus bereit, auch ohne sie bis zum letzten Blutstropfen zu kämpfen. Einige setzten sich verlegen ab, aber der größte Teil der Menge folgte dem riesenhaften Cimmerier.

Conan lenkte das Pferd durch die Lücke in der erst teilweise errichteten dritten Barrikade und ritt zwei von Korsts Streitern nieder, ehe sie überhaupt ahnten, daß der Tod nach ihnen griff. In der Enge war kein Platz, den um sich schlagenden Hufen und Conans singender Klinge auszuweichen. Die Soldaten wandten sich der neuen Gefahr zu und verschafften so den Rebellen, die an der zweiten Barrikade in die Falle gegangen waren, eine Pause. Mit

Donnergebrüll warfen jene, die Conan gefolgt waren, sich ins Schlachtgetümmel.

Da wieherte Conans Pferd auf und stürzte — ein Schwert hatte ihm die Sehnen durchtrennt. Der Cimmerier sprang aus dem Sattel, während die schlagenden Hufe und das gewaltige Gewicht des Tieres mehrere Soldaten zermalmten, die nicht mehr rechtzeitig aus dem Weg springen konnten. Conan rollte sich auf die Knie. Er war noch ein wenig benommen von dem heftigen Aufprall auf der Straße. Ein Degen sauste auf ihn herab. Schwerfällig parierte er, denn das Schwert war ihm fast aus der Hand geglitten. Sein Angreifer grinste, doch da spaltete eine doppelklingige Axt sein Gesicht zu einem noch breiteren Grinsen.

Carico griff nach Conans Schultern und zog ihn auf die Füße. »Gut gemacht, Junge!« lobte er. »Das nächstemal, wenn du einem hohen Lord deine Dienste anbietest, laß dich lieber in seiner Kavallerie, nicht beim Fußvolk anwerben.«

Conan sparte sich den Atem, um sein Schwert durch die Beine eines Soldaten zu schlagen, der über die stürzende Barrikade gesprungen war. Weitere von Korsts Streitern rannten aus dem Freudenhaus und warfen sich gegen die Rebellen, die Conan gefolgt waren. Die Barrikade löste sich vor ihren Augen auf.

»Zurück!« brüllte Conan. »Wir zünden sie an!«

»Keine Zeit mehr!« keuchte Carico. Noch während er sprach, fiel ein großer Teil nach innen.

Korsts Männer, die den Angriff in voller Stärke begonnen hatten, hatten die Ablenkung genutzt, um die Barriere mit einem behelfsmäßigen Widder zu rammen. Zingaranische Schützen schossen aus dieser Deckung, als ihre Kameraden durch die Bresche quollen.

»Zurück!« befahl Conan erneut. Ein Pfeil glitt von seiner Bourgignotte ab. »Zurück!« Sein Kommando machte aus

Flucht einen strategischen Rückzug. »Bezieht Posten hinter der dritten Barrikade!«

»Und wenn die auch fällt?« murmelte Carico. Die Schlacht erschien ihm nun offenbar nicht mehr so sehr ein politischer Schachzug.

»Dann errichten wir eine vierte und ziehen uns dahinter zurück«, erklärte Conan mit einem barschen Lachen. »Wir werden Korst in die Zange nehmen — oder hast du das schon vergessen?«

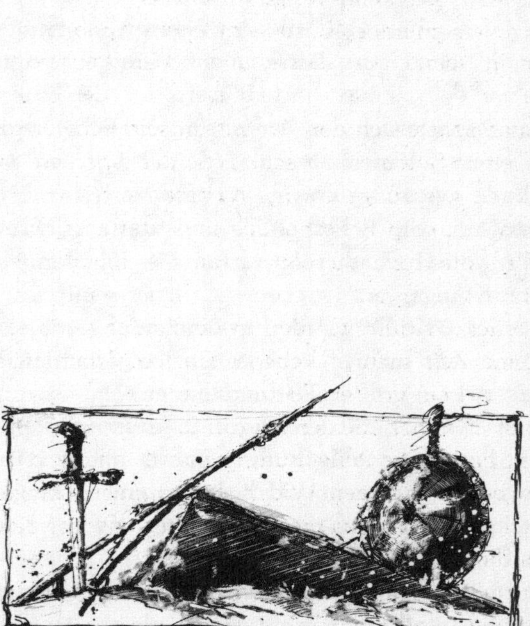

11

DIE LETZTE WACHE MARSCHIERT

Rauch und Flammen bildeten entlang Kordavas Küstenstreifen ein leuchtendes Banner über der blutigen Hölle, die in der *Grube* ausgebrochen war.

Doch aus dem schmutzigen Wasser der Bucht stieg ein viel schrecklicheres Grauen in das flammende Zwielicht.

Niemand sah es kommen, anfangs jedenfalls nicht. Der Hafen brannte bis zum Rand des Wassers. Korsts Soldaten hatten hier den Sperrgürtel aufgelöst und waren mit den Menschen, deren Läden und Häusern von der Feuersbrunst verschlungen wurden, vor der versengenden Hitze geflohen. An anderen Orten hatten der Schlachtenlärm und das Gewühl der weinrot- und golduniformierten Soldaten die Neugierigen in die Sicherheit ihrer Häuser zurückgetrieben. In einem Kampf wie diesem war für die Soldaten jeder, der nicht des Königs Rock trug, ein möglicher Feind, und Korsts Männer waren nicht gerade für Zimperlichkeit bekannt.

Hätte jemand auf dem verlassenen Kai gestanden, hätte er möglicherweise eine ungewöhnliche Bewegung unter den öligen Wellen bemerkt, die gegen die steinernen Stufen an der Uferböschung schlugen. Ein weiterer Blick hätte seinem erstaunten Auge gezeigt, daß die Köpfe von Schwimmenden an die Oberfläche tauchten — Gesichter, die im spiegelnden Schein der Flammen unheimlich wirkten. Einen Moment später drang bereits eine zweite Reihe von Köpfen aus dem Wasser, während von der ersten schon Schulter und Brust zu sehen waren. Doch nicht schwimmend näherte sich die fremde Schar, nein, sie war über den Meeresgrund marschiert und schritt nun aus den Wellen.

Die ersten Fremden erreichten die unter dem Wasser liegenden Stufenreihen und stiegen in dichtgeschlossener Reihe empor. Ihnen folgte eine stete Prozession stummer Gestalten. Nur das merkwürdige Rasseln der Ausrüstung war zu hören sowie die unnatürlich lauten Schritte sandalenbekleideter Füße. Im feurigen Zwielicht glänzten sowohl die Kleidung, die Waffen als auch die Haut in dunklem Schimmer, poliertem Obsidian oder Gagat gleich. Das Wasser glitt von den Gestalten ab wie von wachsüberzogenem Glas, so daß sie völlig trocken zu sein schienen, als sie von den Stufen traten und sich in Reih und Glied auf dem Kai aufstellten.

Jede ihrer Bewegungen verriet lang geübte Präzision, wie die eines Eliteregiments, das zum Parademarsch ansetzt. Doch fehlte das in diesem Fall übliche Klirren von Stahl. Statt dessen waren Geräusche zu vernehmen, die ein wenig wie das Schleifen von Messern auf geöltem Stein klangen, wie das Zersplittern von Eiszapfen in einem arktischen Sturm, wie das Scharren von Nägeln auf Schiefer oder wie der Todesschrei zerschmetternden Kristalls. Die Flammen spiegelten sich wie Sterne auf Keulenspitzen, Schwertschneiden und den Klingen von Streitäxten — und auch jetzt wirkte alles schwarz und glänzend und scharf wie geschliffenes Glas.

Als gehorchten sie einem unhörbaren Befehl, setzte der vorderste Trupp sich in Bewegung und marschierte vom Kai auf die flammenerhellten Straßen. Der zweite folgte dichtauf, während immer weitere Reihen von Obsidiankriegern aus dem Meer auftauchten und die Stufe zum Kai hochstiegen. Und wie die Wogen der See kamen immer neue, immer weitere, scheinbar ohne Ende.

Die Feuersbrunst, die Korsts Soldaten von ihrem Angriff auf der Wasserstraße (so genannt aufgrund vereinzelter Überschwemmungen im Frühjahr) vertrieben hatte, drohte das ganze armselige Viertel des neuen Kordava zu vernichten. Einige Menschen versuchten verzweifelt am Rand der Flammen aus ihren Häusern zu retten, was zu retten war. Sie waren die ersten, die die Letzte Wache sahen und sofort flohen.

Ihre Reaktion war verständlich. Das Feuer war über zwei Lagerhäuser vorgedrungen, deren brennende Mauern auf die Straße zum Kai gestürzt waren. Weiße Glut, die immer wieder zu leckenden Flammen emporschoß, wälzte sich wie ein träger Strom von einer zur anderen Seite zwischen den beiden eingestürzten Lagerhäusern. Und durch diese flüssige Glut marschierte das erste Hundert der Letzten Wache so ungerührt, als stapfte es über Herbstlaub.

Außerhalb der Flammen hielt die Postenkette immer noch Ausschau nach Flüchtigen, geduldig wie eine Katze, die vor einem Mäuseloch lauert. Als sie die Schreckensschreie hörten, drehten die Soldaten sich um und sahen die erste Hundertschaft durch eine Flammenwand auf sich zukommen. Einige flohen — die anderen starben.

Da der Durchbruch in der Aalstraße zweifellos kurz bevorstand, hatte Korst den größten Teil seiner Truppen in diesen Sektor abkommandiert. Trotz anfänglicher Rückschläge und schwerer Verluste durch den unerwarteten Widerstand versprach der Kampf nun doch einen zufriedenstellenden Ausgang. Er hatte die Rebellen soweit, daß sie sich zu einer regelrechten Schlacht gesammelt hatten, und jetzt würde er sie in einem entscheidenden Gefecht aufreiben. Einigen mochte vielleicht die Flucht gelingen — aber die Revolution würde unterdrückt und die Umstürzler bis auf den letzten Mann niedergemacht werden. Rimanendo würde einem General gegenüber bestimmt äußerst großzügig sein, dessen Sieg seine Ehre wiederherstellte und die Gefahr seines Sturzes beseitigte.

Mit blutbesudelten Waffen näherte sich die Letzte Wache der Aalstraße.

Ihr kurzes, aber tödliches Scharmützel mit dem Sperrtrupp hatte die Aufmerksamkeit der Hauptmacht des Generals bereits auf die Letzte Wache gelenkt. Ein paar der Überlebenden hatten stammelnd Bericht erstattet, der jedoch so irrsinnig klang, daß man ihn als der Panik entsprungene Sinnestäuschung ansehen mußte. Korst nahm an, daß es sich um einen verzweifelten Ausfall der belagerten Rebellen handelte, und so befahl er sofort einen Gegenangriff, und die Hauptmacht der Königlich Zingaranischen Armee marschierte los. In der zunehmenden Dunkelheit außerhalb der Flammen mochte den Soldaten das unnatürliche Aussehen ihrer Feinde nicht gleich auffallen — vielleicht dachten sie, die Gegner hätten sich zur besseren Tarnung für einen Nachtangriff mit schwarzem Fett eingerieben.

Ein Pfeilhagel begrüßte die stummen Krieger, als sie durch die Rauchschwaden marschierten. Aber sie suchten weder Deckung, noch kam es zu Ausfällen in ihren Reihen. Korsts Schützen schrieben es der trügerischen Beleuchtung zu. Sie erachteten ihre Mission als erledigt und überließen es den Fußsoldaten, sich weiter mit dem Rebellenausfall zu beschäftigen.

Ihr Kampfgeschrei klang merkwürdig schrill, da es von ihren gleichmütigen Gegnern nicht beantwortet wurde, als die zingaranischen Soldaten sich gegen die Letzte Wache warfen. Man konnte es mit einer gewaltigen Welle vergleichen, die gegen eine Basaltklippe brandete. Die Welle brach in aufspritzendem Gischt. Dieser Gischt war rot.

Waffen aus Stahl zerbarsten an diamanthartem Fleisch. Klingen, die wie schwarzer Stein schimmerten, glitten durch

Fleisch und Knochen, als wäre zwischen beiden kein Unterschied. Korsts Soldaten wurden im wahrsten Sinne des Wortes zerstückelt. Aus Schlachtrufen wurden Todesschreie, die sich mit dem weichen Krachen zerschmetterten Fleisches, dem Plätschern von Blut und dem dumpfen Aufprall abgetrennter Körperteile vermischten.

Uralte Zauberei hatte menschliche Krieger in unvernichtbare Zerstörungsmaschinen verwandelt. Als Wesen aus lebendem Stein bewegte die Letzte Wache sich mit aller Geschicklichkeit und Geschwindigkeit von Elitekriegern, die sie einst gewesen waren. Doch wurden ihre unverwundbaren Körper jetzt auch noch von Muskeln mit übernatürlicher Kraft bewegt. Diamantharte Waffen stachen und schmetterten durch Rüstung und Fleisch. Obsidianfäuste schlossen sich um menschliche Glieder und rissen Muskeln und Sehnen von zermalmten Knochen.

Das Grauen war so ungeheuerlich, daß jene, die Zeuge davon waren, zeitweilig gelähmt zu sein schienen. Doch als ihre vordersten Reihen erbarmungslos niedergemetzelt waren, schüttelten die dichtauf folgenden Kameraden ihre durch den Schock bedingte Betäubung ab und ergriffen panikartig die Flucht. Die Soldaten der Nachhut, die sich des nähernden Grauens immer noch nicht bewußt waren, hörten die Schreie. Sie schlossen daraus, daß die vorderen Reihen auf unerwarteten Widerstand der Rebellen gestoßen waren, und eilten vorwärts, um ihren Kameraden zu helfen. Sie stießen mit den Fliehenden zusammen. Offiziere brüllten Befehle, panikerfüllte Soldaten schrien furchtgeschüttelt und beantworteten die gestellten Fragen mit unverständlichem Gebrabbel. Durch die schmale Straße beengt, ballten die vorderen und hinteren Reihen sich zu einer wirren, unbeweglichen Leibermasse zusammen.

In dieses wogende Chaos marschierte die Letzte Wache unaufhaltsam hinein. Die Obsidiankrieger schwangen ihre blutgetränkten Waffen mit unermüdlicher Präzision. Blut floß über die Straße, Leichen bedeckten das Pflaster. Als Geschöpfe aus Stein hatte die Letzte Wache das ungeheuere Gewicht von Statuen. Wie sie zuvor über den Meeresgrund marschiert waren, so wateten sie jetzt durch eine See aus Menschenleibern. Ihre Schritte schlugen wie die Hufe von Ackergäulen auf dem Pflaster auf. Die Soldaten, die im Gedränge stolperten, wurden unter ihren Füßen zerquetscht. Andere, denen es in der Enge unmöglich war, zu fliehen oder auszuweichen, wurden von den unaufhaltsamen Obsidiankriegern gegen die Häuserwände geschmettert.

Die Königlich Zingaranische Armee, die sich wie eine verwundete Riesenschlange rückwärts gewunden hatte, hielt in ihrem Vorstoß inne und ergriff die Flucht. Sie ließ eine blutige Spur zertrampelter Leiber zurück, auf der, wie zu einer Parade, Hundertschaft um Hundertschaft der Letzten Wache folgte, die aus dem Meer und dem Abgrund der Zeit marschiert war.

12

AUF DEM KÖNIGSWEG

Conan kämpfte an der dritten Barrikade mit der Wildheit eines verwundeten Löwen. Die Waagschale des Schlachtenglücks hatte sich gegen die Rebellen geneigt. Ihre Niederlage war sicher, eine Flucht unwahrscheinlich. Die Soldaten hatten die Barrikade wie eine Lawine überrollt und die Rebellen zu ihrer letzten Verteidigungslinie zurückgedrängt. Sifino war irgendwo im Rückzug verlorengegangen. Carico, dessen verwundeter Schenkel wieder blutete, schwang seine mächtige Streitaxt mit nachlassender Kraft. Die meisten der Verteidiger waren bereits gefallen. Einige hatten sich aus dem Gemetzel freigekämpft und waren geflohen. Conan, der die restlichen Kämpfer zu einem letzten Widerstand anführte, kämpfte wie ein Berserker, um den zingaranischen Vorstoß aufzuhalten und ohne auch nur einen Gedanken an seine eigene Sicherheit zu verschwenden. Sie mochten ihn vielleicht töten, aber Conan schwor sich, daß sie ihn nicht noch einmal gefangennehmen würden. Wenn er fiel, würde man an den Haufen Toten um ihn erkennen, daß ein Cimmerier sein Leben nicht billig verkaufte.

Die in viel zu großer Eile errichtete dritte Barrikade war zu schwach, um dem Ansturm der Soldaten lange zu widerstehen. Schon jetzt drangen Korsts Männer durch vereinzelte Breschen in diesem Bollwerk. Wenn sie nicht gleichzeitig als Trupp vorgingen, lag es nicht an dem Widerstand der Rebellen, der immer geringer wurde, sondern daran, daß ihre eigene Zahl sie behinderte. So viele Angreifer waren in die Aalstraße vorgestoßen, daß das Gedränge einen wirkungsvollen Sturm unmöglich machte. Aber trotzdem würde der Kampf bald vorbei sein.

Als das Gebrüll hinter ihm laut wurde, dachte Conan zuerst, Korsts Soldaten hätten sich erneut an den Flanken an ihnen vorbeigearbeitet und griffen sie nun von hinten an. Aber als Jubel daraus hervorklang und keine Schmerzens- oder Schreckensschreie, riskierte er einen flüchtigen Blick über die Schulter.

Mordermi, das Rapier elegant in der gesunden Hand, die linke Schulter beeindruckend bandagiert, kam an der Spitze eines größeren Trupps angeritten. Ausgeruhte Verteidiger lösten die erschöpfte Handvoll ab, die die Barrikade immer noch hielt. Der Brigantenführer warf jetzt seine Reserve in den Kampf. Und nach dem Jubelgebrüll des nachfolgenden, aufgeregten Volks mußte er auch die Männer an den anderen Barrikaden neu angefeuert haben.

Conan ließ andere seinen Platz im Kampfgewühl einnehmen und begrüßte den Freund mit einem blutigen Händedruck. »Du bist so beeindruckend wie ein Heldendenkmal«, sagte er müde grinsend. »Aber du hast zu lange gewartet. Korst hat zu viele Männer und ist bereits zu tief durchgebrochen.«

»Mitra, ihr nordischen Barbaren seid eine düstere Meute!« Mordermi lachte und steckte das Rapier in die Scheide, um den Arm um des Cimmeriers Schulter zu legen. »Korst steckt in einer Falle, nicht wir. Die Katze hat sich zu tief ins Rattenloch gewagt! Du wirst es gleich selbst sehen.«

Conan erinnerte sich an Caricos optimistische Worte, daß die Bürger Kordavas für die gute Sache der Rebellen die Waffen ergreifen würden. »Dann ist es also Santiddio . . .«

»Nicht Santiddio«, berichtigte ihn Mordermi. »Callidios!«

»Was kann denn dieser Lotusträumer . . .«

»Du hast sie selbst gesehen«, sagte Mordermi in tadelndem Tonfall. »Und Sandokazi bestätigte seine Worte. Die Letzte Wache!«

»Steinerne Teufel, die auf dem Meeresgrund die Gebeine ihres Königs bewachen!«

»Jetzt nicht mehr! Callidios hat sie hierhergerufen.«

»Wie kann dieser stygische Abtrünnige solchen Dämonen befehlen?«

»Mein lieber Conan, wenn ich das wüßte«, erwiderte Mordermi, »dann brauchte ich Callidios nicht, oder?«

»Du bist also tatsächlich auf die Lügen dieses Verrückten hereingefallen?«

»Schau doch!« Mordermi deutete.

Conan starrte.

Es war schwierig, allzuviel von dem zu erkennen, was sich jenseits der Barrikade tat. Dichter Rauch verschluckte den größten Teil des ohnedies düsteren Lichtes, und außerdem raubte die Barrikade fast die ganze Sicht. So sah Conan auch weniger, als er fühlte, daß sich etwas geändert hatte. Noch vor einem Moment war das Gebrüll der Angreifer jubilierend, siegessicher gewesen. Jetzt klang es unüberhörbar furcht- und schreckerfüllt. Es war undenkbar, daß die Ankunft von Mordermis Verstärkung dieses spürbare Grauen in ihnen geweckt hatte.

Einen makabren Augenblick lang kam die Kampfhandlung zu schauderndem Halt. Beide Seiten spürten den eisigen Hauch unbeschreibbaren Grauens. Mitten im Kampfgetümmel erstarrten die Männer. Waffen, die auf einen Gegner einhieben, hielten inne, als wäre die Luft zu undurchdringlichem Glas geworden, das alles festhielt. Conan, der schon gesehen hatte, wie im Kampf umschlungene Männer von einer Stadtmauer herunterfielen und nicht zu kämpfen aufhörten, bis sie am Boden zerschmetterten, glaubte seinen Augen nicht zu trauen. Finsterste Magie hatte ihre düsteren Schatten auf das Schlachtfeld geworfen, und obgleich sich das Blatt zugunsten der Rebellen wendete, wußte Conan plötzlich tief im Herzen, daß er Callidios hätte ersäufen und nicht mit nach Kordava zurücknehmen sollen.

Schrille Schreie waren zu hören.

Zuerst beabsichtigten die Soldaten umzukehren, die an der Barriere im Angriff innegehalten hatten, um festzustellen, welches Unglück ihren Kameraden in der Nachhut zugestoßen war. Panik griff nach ihnen, während sie sich die Aalstraße zurückkämpften. Und dann sahen sie, welches Grauen diese schrecklichen Schreie aus den Kehlen tapferer Veteranen verursacht hatte — und gleichzeitig wurde ihnen klar, daß kein Rückzug, keine Flucht möglich war.

Die Letzte Wache marschierte in die Aalstraße.

Einen Moment später warfen die Soldaten sich erneut gegen die Barrikade, doch nicht im Angriff, sondern um einen Fluchtweg vor den unmenschlichen Kriegern zu suchen, die sie jagten. In blinder Panik stürmten sie die Barrikade. Ihre Furcht ließ sie überhaupt nicht auf die Verteidiger achten. Fast trugen sie die Barrikade in ihrer Hast mit sich davon, denn selbst im tapfersten Soldaten erwachte bei solcher Gefahr der Instinkt zur Selbsterhaltung, aber sie dachten nur an die Obsidiankrieger, nicht an die Rebellen, denen sie geradewegs in die Klingen liefen.

Conan, der nicht zum erstenmal Massaker, sowohl auf der Seite der Sieger als auch der Unterlegenen, miterlebt hatte, wandte sich ekelerfüllt ab. Einen Feind zu töten, der den Willen zur Selbstverteidigung verloren hatte, war nicht des Cimmeriers Art, Krieg zu führen.

»Halt sie auf!« sagte er mit belegter Stimme zu Mordermi.

»Mach dir keine Sorgen«, beruhigte ihn der Brigantenführer, der ihn mißverstanden hatte. »Callidios hat sie unter seiner Kontrolle.«

»Das meine ich nicht! Beende dieses Gemetzel! Laß Korsts Männer sich ergeben.«

»Meine Leute brauchen einen Sieg«, antwortete Mordermi schulterzuckend. »Wir mußten viel zu viel von Rimanendos Hunden hinnehmen!«

Conan fluchte, aber inzwischen war es ohnedies bereits zu spät. Keiner der Soldaten kämpfte sich mehr durch die Barrikade. Auf der Aalstraße erdröhnte das Stampfen schwerer marschierender Schritte, manchmal gedämpft, wenn sie statt auf Pflaster auf Leiber traten. Aus der Dunkelheit kamen die schwarzen Reihen der Letzten Wache in Sicht.

Vor der Barrikade hielten sie an und standen stramm, als warteten sie auf weitere Befehle. Die Rebellen hörten mit ihrem Siegesgebrüll auf und starrten offenen Mundes auf ihre dämonischen Verbündeten. So manchen ergriff eisige Furcht.

Mordermi war Herr der Situation.

»Seht sie euch an, meine Freunde!« brüllte er, während er furchtlos vorwärtsschritt. »Das sind unsere Verbündeten, die herbeigerufen wurden, um unserer guten Sache zum Sieg zu verhelfen. Mit Unterstützung meines geschätzten Freundes und Ratgebers, des berühmten Zauberers Callidios, habe ich aus einem legendären Zeitalter eine Armee unbesiegbarer Krieger geholt. Ihr konntet euch selbst überzeugen, von welchem Nutzen sie für uns waren. Salutiert ihnen, meine Freunde — unsere Verbündeten in unserem Befreiungskampf, die Letzte Wache!«

Die Hochrufe erklangen zuerst nur zögernd, doch dann — vielleicht als Reaktion auf die anfängliche Furcht — schwollen sie zu betäubendem Gebrüll an.

Mordermi wartete, bis es seinen Höhepunkt erreicht hatte, dann hob er schweigengebietend den Arm.

»General Korst ist mit seiner Meute blutgieriger Hunde in

den Zwinger seines Herrn zurückgekehrt. In diesem Augenblick zittert Rimanendo in seinem Hermelingewand, während er von unserem Sieg erfährt, und er fleht seine Götter an, daß seine Soldaten und Palastmauern ihn vor dem Zorn seines Volkes schützen mögen, dem er ein so ungerechter Herrscher war. Aber sagt mir, meine Freunde, können seine Soldaten und seine Mauern den Tyrannen vor dem gerechten Zorn seines Volkes schützen?«

Mordermi wartete, bis das einstimmige NEIN! ein Crescendo erreichte.

»Dann nehmt eure Waffen, meine Freunde! Mit unseren unbesiegbaren Verbündeten zusammen ziehen wir aus, um einen Tyrannen zu stürzen, der kein Herz für seine Untertanen hat, und um seinen korrupten Hof aufzuräumen! Die Stunde unserer Befreiung ist gekommen!«

Der wilde Marsch durch die Straßen von Kordava, der Mordermis aufputschender Rede folgte, verlor trotz all der hehren Gefühlsregungen des Augenblicks keinen Moment den Eindruck eines Alptraums für Conan.

Sie quollen aus der *Grube*, die verachteten und getretenen Bürger der begrabenen Stadt. Ihre Zahl wuchs mit jedem Schritt. Carico, dessen Verwundung es ihm unmöglich machte, zu Fuß mitzukommen, überwand schließlich seinen Stolz und hörte auf Conans Rat, sich auf ein Pferd zu setzen — aber erst, nachdem der Cimmerier ihm versprochen hatte, neben ihm herzureiten und ihn aufzufangen, falls er aus dem Sattel glitt. Santiddio schloß sich ihnen unterwegs an. Zu Conans Überraschung hatte er tatsächlich mehrere tausend Bürger um das Banner der Weißen Rose scharen können. Der Cimmerier fragte sich, wie viele seinem Aufruf gefolgt waren, ehe die Kunde vom Sieg der Rebellen sich in Kordava verbreitete. Santiddio begrüßte sie überschwenglich — was so gar nicht zu ihm paßte. Er und Carico bedauerten, daß Avvinti in dieser großen Stunde nicht bei ihnen war. Mordermi — Sandokazi an seiner Seite, bis ihr Bruder sich ihnen anschloß — ritt an der Spitze der ständig wachsenden Prozession.

Callidios war nicht zu sehen, aber seine Anwesenheit war über jeden Zweifel hinaus spürbar. Die Letzte Wache, tausend stumme Dämonen des Todes, marschierte vor der Rebellenmenge her.

Sie stießen auf ihrem Weg durch die Stadt auf keinerlei Widerstand. Die Menschen rannten entweder herbei, um sich ihnen anzuschließen, oder blieben vorsichtshalber hinter ihren versperrten Türen, während das Banner der Weißen Rose vorbeigetragen wurde.

General Korst, der sich mit so vielen seiner Männer wie nur möglich aus der hoffnungslosen Kampfhandlung gegen die Letzte Wache zurückgezogen hatte, war dem Blutbad in der *Grube* entgangen. Hinter den Festungsmauern von Rimanendos Palast versuchte er seine Soldaten zur Verteidigung gegen die Rebellen und ihre Verbündeten zu sammeln. Aber Grauen und Gemetzel in der Grube hatten sich als zu demoralisierend für die Armee des Königs erwiesen. Soldaten, die dem Massaker um Haaresbreite entgangen waren, hatten ihren Kameraden allzu überzeugend von den Schrekken erzählt, die das Leben so vieler gekostet hatten. Sich einem menschlichen Gegner zu stellen, war eines, doch den unaufhaltbaren und unbezwingbaren Kräften Schwarzer Magie gegenüberzutreten, war etwas völlig anderes. Die Königlich Zingaranische Armee desertierte in geschlossenen Kompanien, die Offiziere waren davon nicht ausgenommen.

Zu lange hatte König Rimanendo als korrupter, verhaßter Tyrann regiert. Die Zingaraner hatten seine Herrschaft nicht aus Loyalität gegenüber ihrem Monarchen erduldet, sondern aus Angst. Nun hatten die Helden der Weißen Rose eine Macht ins Spiel gebracht, die größer war als Rimanendos Armee. Jetzt war die Zeit der Furcht für den Despoten gekommen — aber seine rebellierenden Untertanen beabsichtigten, diese Zeit gnädig kurz zu halten. Von allen verlassen, die die Chance und die Geistesgegenwart gehabt hatten zu fliehen, kauerte König Rimanendo zitternd in seinen prunkvollen Gemächern, während die letzten seiner ihm hündisch Ergebenen eine hoffnungslose Verteidigung vorbereiteten.

Der Marsch der Rebellen auf Rimanendos Palast wurde nicht aufgehalten. Erst als sie sich der Festung unmittelbar näherten, kam es zum bewaffneten Widerstand einer kleineren Truppe, deren Angehörige entweder nichts von der Dämonenlegion der Rebellen gehört hatten oder die schrecklichen Geschichten darüber nicht glaubten. Die vordersten Reihen der Letzten Wache machten sie nieder, fast ohne in ihrem Marschschritt zu stocken. Die Soldaten hätten ebensogut versuchen können, eine Lawine mit bloßen Händen aufzuhalten. Das kurze blutige Schauspiel erregte den Mob nur noch mehr, als jene, die die Steinkrieger noch nicht in Aktion erlebt hatten, nun Zeuge ihrer ungeheuren Zerstörungskraft wurden.

Conan erinnerte sich, wie die Gundermänner in Venarium niedergemetzelt worden waren. Es lag einige Jahre zurück, und er war dabeigewesen. Die cimmerischen Stämme hatten sich zusammengetan, um dieses Grenzfort der Aquilonier zu vernichten, das diese zur Kolonisierung der südcimmerischen Marschen errichtet hatten. Männer, Frauen und Kinder waren niedergemacht und das Fort in Schutt und Asche gelegt worden. Für Conan war es eine ruhmreiche Erinnerung. Auch dieses Massaker, an dem er jetzt teilnahm, würde sich in sein Gedächtnis einbrennen, doch ganz sicher würde er sich nie gern daran erinnern.

Die Mauer um den Königspalast wies gegenwärtig eine stählerne Krone aus Waffen und Rüstungen auf, die im

Fackellicht und dem Glühen der fernen Feuersbrunst glänzten. Ein Rauchschleier verhüllte die Sterne.

Vielleicht verlieh die Festungsmauer ihnen Selbstvertrauen. Doch was immer der Grund sein mochte, es war offensichtlich, daß General Korst gar nicht an eine kampflose Übergabe des Palasts dachte. Von den Zinnen hagelten Pfeile mit eisernen Widerhaken und Steingeschosse in den Mob. Männer und Frauen heulten vor Schmerzen und Wut auf, als der Tod sich seine Opfer suchte, und es wurde ihnen bewußt, daß Mordermi sie nicht in einer Festtagsprozession, sondern in die Schlacht führte. Hastig suchten die Rebellen in den benachbarten Häusern Schutz vor dem tödlichen Beschuß.

Conan hielt sein Pferd in der Deckung eines Strebepfeilers an, um festzustellen, welche Wirkung die Steingeschosse auf die Letzte Wache hatten. Die Ballisten schleuderten Steine von Faustgröße bis zu halbtonnenschweren Brocken. Die kleineren Steine prallten mit nicht mehr Wirkung als ein Schneeball von den dämonischen Kriegern ab. Doch Conan stand noch nicht lange auf seinem Beobachtungsposten, als ein größerer Steinblock einen der Obsidiankrieger geradewegs gegen die Brust traf und ihn umwarf. Das Geschoß zersplitterte, während der Krieger sich unverletzt erhob. Seine Bewegung war so natürlich, daß der Cimmerier sich nicht gewundert hätte, wenn er sich den Staub vom schwarzen Brustpanzer gewischt hätte.

Aber auch wenn die Pfeile und Steingeschosse ihnen nichts anhaben konnten, ließen die Krieger der Letzten Wache den Beschuß nicht untätig über sich ergehen. Sie formierten sich zu einer dichten Kolonne und marschierten auf das Haupttor der Festung zu. Das Bombardement vom Wachtturm aus verstärkte sich noch, und nun ergoß sich auch siedendes Öl auf die angreifenden Steinkrieger. Aber genausogut hätten die Verteidiger wohlduftendes Badewasser auf sie hinabschütten können, es hätte den gleichen — also gar keinen — Erfolg gehabt!

Die Letzte Wache erreichte das massive Tor aus dickem, mit Eisen verstärktem Holz, das selbst den größten Rammböcken widerstanden hätte. Die Zuschauer beider Seiten hielten den Atem an.

Die vordersten Reihen der Letzten Wache schoben ihre Waffen in die Scheiden zurück und drückten ihre Hände gegen die feste Eichenbarriere. Einen Herzschlag lang spannten sich Muskeln und Sehnen aus lebendem Stein. Und nur einen Augenblick wurde der Vorstoß der Letzten Wache aufgehalten. Dann ächzte das Eisen, das Holz splitterte, das Tor brach nach innen und krachte auf die Verteidiger, die sich verzweifelt mit den Schultern gegen das nachgebende Portal geworfen hatten. Über sie hinweg marschierten die Steinkrieger, und der Tod kam über sie, die sich auf den Schutz der Festungsmauern und ihrer Waffen verlassen hatten.

Nur einen Moment hielt die Menge ehrfurchtsvoll an, dann stürmten die Menschen Kordavas mit dem gierigen Brüllen Tausender von Kehlen in den Palast, um sich an ihren verhaßten Unterdrückern zu rächen. Die Jagdbeute war gestellt, jetzt fiel die Meute über sie her.

Conan war entschlossen, auch das Ende mitzuerleben, und trieb sein Pferd voran. Es war noch gar nicht so lange her, erinnerte er sich, da war er sicher gewesen, bald tot im Blut und Schmutz der *Grube* zu liegen. Und nun machte er sich daran, einen Königspalast zu plündern.

Da die Letzte Wache alles niederschlug, was ihr im Weg stand, war der Angriff auf Rimanendos Festung statt einer Schlacht zu reinem Abschlachten geworden. Nachsicht kannten die Obsidiankrieger nicht, aber der Mob genausowenig. Wer von den Soldaten, dem Hofgesinde und dem Gefolge sich ergeben wollte, wurde in Stücke gerissen.

Einige Soldaten entgingen ihrem grauenvollen Geschick, indem sie hastig aus ihren weinroten und goldenen Uniformen schlüpften und sich der blutrünstigen Menge anschlossen. Anderen gelang es, das Chaos zu nutzen und über die Mauer zu klettern, wo sie sich fernab des Pöbels in Sicherheit bringen konnten. Und ein paar, deren Ehrgefühl eine Flucht nicht zuließ, stellten sich zu einem letzten Kampf — so retteten sie zwar nicht ihr Leben, doch das, was sie als ihre Ehre betrachteten.

Conan entdeckte den gefallenen General Korst, der mit einer kleinen Schar seiner gefürchteten Streiter im letzten hoffnungslosen Versuch den Palasteingang hatte verteidigen wollen. Der Mob war über die Toten hinweggestürmt, um nach reicherer Beute Ausschau zu halten. Der Cimmerier jedoch verweilte kurz, um dem tapferen Soldaten, der seinem König bis zum Tod treu ergeben gewesen war, die letzte Ehre zu erweisen.

Der blauschwarze Bart war mit dunklem Blut verkrustet, die Brust durch einen schweren Keulenschlag zerschmettert. Trotzdem war noch nicht alles Leben aus Korst gewichen. Er öffnete die Augen und erwiderte Conans Blick. Erkennen zeichnete sich langsam in den schmerzstumpfen Augen ab.

»Ich weiß, wer du bist«, sagte der General dumpf. »Der cimmerische Rebell. Du bist dem Galgen entgangen. Mordermi hat dich zu seiner rechten Hand gemacht.«

»Ich bot Euch mein Schwert.« Aus Conans Stimme klang noch ein Rest von Groll. »Und Ihr habt mich mit einer Hanfschlinge bezahlt. Also versuchte ich mein Glück bei Mordermi.«

Korsts Augen blickten an Conan vorbei. »Auch ich suchte einst mein Glück, und es führte mich hierher. Schau mich an, Cimmerier. Es könnte sein, daß du so dein eigenes Geschick siehst.«

Conan wollte etwas erwidern, da bemerkte er, daß Korst ihn nicht mehr hören konnte.

Der Cimmerier bahnte sich einen Weg durch die Plünderer, die sich überall im Palast drängten, um Mordermi zu finden. Der siegreiche Banditenführer war dabei, die schwere Tür zu Rimanendos Privatgemach zu rammen. Conan lieh der gebrochenen Säule, die der andere als Rammbock benutzte, seine Kraft, und die Tür gab nach.

Auf die Szene, die sich ihnen bot, war Conan nicht vorbereitet.

König Rimanendo hatte sich in seinem weinumnebelten furchtgebannten Zustand mit seinen Günstlingen und Lustknaben in seinem Gemach verbarrikadiert. Doch jene, denen er am meisten vertraute, wußten, daß seine Herrschaft nun zu Ende war. Sie wollten die Gunst der neuen Herren von Kordava gewinnen, indem sie über den bisherigen Monarchen herfielen.

Als Mordermi und Conan über die Schwelle des königlichen Privatgemachs schritten, lösten sich zwei Knaben aus der eng zusammengekauerten Gruppe und kamen auf sie zu. Ihr Haar war mit Pomade gelockt, ihre nackte Haut gesalbt und mit Rouge bemalt. Sie trugen zwischen sich ein goldenes Tablett. Auf diesem Tablett befand sich eine goldene Krone, und diese Krone ruhte auf dem abgetrennten Haupt Rimanendos.

13

EINE NEUE ORDNUNG UND EINE KRÖNUNG

Es wurde beschlossen, daß Mordermi König werden sollte.

Anfangs weigerte er sich, davon zu hören, aber man beschwichtigte alle seine Einwände.

Rimanendo und sein Hofstaat waren in dem Palastmassaker umgekommen. Der kinderlose König hatte keinen Erben hinterlassen. Es wäre auch zweifelhaft gewesen, ob die Rebellen Kordava jemandem seines Blutes überlassen hätten. Genausowenig hätte ein Anwärter es gewagt, Rechte auf den Thron zu erheben, solange die siegreichen Rebellen die Letzte Wache als ihre Armee hatten.

Die Zeit der bestechlichen Tyrannei war vorbei. Eine neue Ordnung herrschte in Kordava und sollte sich über ganz Zingara ausbreiten.

Das war nicht lediglich ein Wechsel von Herrschern, betonte Santiddio immer wieder, wie es nach einer Palastrevolte der Fall sein mochte, wo bloß ein paar Gauner gegen andere ausgetauscht wurden. Nein, der Sieg der Weißen Rose stellte den Anfang einer neuen Gesellschaftsordnung dar. Die Weiße Rose würde eine für das Volk und Zingara neue Verfassung einsetzen, die den Bürgern ein Stimmrecht in der Regierung garantierte, und neue Gesetze einführen, um für gleiches Recht für alle zu sorgen.

Zweifellos benötigte ein so radikales und wichtiges Vorhaben viel Zeit und bedachtsame Überlegung. Komitees mußten gebildet, Volksvertreter gewählt, Ideen und Tatsachen zusammengefaßt, studiert und erörtert werden. Inzwischen sollte ein Revolutionskomitee die Leitung der Regierungsgeschäfte übernehmen.

Außerdem war es eine gefährliche Zeit für die neue Ordnung. Gewiß, die Letzte Wache sicherte die Freiheit Kordavas gegen antirevolutionäre Kräfte, aber Zingara war ein großes Land, das von inneren Feinden bedroht wurde, die die Rückkehr der alten Tyrannei ihrer Klasse verlangten; und von außen von Feinden, die die neue Ordnung als Gefahr für ihre eigene bestechliche Regierung erachteten. Also mußte unbedingt ein Mitglied des Revolutionskomitees mit der diktatorischen Vollmacht ausgestattet werden, jeder Gefahr gegenüber der neuen Ordnung zu begegnen. Ein solches Mitglied mußte außerdem über anerkannte Führungskräfte verfügen, ein Mann des Volkes, und imstande sein, es im Kampf zum Sieg zu führen. Natürlich würde diese Macht nur vorübergehend verliehen, bis die Verfassung ausgefeilt und Volksvertreter gewählt waren.

Mordermi mußte zwar zugeben, daß die Lage sofortige Maßnahmen erforderte und die notwendigen Voraussetzungen auf ihn zutrafen. Aber es widerstrebte ihm, die Krone Zingaras aufzusetzen, solange der König, den er besiegt hatte, noch kaum unter der Erde lag.

Avvinti, der von seiner Mission zurückkam — sie war schnell von Erfolg gekrönt worden, als die Landedelleute vom Sieg der Rebellen hörten —, gab den Ausschlag. Er sagte, in einer Übergangsperiode von einer Regierungsart zur anderen würde die zingaranische Aristokratie, deren Unterstützung für die neue Ordnung unbedingt erforderlich war, viel eher einem König mit aller Unverletzbarkeit und der Tradition eines Königtums den Treueeid leisten als irgendeinem Komiteevorsitzenden.

Mordermi protestierte, doch schließlich mußte er sich der Logik beugen.

Immer wieder verwunderte es Conan, daß seine Freunde soviel Zeit und Kraft mit wortreichen, bombastischen und gewundenen Argumenten vergeudeten, bevor sie sich schließlich auf das von vornherein auf der Hand Liegende einigten. Er tat dies als weiteres unverständliches Ritual ab, das die Zivilisierten zum Zeitvertreib brauchten.

Und durch ein ebensolches Ritual wurde die Interimsregierung von Zingara gebildet. Mordermi sollte König werden. Als Führer der drei Hauptflügel der Weißen Rose würde das Triumvirat Avvinti, Santiddio und Carico dem Revolutionskomitee vorstehen. Callidios, dessen politischer Scharfsinn sich als nicht weniger brillant denn seine Beherrschung magischer Künste erwiesen hatte, würde Premierminister werden. Und Conan, der durch seine Tapferkeit und seinen persönlichen Einsatz im Kampf zum Volkshelden geworden war, sollte zum General der Zingaranischen Revolutionsarmee ernannt werden.

»Vom einfachen Söldner zum General einer Armee in wenigen Monaten ist eine recht beachtliche Karriere«, bemerkte der Cimmerier bei Mordermis Krönung.

»Hm ja, ist recht schnell gegangen, nicht wahr?« Mordermi lachte und winkte einem Diener zu, ihnen mehr Wein zu bringen. »Aber nicht schneller als aus einem König der Diebe den König von Zingara zu machen!«

Er lachte auch über seine Bemerkung. »Außerdem«, fuhr er jetzt ernster fort, »brauche ich als General einen Freund, dem ich vertrauen kann. Du bist sehr jung, Conan, aber du hast mehr Schlachten mitgemacht als die meisten Veteranen — und ganz zweifellos verstehst du vom Kämpfen mehr als irgendeiner meiner Briganten oder einer von Santiddios hochgestochenen Gecken. Und ich kann meine Armee keinem von Korsts alten Offiziern anvertrauen oder einem von Avvintis hochgeborenen verbündeten Freunden. Du bist mein Freund, Conan — der einzige Freund, dem ich vertraue.«

»Wenn du das wirklich meinst, dann hör auf meinen Rat«, sagte Conan ernst. »Entledige dich Callidios'.«

»Ich sehe schon, daß Cimmerier sich nicht so leicht von einer Idee abbringen lassen. Conan, ich brauche Callidios! Es wird Wochen dauern, bis die Armee neu formiert ist. Bis dahin wären wir leichte Beute für jeden der hohen Lords mit einer eigenen Armee und auch nur einem Tropfen königlichen Blutes in den Adern, hätten wir als Verteidigungswaffe nicht die Letzte Wache. Callidios kennt das Geheimnis, wie sie zu befehligen ist. Ich nicht.«

»Gib mir Zeit, diese Zingaranische Revolutionsarmee zu etwas mehr als einem von Santiddios Wahlsprüchen zu machen, dann wirst du keine Legion aus Steinteufeln mehr brauchen«, versprach ihm Conan.

»Komm, wenn es soweit ist, mit deinem Rat wieder zu mir«, schlug Mordermi vor.

»Was? Seid ihr zwei die einzigen Nüchternen hier?« Santiddio schwankte auf sie zu und stützte sich unsicher auf die Schulter seiner Schwester. »Die Pest auf deine neue Krone, Mordermi, wenn sie dich an deinem eigenen Krönungstag vom Trinken abhält.«

»Conan und ich sprechen über unsere neue Armee. Zeig etwas mehr Respekt gegenüber dem König und seinem General.«

Santiddio stieß einen Rülpser aus, der für einen so schmalen Mann beachtlich war. »Avvinti hält es für eine gute Idee, wenn du auch einige gnädige Worte mit Baron Manovra und Graf Perizi wechseln würdest, die zur Krönung ihres neuen Königs gekommen sind.«

»Aber natürlich.« Mordermi verneigte sich. »Darf ich um Euren Arm bitten, Mylady?« Er grinste. »Du wirst mit deiner Schönheit ihre berechnenden Gehirne in Verwirrung bringen, und ich sichere mir dann ihr Versprechen für ein Bündnis.«

Conan blickte den dreien nach, als sie durch den überfüllten Ballsaal schritten. Er erinnerte sich an ihre erste Begegnung. Mordermi machte wahrhaftig eine majestätische Figur in seinen königlichen Roben und der goldenen Krone. Santiddio sah aus wie ein betrunkener Student in seinem Feiertagsanzug. Und Sandokazi war eine strahlende Schönheit in ihrem schulterfreien Gewand aus steifem Brokat mit dem weit ausgestellten Rock unter der enggeschnürten Taille. Conan warf einen Blick auf seine nicht ganz saubere Kleidung und fragte sich, ob vom General des Königs wohl erwartet würde, daß er sich für die Krönung festlich gewandete.

Rimanendos Palast — jetzt Mordermis Palast — war wieder einigermaßen standesgemäß hergerichtet, aber dazu war viel Aufwand erforderlich gewesen nach den Plünderungen vor wenigen Tagen. Zu irgendeinem Zeitpunkt mußte es Mordermi wohl gedämmert haben, daß er und seine Männer ihren eigenen Palast ausraubten. Die Bürger von Kordava hatten Mordermi mit wildem Jubelgeschrei aufgefordert, ihr König zu werden. Für sie war der Brigantenführer immer ein Held gewesen, und als Anführer der siegreichen Rebellen war er nun auch noch zu ihrem Befreier geworden.

»Soll das Volk mich zum König ernennen«, sagte Mordermi. »Das genügt als Krönung.«

Aber Avvinti erinnerte ihn, daß auch die zingaranischen Edlen ihn als ihren Monarchen anerkennen sollten, und dazu mußte die Form gewahrt werden.

Soweit war es nun. In dem halbzerstörten Palast, den er mit Gewalt eingenommen hatte, wurde Mordermi zum König von Zingara gekrönt, mit all jenen weihevollen Ritualen, die für eine solche Zeremonie traditionsbedingt waren. Als wollte er sich dafür schadlos halten, hatte Mordermi ganz Kordava zu seiner Krönung eingeladen. Auf dem Innenhof, wo noch wenige Tage zuvor Leichen und Trümmerstücke den Fliesenboden übersät hatten, drängte sich eine begeisterte Menge, die mit ihrem Helden feiern wollte. Und diesmal floß der Wein noch reichlicher als das Blut an jenem schicksalhaften Tag.

Conan leerte seinen Kelch in einem Zug. Er fragte sich, weshalb er sich nicht so freuen konnte wie die anderen. Seine Freunde und er hatten einen ungeheuren Sieg errungen, und er war mit einem hohen Rang dafür belohnt worden. Als er vor wenigen Jahren in den Süden aufgebrochen war, um sein Glück bei den zivilisierten Nationen zu suchen, wäre ihm dieser Tag wie ein Traum, wie die Erfüllung aller seiner Wünsche vorgekommen. Doch jetzt?

Er konnte Korsts sterbendes Gesicht nicht vergessen. Seine letzten Worte verhöhnten ihn jetzt. Hatte der General lediglich seiner Bitterkeit über sein eigenes Geschick Ausdruck verliehen, oder hatte der nahende Tod ihn in die Zukunft sehen lassen? Conan hatte ähnliches bei Männern und Frauen seiner eigenen Rasse erlebt, bevor der Tod nach ihnen griff.

Er spuckte aus und warf einen funkelnden Blick auf die prunkvoll gekleideten vornehmen Festgäste. Draußen auf dem Hof, wo sie johlten und grölten und ihrer Begeisterung lautstark Luft machten, waren die Menschen seiner Art. Mit ihnen konnte er sich besaufen und den Hohn in den Augen eines Sterbenden vergessen. Er würde bestimmt eine fröhliche Dirne finden, die mit ihrer Gunst nicht geizte, und wenn dort draußen jemand mit ihm singen oder raufen wollte, war er zu beidem bereit.

Conan stapfte angewidert aus dem Ballsaal. Crom! Die Krone war noch nicht einmal warm auf Mordermis Kopf, und schon zeichnete sich ein neuer königlicher Hofstaat ab!

14

CONAN ZIEHT INS FELD

Die folgenden Wochen über hatte Conan viel mehr zu tun, als ihm lieb war. Immer wieder verfluchte sich der Cimmerier, daß er diese Aufgabe übernommen hatte. Zwar war die hohe Stellung eine große Ehre, aber er mußte bald feststellen, daß Generale viel mehr Pflichten hatten als Schlachten zu schlagen und daß sein Mut und seine Fähigkeit als Kämpfer nur zwei der erforderlichen Qualifikationen als Heerführer waren. Conan ärgerte sich, daß er seine Truppen inspizieren mußte, wenn er sich viel lieber wie die Soldaten in ihrer Freizeit mit Würfelspielen beschäftigt hätte; daß er bis spät in die Nacht hinein über Listen und Berichten saß, statt in den Tavernen Kordavas zu zechen und sich mit hübschen Dirnen zu amüsieren; daß er sich geduldig die Proteste und Argumente seiner Offiziere anhören und ihnen gütlich zur richtigen Entscheidung raten mußte, während er ihnen manchmal am liebsten die Schädel eingeschlagen hätte.

Aber Mordermi verließ sich auf ihn. Und so biß Conan die Zähne zusammen und erledigte seine Arbeit.

Auch wenn er es nicht zugab: Die Letzte Wache ermöglichte ihm diese Arbeit erst. In den ersten Wochen von Mordermis Regentschaft, während Conan sich damit plagte, nach den Verlusten des Bürgerkriegs eine neue Armee zusammenzustellen, war es zweifelhaft, ob die Zingaranische Revolutionsarmee, die noch wachsen mußte, Kordava gegen einen größeren Angriff verteidigen konnte.

Einige der großen Lords mit ihren Privatarmeen waren der Meinung, es sei untragbar, einen primitiven Gesetzlosen auf dem Thron sitzen zu sehen. Und die Könige anderer hyborischer Nationen überlegten, ob nicht der richtige Zeitpunkt gekommen sei, ihre Streitkräfte gegen das uneinige Zingara zu senden und einer ihrer Marionetten auf den Thron zu verhelfen.

Aber die Berichte über den gewaltsamen Umsturz geizten nicht mit den genauesten Einzelheiten des Blutbades, das die Letzte Wache ausgelöst hatte. Kordava wurde von einer Legion unvernichtbarer Steinkrieger verteidigt. Es war nie klug, einen Herrscher offen anzugreifen, dem die Mächte schwarzer Zauberei dienten. Das Vernünftigste war abzuwarten, bis eine verborgene Schwäche aufgedeckt werden konnte. Und während die Schakale lauerten, tat Mordermi alles, seine Herrschaft schnellstens zu stabilisieren.

Conans Dilemma war für eine siegreiche Seite ungewöhnlich: Der Sieger verfügte über keine Armee. Die Rebellenstreitkraft war eine Verbindung von Mordermis Gesetzlosen und den Anhängern der Weißen Rose, von denen weder die einen noch die anderen als Armee angesehen werden konnten — und ihre Reihen waren während der Schlacht durch bewaffnete Bürger ergänzt worden. Der Kampf in der *Grube* hatte das Leben vieler Rebellen, echter Kämpfer, gekostet. Und jene, die sich später den siegreichen Revolutionären anschlossen, hatten weder eine militärische Ausbildung genossen noch Kampferfahrung.

»Ihr einziger Wert ist, daß man mit ihnen wie mit Puppen die Reihen füllen kann«, erklärte Conan aufgebracht. »Ein Feind könnte sie vielleicht für Soldaten halten und sie angreifen, statt zu erkennen, daß sie nicht einmal wissen, durch welche Öffnung des Helmes man seinen Kopf steckt. Im Straßenkampf sind sie möglicherweise zu gebrauchen, aber ich könnte sie genausowenig ins Feld führen, wie es mir gelänge, ein Schwert zu schmieden, indem ich Nägel mit Spucke zusammenhalte.«

»Was brauchst du also?« fragte Mordermi.

»Richtige Soldaten. Proklamiere eine Amnestie für alle ehemaligen Königlich Zingaranischen Armeeangehörigen, die bereit sind, den Treueeid zu leisten. Ich kenne die meisten der Söldneroffiziere. Sie verstreuten sich während des Massakers in alle Richtungen, aber mit einem Amnestieversprechen und genug Gold hole ich sie mir zurück.«

»Gold ist kein Problem. Aber können wir uns auf ihre Loyalität verlassen?«

»Söldner verkaufen ihre Dienste an jeden, der sie bezahlen kann. Was die Königliche Armee betrifft: Die meisten jener, die zu Rimanendo hielten, sind mit Korst im Endkampf gefallen. Wäre Rimanendo beliebt gewesen oder hätte er einen leiblichen Thronfolger hinterlassen, wäre es vielleicht anders, aber so, wie die Dinge liegen, werden sie bestimmt die Amnestie akzeptieren und froh über eine Chance sein, vom neuen Regime anerkannt zu werden.«

»Es wäre vielleicht klug, auch das Angebot von Avvintis Freunden anzunehmen, die Offiziere und ganze Kompanien aus ihren Privatarmeen zum Aufbau unserer Streitkräfte zur Verfügung stellen wollen.«

»Ich dachte, du traust Avvinti nicht?« brummte Conan.

»Das tue ich auch nicht«, gestand Mordermi unverblümt. »Aber genausowenig traue ich Carico mit seiner verrückten politischen Einstellung — und ich habe bemerkt, daß viel zu viele seiner Anhänger sich um Aufnahme in meiner Armee bewarben.«

Conan fand, daß er genügend andere Probleme hatte, als sich auch noch mit der politischen Besessenheit und den haarspaltenden Argumenten seiner Freunde zu beschäftigen. Seine Aufgabe war, die Zingaranische Revolutionsarmee zu etwas aufzubauen, das einen General überhaupt brauchte.

Und damit sollte der Cimmerier Erfolg haben. Die Amnestie brachte eine Menge Rekruten aus ihren Verstecken, und Mordermis Gold lockte noch viel mehr an. Conan gelang es, ein Offizierskorps zusammenzustellen, das über die Erfahrung und Fähigkeit verfügte, ihm einen großen Teil der ermüdenden organisatorischen Arbeiten abzunehmen. Er überwand sich schließlich auch dazu, ihnen Selbstverantwortung zu übertragen — das fiel dem Cimmerier am schwersten, denn er war von Natur aus ein Einzelgänger und zögerte deshalb, anderen wichtige Entscheidungen zu überlassen.

Gold, wie Mordermi gesagt hatte, war kein Problem für das neue Regime. Die geplünderten Schätze von Rimanendos Hof hatten die Beute aus dem königlichen Pavillon vergleichsweise zu einer Handvoll Messingmünzen in der Schale eines Bettlers gemacht. Und dieser Reichtum wiederum schien unbedeutend zu sein, wenn man an jene Beute dachte, die in Kalenius' Grabkammer zu finden war.

Seit er die Letzte Wache gerufen hatte, ließ Callidios sich kaum noch sehen. Ob der stygische Zauberer sich in das Studium seiner Schwarzen Magie vergrub oder sich in den Dämpfen des gelben Lotus verlor, konnte Conan nicht sagen. Er vermutete letzteres, ja er hoffte es, denn Lotusträumer hatten gewöhnlich kein langes Leben. Was ihm viel mehr zu denken gab, war die Tatsache, daß Callidios und Mordermi sich oft sehr lange Zeit gemeinsam irgendwo zurückzogen und von niemandem gestört werden durften. Aber vielleicht war Mordermi so klug, dabei das Geheimnis der Befehlsgewalt über die Letzte Wache herauszubekommen.

Eine dieser Zusammenkünfte führte zum Beschluß, die Grabkammer König Kalenius' zu plündern. Das überzeugte Conan noch mehr von Callidios' absoluter Beherrschung der Steinkrieger als ihre Herbeischwörung, um Korsts

Streitkräfte zu vernichten. Denn nur wenn er die absolute Kontrolle über sie besaß, würden sie die Gruft plündern, die sie so unsagbar lange Zeit bewacht hatten.

Als die Ungeheuerlichkeit dieses enormen Planes überprüft wurde, erschien er als offensichtlich logisch. Wer war besser dazu geeignet, eine Schatzkammer auszurauben, als jene, die sie bewachten? Und was vor allem zählte: Den zukünftigen Grabräubern vermochten Wasser und Druck nichts anzuhaben, die es zu überwinden galt, um in die Gruft zu gelangen. Genausowenig würden eingestürzte Gänge und unbekannte Gefahren innerhalb des überfluteten Königsplasts eine Bedrohung für die Letzte Wache darstellen. Conan empfand es als Betrug, wie er ehrenloser nicht sein konnte — einen Betrug an dem toten König, und schlimmer noch an den Wächtern, die unzählige Jahrhunderte den lebenden Tod erduldet hatten, damit diese Grabkammer unberührt bliebe.

Doch wie Mordermi sagte: Kalenius konnte mit dem Gold jetzt nichts mehr anfangen. Conan war zu sehr ein Mann praktischer Vernunft, um ihm zu widersprechen. Doch trotz des Barbaren Verlangen nach reicher Beute war dies ein Schatz, den er vielleicht lieber für immer vergraben gelassen hätte.

Es war ein makabres Schauspiel. Die Letzte Wache marschierte ins Meer und kehrte wieder aus der Tiefe der See zurück — beladen mit versiegelten Truhen und anderen Behältern aus Gold. In den Jahrtausenden, die seit dem Bau von König Kalenius' ewigem Palast vergangen waren, waren große Teile der kostbaren Ausstattung der Grabkammer und der wertvollen Schätze zu Staub zerfallen, und dieser Staub war ins Meer gesickert. Aber wenn auch die exotischen Pelze und exquisiten Teppiche, die Wandbehänge und Gemälde, die Schnitzereien aus seltenem Holz, die unbezahlbaren Möbelstücke, die Tische, die mit ausgesuchten

Köstlichkeiten beladen gewesen waren, jetzt nur noch Flekken auf den Fliesen aus Lapislazuli waren, so hatten doch unvorstellbar wertvolle Edelsteine und Metalle die Jahrtausende überstanden. Über den Abgrund der Zeit, der Eisen und Bronze zerfallen ließ, und Silber zu schwarzer Schlacke gemacht hatte, wurden gelbes Gold und das in alle Ewigkeit erstarrte Sternenlicht von Brillanten, Smaragden, Rubinen und Dutzend weiteren wertvollen Steinen aus der meerüberfluteten Dunkelheit des vergessenen Grabhügels geschleppt und in das Sonnenlicht einer neuen Zeit getragen.

Die Prozession war wie ein Lotustraum. Obsidianmänner stiegen aus dem Meer, goldene Truhen auf den Armen, mit deren Inhalt man ein mächtiges Reich kaufen konnte. Nur eine Armee, furchterregend wie die Letzte Wache, vermochte einen solchen Schatz jahrtausendelang vor der Habsucht und Raffgier Suchender bewahrt haben. Was sie jetzt Mordermi zu Füßen legte, würde seinen Hof zum reichsten unter allen hyborischen Königreichen machen.

Callidios hatte Mordermi Macht gegeben, jetzt brachte er ihm auch noch Reichtum. Conan fragte sich, welchen Handel die beiden miteinander geschlossen hatten und ob Callidios vielleicht noch mit einer weiteren Gabe aufzuwarten hatte.

Aber er tröstete sich mit dem Gedanken, daß Callidios keine Macht mehr über Mordermi haben würde, sobald die Zingaranische Revolutionsarmee stark genug war, das Feld zu behaupten. Dann würde die Letzte Wache nicht mehr gebraucht. Mit Callidios — falls er inzwischen nicht ohnedies in seinen Lotusträumen herumirrte, ohne einen Rückweg zu finden — konnte er ein Ende machen. Dann wäre Mordermis Herrschaft frei von dem unliebsamen Geruch nach Zauberei. Um diesen Tag herbeizuführen, verdoppelte Conan seine Anstrengung mit dem Aufbau der neuen Armee.

Ihre Situation außerhalb der Mauern von Kordava blieb umstritten. Die Letzte Wache schützte zwar die Stadt vor einem Angriff, aber im restlichen Zingara war Mordermis Herrschaft alles andere als gesichert. Die mächtigen Lords mit ihren Festungen und Privatarmeen konnten Mordermis Anspruch auf den Thron anerkennen oder auch nicht, wie es ihnen beliebte. Wenngleich die Letzte Wache eine Streitmacht war, gegen die kein menschliches Heer in einer Schlacht ankam, so konnte Mordermi seine steinernen Krieger wohl doch schlecht quer durch Zingara schicken, um mit jenen abzurechnen, die nicht bereit waren, in ihm ihren König zu sehen. Zwar wären die Dämonenkrieger durchaus imstande, ihre Güter zu vernichten, aber ihr Nähern würde bemerkt werden, so daß jeder sich noch rechtzeitig in Sicherheit bringen konnte. Und wenn er die Schlagkraft seiner Letzten Wache verminderte, indem er sie verstreut in alle Richtungen schickte, könnte Kordava sich gegen einen Überraschungsangriff nicht zur Wehr setzen.

Also brauchte Mordermi eine neue Armee, und schnell — ehe die äußeren Provinzen zur Überzeugung kamen, daß es nicht nötig war, den Befehlen eines Thronräubers im fernen Kordava zu gehorchen. Die Bedrohung durch die Letzte Wache gewann Mordermi einige Unterstützung außerhalb von Kordava, und die reichlichen Bestechungsgelder verschafften ihm noch weitere. Aber schließlich würde doch nur eine starke Armee das Land vereinen und unter Mordermis Regierung zusammenhalten können.

Ein Widerstand gegen seine Herrschaft ließ nicht lange auf sich warten. Ermutigt durch Mordermis Weigerung, die Letzte Wache außerhalb der Stadtmauern einzusetzen, erklärte Graf Dicendo, der ausgedehnte Besitzungen an Zingaras Ostgrenze besaß, sein Land zu einem unabhängigen Staat. Um seine Ansprüche zu unterstützen, überquerten Truppen des benachbarten Argos den Khorotas, als Dank für territoriale Konzessionen in Ländereien seines Rivalen, Baron Lucabos, die ihnen Dicendo großzügig überließ, ohne ein Recht dazu zu haben.

»Wir müssen sofort und entscheidend zuschlagen«, sagte Mordermi zu Conan, als er die Lage erörterte. »Sonst wird jeder Landbesitzer die Unabhängigkeit für seine Fischteiche und Roggenfelder erklären.«

»Die Armee ist einsatzbereit«, versicherte ihm Conan mit mehr Selbstvertrauen, als er empfand. »Wir werden bei Morgengrauen aufbrechen.«

»Gut.« Mordermi nickte. »Ich wünsche euch einen schnellen Sieg. Geh erbarmungslos mit diesen Rebellen vor. Wenn wir bei ihnen ein Exempel statuieren, werden andere sich zweimal überlegen, meine Herrschaft anzufechten. Gerüchte kamen an mein Ohr von einer Verschwörung im Norden, deren Mittelpunkt irgendein Narr ist, der behauptet, Rimanendos Bastardsohn zu sein. Mitra! In jeder Ecke meines Königreichs braut sich etwas zusammen!«

»Du kannst dich ganz auf mich verlassen«, sagte Conan.

»Das weiß ich, Conan!« Mordermi griff nach seiner Hand. »Mitra! Wenn ich hundert Männer wie dich hätte!«

Die Zingaranische Revolutionsarmee marschierte im Morgengrauen des nächsten Tages aus Kordava. Der General der neuen Armee auf ihrem ersten Feldzug drehte sich im Sattel und betrachtete die Silhouetten der Letzten Wache, die sich gegen den heller werdenden Himmel abhoben. Er runzelte die Stirn, aber seine Besorgnis galt nicht seinem ersten Einsatz.

15

DIE SENSE

Aus dem Sommer war Herbst geworden, ehe Conan nach Kordava zurückkehren konnte. Es war angenehm gewesen, die Dürre der Hitzeperiode zum kühleren Farbenspiel der Natur überwechseln zu sehen. Sein Aufenthalt in der *Grube* war ein jahreszeitenloses Dämmerlicht gewesen. Conan hatte genug von Kordava. Nun, da er Mordermis Macht in ganz Zingara gesichert hatte, konnte er seinen Freunden hier ohne schlechtes Gewissen Lebewohl sagen und Mordermis Dankbarkeit zu einem guten Pferd und einem Beutel Gold machen und nordwärts nach Cimmerien reiten. Der General einer königlichen Armee zu sein, war nicht die Art von Leben, die er bis zum Ende seiner Tage führen wollte. Er war es müde, eines anderen Schlachten zu schlagen.

In den Bergen von Zingaras östlichen Marschen hatte Conans neue Armee in schwierigem Terrain einen hartnäckigen Kampf führen müssen, ehe Graf Dicendos Festung genommen und der rebellierende Graf außerhalb seiner jetzt sehr lückenhaften Mauer an einem Strick baumelte. Inzwischen stand Baron Lucabos, dessen Land Dicendo gegen militärische Unterstützung unrechtmäßig an Argos abgetreten hatte, unter Belagerung und brüllte lautstark um Hilfe von seinem neuen Lehnsherrn. Conan trieb die Argossaner zurück über den Khorotas und verfolgte sie, bis er zurückbeordert wurde, da eine Invasion von Argos als Kriegshandlung ausgelegt werden konnte, wie Mordermis Kurier ihm erklärte. Die Anwesenheit argossanischer Soldaten auf zingaranischem Gebiet war ohne Genehmigung des Herrschers erfolgt, und zweifellos würden die Schuldigen an diesem Übertritt von ihrem eigenen König bestraft werden.

Doch ein noch wichtigerer Grund von Conans Zurückberufung war das bereits erwähnte Komplott in Nordzingara, dessen Anführer bereits, wie Mordermi befürchtet hatte, eine beachtliche Streitmacht um sich gesammelt hatte. Er war ein poitanischer Abenteurer namens Capellas, der behauptete, der uneheliche Sohn Rimanendos und einer aquilonischen Edelfrau zu sein, mit der der zingaranische König während seines Aufenthalts in Poitain ein Verhältnis gehabt hatte. Capellas konnte einige sehr geschickt gefälschte Dokumente vorweisen, die seine Behauptungen bestätigten. Und da es stimmte, daß König Rimanendo sich einmal kurze Zeit in Poitain aufgehalten hatte, jubelten die Royalisten, daß sich ein rechtmäßiger Erbe des zingaranischen Thrones gefunden hatte. Mit einem beachtlichen Gefolge — es bestand unter anderem aus all jenen Männern von Rimanendos Hof, die in Aquilonien Exil gesucht hatten — überquerte Capellas den Aliman nach Zingara, ehe Conan ihn schließlich an den Ufern des Donnerflusses einholte. Das stellte sich als die härteste Kraftprobe für die Zingaranische Revolutionsarmee heraus, da Capellas' Männer kampfgestählte Veteranen waren und Capellas selbst als führender Offizier viele Schlachten geschlagen hatte. Der Kampf tobte den ganzen Tag, ohne daß sich für die eine oder andere Seite ein Vorteil abzeichnete, bis Conans Söldnerreserve Capellas Flanke durchbrach und die feindliche Infanterie in den Fluß trieb. Um der Falle zu entgehen, opferte Capellas diesen Teil seiner Streitmacht und zog sich mit der Kavallerie nordwärts zurück. Conan verfolgte sie, nachdem die am Donnerfluß Umzingelten aufgerieben waren. Er erreichte Capellas, als dieser den Aliman nach

Poitain zurück überquerte. Der Cimmerier war mit seiner Armee an einer anderen Furt über den Fluß gekommen und warf sich auf Capellas' Kavallerie, während diese sich gerade in der Flußmitte befand. Die Verwüstungen, die der Prätender bei seinem Vormarsch und Rückzug angerichtet hatte, besiegelten das Geschick Capellas, aber auch, da er behauptete, Conans Hinterhalt habe den internationalen Pakt verletzt. Jedenfalls erreichte Capellas das heimatliche Ufer des Alimans nicht mehr.

Dann bekam der junge General die Meldung, die Pikten, deren Stämme in der Wildnis jenseits von Zingaras Nordgrenze lebten, hätten entdeckt, daß die Grenzforts nicht mehr bemannt waren, und unternähmen seither Plünderzüge entlang dem Schwarzen Fluß. Conan führte seine erschöpften Truppen über die Nordgrenze, denn er wußte aus Erfahrung, daß die Pikten, waren sie erst einmal zur Ansicht gekommen, daß sie die Grenze ohne Widerstand überschreiten konnten, jede Siedlung zwischen der Grenze und Kordava niederbrennen würden. Mit Gewaltmärschen erreichten sie die Grenze noch rechtzeitig, um die Forts neu zu bemannen, die nach der Reorganisation der Armee von ihren Besatzungen verlassen worden waren. Mehrere piktische Plünderergruppen, die sich, durch einige kürzliche Erfolge ermutigt, zu weit vorgewagt hatten, wurden abgefangen und niedergemacht. Die Pikten zogen sich daraufhin wieder in ihre schier undurchdringliche Wildnis zurück, um abzuwarten, bis Zingara ein anderesmal seine Wachsamkeit vergaß.

Als Conan schließlich wieder nach Kordava zurückkehrte, wußte er nicht, was sich in den vergangenen Wochen, ja Monaten, in der Hauptstadt zugetragen hatte. Manchmal hatte Mordermi Kuriere geschickt, und hin und wieder hatten Klatsch und Gerüchte Conan erreicht. Er war so gut wie die ganze Zeit in Bewegung gewesen und hatte entlang der gesamten Grenze gekämpft. Seine Armee hatte ihn mehr als ausreichend beschäftigt, als daß er sich Zeit genommen hätte, auch nur einen Gedanken an die langatmigen und zwecklosen Debatten zu verschwenden, mit denen sich die Mitglieder des Revolutionskomitees zweifellos die Zeit vertrieben. Mordermi ließ ihm immer mitteilen, wo er benötigt wurde, und Conan interessierte im Grund genommen nur, daß er seine Mission erfolgreich und bald zu Ende führen konnte. Und nun, da es in den Außenprovinzen ruhig, wenn nicht sogar friedlich zuging, beschloß er, nach Kordava zurückzukehren, um sich mit allem Nötigen einzudecken und seinen Männern eine wohlverdiente Ruhepause zu gönnen.

Es war zu erstaunlichen Veränderungen während seiner Abwesenheit gekommen.

Das wurde sofort ersichtlich, als Conan Kordava erreichte. Eine lange Reihe von Pflöcken war vor dem Haupttor in die Erde getrieben worden. Gepfählte, langsam verwesende Schädel grinsten die Vorüberkommenden schief an. Es war anderswo durchaus üblich, die Köpfe hingerichteter Verbrecher auf so gräßliche Weise zur Schau zu stellen, aber in Kordava hatte man die Missetäter bisher gehenkt. Conan fragte sich, ob Mordermi der alten Sitte leid geworden war, Hingerichtete über den Tanzboden baumeln zu lassen, oder ob der Galgen in letzter Zeit vielleicht allzusehr in Benutzung gewesen war, um die Verurteilten eine Weile daran hängen zu lassen.

Der Cimmerier hielt vor der Pfahlreihe an, weil er glaubte, seinen Augen nicht trauen zu können. Vielleicht trübte die Verwesung, die bereits eingesetzt hatte, seinen Blick. Aber er wußte natürlich, daß dem nicht so war. Einer der Köpfe, die seine Rückkehr begrüßten, war der von Carico.

Jetzt betrachtete Conan die Gepfählten näher. Unter

ihnen befanden sich noch weitere, die er zu kennen glaubte — Männer, die, wie er sich erinnerte, Freunde und Anhänger Caricos gewesen waren.

Nachdem er seine Truppen in die Kaserne beordert hatte, drückte Conan seinem Pferd die Fersen in die Weichen. Während er durch die Stadt ritt, entgingen ihm die Spuren kürzlicher Kampfhandlungen nicht. Läden waren verwüstet und leer, aus eingefallenen Mauern ragten angekohlte Holzbalken. Eine Atmosphäre der Angst und Anspannung erfüllte Kordava, wo er Hoffnung gespürt hatte, als er mit seiner Armee aufgebrochen war. Trupps der Letzten Wache waren in regelmäßigen Abständen postiert und standen in stummer, regloser Bereitschaft, jederzeit zu töten.

Conan hatte nichts von dem erfahren, was sich hier zugetragen hatte. Zweifellos war es erst vor kurzem zu einem größeren Aufstand gekommen. War keine Zeit mehr gewesen, die Armee nach Kordava zurückzubeordern? Oder hatte Mordermi darauf vertraut, daß die Letzte Wache mit dieser Situation fertig würde? Aber weshalb diese Gewalttätigkeit? Warum war Carico hingerichtet worden?

Mordermi würde ihm alles erklären. Also mußte er sofort zu ihm.

Der Palast wurde nicht nur von den Kriegern aus schwarzem Stein scharf bewacht, sondern auch von einer größeren Einheit der Zingaranischen Revolutionsarmee. Mehrere Offiziere, die Conan nicht kannte, kamen auf ihn zugeeilt, um ihren General zu empfangen und ihn zu Mordermi zu eskortieren. Während sie durch den Palast schritten, entging es Conan nicht, daß Mordermi während seiner Abwesenheit den ausgeplünderten Palast mit einer Pracht neu ausgestattet hatte, um die selbst Rimanendo ihn beneidet hätte.

Mordermi begrüßte Conan erfreut und nahm ihn gleich mit in sein Privatgemach. »Du bist zurückgekehrt, noch ehe ich dich erreichen konnte«, sagte er und schenkte dem Cimmerier Wein in einen Goldkelch ein. »Hier war vor ein paar Nächten allerhand los. Nichts, womit ich nicht hätte fertigwerden können, aber ohne die Letzte Wache sähe es jetzt vielleicht anders aus.«

Conan warf einen funkelnden Blick auf Callidios, der es sich in einem Sessel bequem gemacht hatte. »Was ist passiert?« fragte der Cimmerier. »Es bot sich mir ein Anblick vorm Stadttor, den ich nie erwartet hätte.«

»Dann kannst du dir vermutlich denken, was geschehen ist«, sagte Mordermi, und seine Stimme klang gequält. »Sie konnten sich nie auf etwas einigen — das Revolutionskomitee, meine ich. Als die Weiße Rose nicht viel mehr als ein Debattierklub war, spielte es keine große Rolle, wer wofür oder wogegen argumentierte. Doch als sie sich plötzlich in einer Machtposition sahen und ihre Ideen in die Tat umsetzen konnten, lösten ihre unterschiedlichen Vorstellungen einer neuen Ordnung tödlichen Streit aus. Es begann etwa um die Zeit, als du ins Feld gezogen warst.

Avvinti war der Ansicht, daß nur die Edlen eine Stimme in der Regierung haben sollten. Carico bestand darauf, daß jedem Mann, ob Bettler oder Lord, ein Stimmrecht zustand. Na ja, du hast sie ja früher selbst erlebt. Ich hatte gehofft, daß Santiddio sie zu einem Kompromiß bewegen könnte, doch dazu kam es nicht.«

Mordermi hielt inne, um einen Schluck Wein zu nehmen. Er wirkte verbittert. »Avvinti fiel einem Anschlag zum Opfer — er wurde vergiftet. Es bestand kein Zweifel, daß Carico für seinen Tod verantwortlich war. Welches Ausmaß die Verschwörung hatte, stellte sich heraus, als ich seine Verhaftung befahl. Caricos Anhängerschaft löste sich vom Revolutionskomitee. Sie begann einen Aufstand in den Straßen und forderte seine Freilassung. Ich bedaure es zutiefst, daß Carico es darauf angelegt hatte, durch eine zweite Revolution an die Macht zu kommen. Es schmerzte mich mehr, als du dir vorstellen kannst, daß ich seine Hinrichtung anordnen mußte, aber ich hatte keine Wahl. Callidios rief die Letzte Wache, um den Aufruhr zu unterdrücken. Es ging natürlich nicht ohne Blutvergießen, aber die Ordnung konnte wiederhergestellt werden.«

»Und Santiddio?« fragte Conan grimmig.

»Santiddio reagierte auf ziemlich hysterische Weise, als ich mich gezwungen sah, das Revolutionskomitee aufzulösen und das Kriegsrecht zu erklären. Das ist natürlich eine reine Notlösung, um die Ordnung aufrechtzuerhalten, und sie wird auch sicher nicht lange erforderlich sein. Leider war Santiddio jedoch nicht bereit, Vernunft anzunehmen. Er beleidigte mich mit Anschuldigungen, die jeder Grundlage entbehrten — ich empfand es als sehr schmerzvoll, angesichts unserer langen Freundschaft.«

»Was ist mit Santiddio geschehen?« erkundigte sich Conan ungeduldig.

»Unter den Umständen blieb mir nichts übrig als ihn verhaften zu lassen. So völlig aus der Luft gegriffen und verrückt diese Anschuldigungen auch sind, konnte ich doch nicht zulassen, daß eine so hochgestellte Persönlichkeit mich öffentlich beschuldigte, die Revolution für meine eigenen Zwecke verraten zu haben.«

»Nun, wie aus der Luft geholt und verrückt sind denn diese Beschuldigungen wirklich?«

»Nur gut, daß du mein Freund bist und ich es weiß, Conan. Sonst könnte ich deine Einstellung mißverstehen, und das wäre nicht ungefährlich für dich. Wie du selbst am besten weißt, habe ich überall Feinde — an den Grenzen Zingaras und hier in meinem eigenen Palast. Ich habe hart gekämpft, um den Thron zu erringen, und ich beabsichtige nicht zuzulassen, daß andere ihn mir stehlen.«

»Carico hätte Avvinti vielleicht in einer plötzlichen Erregung zum Duell gefordert oder ihn in einem plötzlichen

Kampf getötet«, überlegte Conan laut. »Aber er hätte ihn nie vergiftet. Dieser Gifttod dürfte wohl eher einem von Avvintis hochgeborenen Freunden zuzuschreiben sein, die den Befehl über die Palastwache haben. Caricos Ausschaltung hat dich sicher in ein gutes Licht bei den Edlen gebracht, die ja wohl sehr beunruhigt über Caricos Gerede gewesen waren, ihren Besitz an das Volk zu verteilen.«

Mordermi schenkte Conans Kelch nach. »Du weißt so gut wie ich, daß die meisten von Caricos Ideen absolut verrückt waren. Und du schließt die gleichen Folgerungen wie Santiddio. Du solltest daran denken, daß aus dem Zusammenhang gerissene Worte und Taten einen finsteren Aspekt haben können, der jeglicher Grundlage entbehrt. Ich nenne dir ein Beispiel: Deine Verteidigung der Barrikaden an der Aalstraße machte dich zum Volkshelden. Und doch wurde mir berichtet, daß du tatsächlich zu einem gewissen Zeitpunkt deinen Posten verlassen hast und außerdem die ziemlich unverschämte Bemerkung machtest, du würdest, falls Mordermi sich nicht gleich um die Schlacht kümmerte, selbst das Kommando über die Rebellen übernehmen. Desertion und Hochverrat — natürlich aus dem Zusammenhang genommen, aber doch Grund genug, deine Verhaftung zu veranlassen.«

»Ist das eine Drohung?« knurrte Conan und stand auf. »War es bei Santiddio auch so? Wo ist er? Ich möchte mit ihm reden.«

»Das habe ich bereits veranlaßt«, sagte Mordermi wahrheitsgetreu. »Ich befürchtete schon, daß dein primitiver Ehrenkodex sich als Problem erweisen und du nicht auf Vernunftgünde hören würdest.«

Mordermis Stimme klang merkwürdig widerhallend, und sein Gesicht schien zu verschwimmen. Conan setzte zu einer wütenden Antwort an, aber seine Zunge fühlte sich plötzlich so pelzig an. Der Cimmerier starrte auf den Kelch, den

»Mordermi wird durchaus erfreut sein, wenn ich beides fertigbringe«, erklärte Callidios selbstsicher.

»Conan!« rief Sandokazi. »Am Hafen ist ein Feuer ausgebrochen!«

Der Cimmerier drehte sich um und blickte, wohin sie deutete. Eine mächtige Schwade dunklen Rauches stieg in den wolkenlosen Himmel. Da lösten sich weitere graue Tentakel aus den armseligen Häusern entlang des Küstenstreifens. Conan schirmte seine Augen mit einer Hand ab und spähte angestrengt nach. Vor der Sonne und den aufsteigenden Flammen hoben sich winzige Gestalten ab, die sich in den fernen Straßen drängten.

»Korst!« sagte Conan grimmig. »Er greift die *Grube* an!«

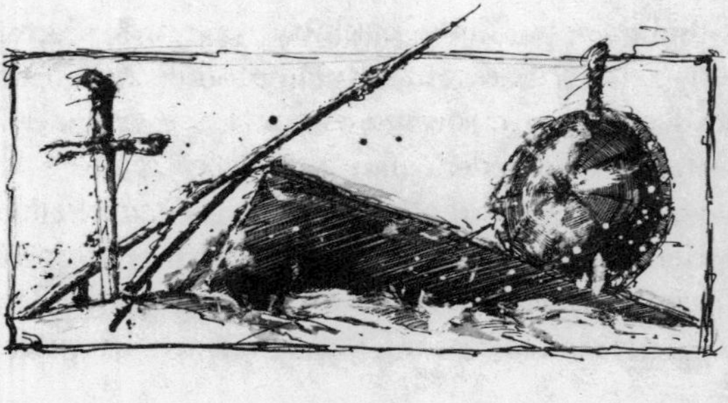

16

DER SCHNITTER

Schließlich war es soweit, daß die Schwärze der Kerkerzelle die Düsternis der Bewußtlosigkeit ablöste. Conan richtete sich auf den Armen auf und würgte, als ihn bei der Anstrengung Übelkeit überkam.

»Da, trink davon!« Santiddio hielt ihm eine Schüssel mit lauem Wasser an die Lippen.

Conan trank unbeholfen. Seine Zunge war wie ausgedörrt und hatte einen metallischen Geschmack. Er spülte sich den Mund aus und spuckte auf das schmutzige Stroh, um den Geschmack loszuwerden.

»So«, murmelte Santiddio. »Sogar du!«

Conan bemühte sich, seine Umgebung aufzunehmen. Sie befanden sich in einer der Zellen unter der Palastfestung. Schwaches Fackellicht filterte vom Korridor herein. Er und Santiddio waren in ein schmutziges Verlies geworfen worden, das kaum für einen Mann genügend Platz bot. Eine starke Tür aus eisenverstärktem Eichenholz bildete eine Seite des winzigen Raumes, die restlichen Wände waren dicke Steinmauern. Ein Guckloch war mit Eisenstangen vergittert. Es gab eine ganze Reihe solcher Zellen auf dem düsteren Korridor, an dessen einem Ende sich der Wachraum befand, durch den man zur Kellertreppe kam. Am anderen Ende war die Folterkammer, die während Rimanendos Herrschaft immer gut instandgehalten worden war. Conan erinnerte sich recht gut an diese Verliese. Er war in der Nacht, als sie die Festung des Tyrannen stürmten, auch hier heruntergekommen, und noch jetzt grauste ihm vor dem Anblick, der sich ihm hier geboten hatte.

»Was ist passiert, nachdem ich von Kordava aufgebrochen war?« fragte Conan und bemühte sich aufzusetzen, um sich an die klamme Wand zu lehnen.

»Alles ging schief. Wir hatten geglaubt, alle unsere Träume würden nun wahr werden, doch statt dessen verwandelten sie sich in Alpträume.«

»Mordermi erzählte mir, daß Avvinti vergiftet wurde. Ich sah Caricos Kopf vor dem Stadttor aufgespießt — Mordermi gab diesen Mord zu. Er behauptete, Carico wäre das Haupt einer Verschwörung gewesen, die eine zweite Revolution anstrebte.«

»Diese Geschichte habe ich auch gehört. Den Bürgern von Kordava gefiel sie genausowenig wie dir. Es kam zum Aufruhr in den Straßen aus Protest gegen Mordermis Verhaftung des Revolutionskomitees — und da schickte der Teufel sofort seine Letzte Wache aus, um die Ordnung wiederherzustellen. Mordermi nannte das von ihm bestellte Massaker eine Verschwörung von Carico und seinen Anhängern.«

»Ich verstehe Mordermi einfach nicht.« Conan fluchte.

»Vielleicht wußte keiner von uns wirklich, was in seinem Herzen vorging. Sandokazi meint, daß Callidios ihn irgendwie beherrscht. Und Callidios ist zu allem fähig.«

Santiddio kratzte vereinzelte Blutkrusten von seinem Gesicht. Ihn hatten sie nicht mit einem Schlafmittel in das Verlies geschafft.

»Ich hätte es voraussehen müssen«, sagte er bitter. »Wir nahmen Callidios mit offenen Armen auf. Unsere Sache war gerecht, und für die gute Sache sind alle Mittel recht. Möglicherweise wäre unsere Revolution ohne Callidios niedergeschlagen worden, aber vielleicht hätten wir Rimanendo auch ohne Hilfe absetzen können, sobald die Zeit reif war. Wir dachten überhaupt nicht daran, daß die helfende Waffe auch benutzt werden könnte, uns selbst zu zermalmen. Aber schließlich war Mordermi schon seit Jahren der Held des einfachen Volkes und Callidios ein Mitverschwörer.

Natürlich, wenn wir jetzt zurückdenken, waren wir alle zu sehr damit beschäftigt, zu argumentieren und uns untereinander zu streiten, um auf etwas anderes zu achten als auf unsere persönlichen Theorien, wie die neue Regierung organisiert werden sollte. Ich nehme an, mit der Zeit hätten wir uns schon auf einen Kompromiß geeinigt. Aber statt dessen nahm Mordermi die Sache auf seine Weise in die Hand.

Er machte die Weiße Rose schlecht, indem er den Eindruck entstehen ließ, wir konspirierten jeder gegen jeden. Die hohen Lords würden jedem Herrscher folgen, der keine Gefahr für die traditionelle Gesellschaftsordnung darstellt. Avvinti hätten sie gewiß mit Freuden auf dem Thron gesehen. Caricos radikale Änderungen der Gesellschaftsordnung hätten sie nie akzeptiert. Selbst mit der Armee wäre es zu einem langwierigen Kampf gekommen, außerhalb Kordavas auch nur eine gemäßigte Reform einzuführen. Mit diesem Handstreich beseitigte Mordermi in Avvinti einen gefährlichen Rivalen, dann gewann er die Aristokraten auf seine Seite, indem er den Mord Carico in die Schuhe schob, das Revolutionskomitee auflöste und die Weiße Rose unter dem Vorwand, die Ordnung wiederherzustellen, total zerstörte. Du kannst Gift darauf nehmen, daß Mordermi nur wartete, bis du weitab im Feld warst — um seine Schlachten zu gewinnen —, ehe er gegen uns vorging.«

Santiddio schien die Ungeheuerlichkeit dieses Coups fast zu bewundern. Resigniert zuckte er die Schultern. »Jetzt ist Mordermi für die hohen Lords genau das, was ein König für sie sein soll. Sie werden sich nicht mehr in seine Regentschaft einmischen. Du hast Frieden an den Grenzen für ihn geschaffen. Jetzt braucht er nur noch seine Offiziere nach Belieben in der Armee einzusetzen, die du für ihn aufgestellt und im Kampf erprobt hast. Außerdem hat er auch noch Callidios und die Letzte Wache. Ich glaube, daß es nicht sehr lange dauern wird, ehe zingaranische Soldaten in Argos und Aquilonien einmarschieren.«

»Das ist leicht möglich«, pflichtete Conan ihm düster bei. »Aber ich bezweifle, daß wir es erleben werden. Mordermi weiß, daß er uns nicht am Leben lassen kann. Es überrascht mich, daß ich überhaupt hier sitze und mit dir reden kann. Genauso leicht wäre es doch gewesen, das gleiche Gift, das man in Avvintis Wein gab, auch in meinen zu tun.«

»Bisher hat Mordermi versucht, eine Fassade der Legalität für seine Aktionen aufrechtzuerhalten«, sagte Santiddio. »Daß ich noch lebe, verdanke ich Sandokazis Flehen. Und ich bin sicher, Mordermi hofft, dich so zu täuschen, daß du ihm weiterhin gern dienen wirst. Doch nach einiger Zeit, wenn das Volk die Helden aus der *Grube* vergessen hat, wird man Anklage gegen uns erheben, uns des Hochverrats für schuldig befinden und uns an die Raben verfüttern.«

Conan lachte freudlos. »Du und ich folgten einem langen und schweren Weg, nur um festzustellen, daß wir im Kreis gegangen sind. Sollen wir beide wieder einmal nebeneinander auf dem Tanzboden stehen?«

»Und diesmal, fürchte ich, können wir nicht damit rechnen, daß Mordermi uns befreit«, erwiderte Santiddio bitter.

»Ich glaube, das letztemal verdankten wir es auch eher Sandokazi als ihm«, meinte Conan. »Was wird jetzt aus ihr werden?«

»Sie hat sich mit Mordermi zusammengetan.« Santiddio seufzte. »Warum sollte sie sich uns auch in der Zelle anschließen, wenn ihr bei Mordermi die Krone einer Königin winkt? Sie liebt diesen Hund von einem Verräter und wird ihn selbst jetzt nicht verlassen.«

»Doch genausowenig wird sie zusehen, wie ihr Bruder im Kerker schmachtet«, sagte eine neue Stimme.

Trotz der Benommenheit durch das Schlafmittel, das immer noch in seinen Knochen steckte und seine Muskeln zu Gummi machte, war Conan sofort auf den Füßen.

Sandokazi spähte durch das vergitterte Guckloch zu ihnen hinein. Ihre Augen wirkten wild und seltsam verträumt.

»Kazi!« stieß Santiddio hervor. »Weiß Mordermi, daß du hier bist?«

»Nein, auch sonst keiner.« Seine Schwester lächelte schwach. »Er und Callidios brüten wieder einmal etwas aus. Ich bin sicher, Callidios wird von ihm Conans sofortige Hinrichtung verlangen. Aber ganz so tief ist Mordermi noch nicht in die Hörigkeit des Zauberers gesunken, daß er so leicht der Ermordung seines Freundes beistimmen würde.«

»Die Skrupeln deines Liebsten in dieser Hinsicht sind wohlbekannt«, sagte Conan sarkastisch. »Er und ich werden noch einmal einen Kelch auf unsere Freundschaft leeren, aber diesmal wird der Wein nach meiner Wahl sein.«

»Du darfst Mordermi nicht die Schuld an allem geben, was vorgefallen ist«, bat Sandokazi. »Mitra! Warum hörten wir nicht auf dich, als der Stygier sich in unser Leben schlich?«

»Das ist ein weiterer Fehler, den ich wiedergutmachen werde, sobald ich hier heraus bin«, schwor Conan. »Es war jedoch Mordermi, der mir den behandelten Wein einschenkte.«

»Wäre es nach Callidios gegangen, wärst du überhaupt nicht mehr aufgewacht!« sagte sie heftig. »Wie könnt ihr beide nur so hirnverbohrt sein? Mordermi war ein genauso unerbittlicher Feind Rimanendos und seiner Tyrannei wie jeder andere von uns. Während wir über Mittel und Wege diskutierten, den Massen durch Reformen zu helfen, verteilte er seine Beute an die Armen. All das änderte Callidios! Ich kenne Mordermi selbst kaum noch. Dieser Zauberer hat ihn in seinem Bann. Tötet Callidios, und Mordermi wird frei von seinem schlimmen Einfluß sein.«

»Was machst du *wirklich* hier, Kazi?« fragte ihr Bruder. »Hat Mordermi dich geschickt, um einen Waffenstillstand auszuhandeln?«

»Ich bin hier, um euch zu befreien«, erklärte Sandokazi und kicherte so seltsam, daß die beiden Männer sie anstarrten. Sie hielt einen Ring mit Schlüsseln hoch. »Ich habe Callidios nachspioniert«, sagte sie. Ihre Stimme klang ein wenig schwer. »Ich weiß, wo er seinen kostbaren gelben Lotus aufbewahrt. Ich stopfte Stückchen der getrockneten Substanz in den Pfeifenkopf, wie ich es ihm abgeschaut habe. Dann versteckte ich mich außerhalb der Wachstubentür und wartete, bis die Wärter über ihren Bechern einnickten, ehe ich den schweren Rauch in den Raum blies. Es herrscht dort kein Luftzug, und so wurde der Schlaf der Wachen immer tiefer. Keiner erwachte, als ich mich hineinstahl und mir die Schlüssel zu den Zellen holte.«

»Crom, Weib!« fuhr Conan auf. »Dann laß uns heraus, bevor sie wieder zu sich kommen! Was soll das Zaudern?«

»Ich lasse euch schon heraus«, versicherte ihnen Sandokazi, »doch zuerst müßt ihr mir versprechen, daß ihr Mordermi nicht tötet. Ich weiß, daß er uns alle verraten hat, aber Callidios vergiftete seine Seele. Bringt den Stygier um, damit ihr eure Rache bekommt, doch ihr müßt mir beide euer Wort geben, daß ihr Mordermi nichts tut!«

Conan fragte sich, in welchem Maß der Rauch des gelben Lotus die Sinne des Mädchens beeinflußt hatte. Aber jetzt war nicht die Zeit, mit ihr zu argumentieren. Die Wachen mochten abgelöst werden oder das lotusbenebelte Mädchen die Schlüssel aus Trotz zurückbehalten.

»Ich verspreche, Mordermi nicht zu töten!« schwor Conan, obgleich der Eid in seiner Kehle brannte. Der Cimmerier würde sein Wort nicht brechen, gleich unter welchen Umständen er es gegeben hatte.

»Ich verspreche es ebenfalls«, gab Santiddio nach. »Also schnell, Kazi, beeil dich!«

Einen aufreibend langen Augenblick suchte das Mädchen nach dem richtigen Schlüssel und plagte sich damit ab, ihn ins Schloß zu stecken. Endlich öffnete sich die Tür. Conan huschte hinaus wie eine Raubkatze, die aus ihrem Käfig flieht. Er schaute sich auf dem Korridor um, während Santiddio seine Schwester umarmte.

In der Wachstube schnarchten die Wärter. Ihr Schlummer würde sie zweifellos das Leben kosten, aber Conan verschwendete keinen Gedanken an sie. Die drei nahmen sich Militärumhänge von den Wandhaken und schlichen die Treppe hoch. An ihrem Kopfende befand sich eine Tür und neben ihr ein Toter. Ein Stilett hatte sein Herz getroffen.

»Ich sagte ihm, ich würde es ihm lohnen, wenn er mich meinen Bruder besuchen läßt«, erklärte Sandokazi. »Aber ich hatte das Gefühl, daß er hinterher nicht den Mund halten würde.«

Zu dieser nächtlichen Stunde waren die Korridore des Palasts leer, wenn man von den Patrouillengängen der Wachen absah. Aber Conan wußte, da er sie selbst eingesetzt hatte, welchen Weg sie zu welcher Zeit nahmen, und so konnten sie ihnen ausweichen. Der Morgen würde jedoch bald grauen und ihre Flucht sofort bei der Wachablösung bemerkt werden.

»Ich habe ein Seil versteckt, mit dem ihr über die Mauer klettern könnt«, sagte Sandokazi. Conan hatte ihre Klugheit immer bewundert. »Wenn ihr dann erst aus der Festung seid, müßt ihr selbst sehen, wie ihr weiterkommt.«

»Du mußt uns begleiten«, drängte Santiddio. »Mordermi wird dich zweifellos verdächtigen.«

»Das wird er vielleicht«, gestand das Mädchen ihm zu, »aber er wird nichts unternehmen. Callidios mag zwar seine Seele vergiftet haben, aber sein Herz gehört noch mir. Mordermi wird die Schuld für eure Flucht auf die Weiße Rose schieben und sie als weiteren Beweis einer Verschwörung nutzen.«

»Ich kann nicht zulassen, daß du hier in Gefahr bist, weil du uns geholfen hast«, erklärte Conan. »Mordermi ist nicht zu trauen.«

»Mordermi ist mein Liebster!« fauchte Sandokazi ihn an. »Verstehst du denn nicht — ich liebe ihn! Wenn ich ihn jetzt im Stich lasse, wird er niemanden mehr an seiner Seite haben als diesen Teufel Callidios!«

Es gefiel dem Cimmerier nicht, aber schließlich war sie alt genug, ihre Entscheidungen selbst zu treffen. Und Santiddio kannte seine Schwester, also versuchte er gar nicht erst, sie zu überreden.

»Was werdet ihr tun?« fragte Sandokazi sie, um von dem Thema abzulenken.

»Erst einmal aus Kordava fliehen«, antwortete ihr Bruder. »Wir sind zu gut bekannt, als daß wir uns in der Stadt verstecken könnten, und Mordermi hat seine Spitzel überall. Wir werden mit jenen, die er verraten hat, eine neue Rebellion organisieren. Und sie wird keine erlogene Verschwörung sein, die er so leicht unterdrücken kann, wie er sie erfand.«

»Und wie sieht es mit der Letzten Wache aus?« fragte Sandokazi besorgt.

»Hast du eine Ahnung, wie Callidios seine Teufel beherrscht?«

»Nur, daß er sich in ein streng bewachtes Gemach ganz oben auf dem Palastturm einsperrt, wenn er sie ruft«, erwiderte sie. »Und er kommt auch nicht eher wieder heraus, bis sie sein blutiges Werk getan haben. Der Stygier wirkt all seinen Zauber dort. Und niemand darf dieses Gemach betreten.«

»Wir werden Hilfe gegen Callidios' Zauberei suchen, und zwar bei jemandem, der in den magischen Künsten bewandert ist«, sagte Santiddio. »Ich habe viel über diese Sache nachgedacht, während ich die Wände meiner Zelle anstarrte.«

»Du willst bei einem anderen Zauberer Hilfe suchen?« protestierte Conan. »Wenn seine Kräfte stärker sind als Callidios', verjagen wir lediglich den Wolf mit dem Tiger.«

»Nicht, wenn dieser Zauberer unsere Schwester ist«, entgegnete Santiddio. »Ich werde Destandasi um Hilfe bitten. Ob sie sie gewährt, weiß ich natürlich nicht.«

Conan hatte schon fast vergessen, daß die Esantis Drillinge waren und die Schwester der beiden Freunde sich aus dem korrupten Zingara zurückgezogen hatte und in den geheimnisvollen Jhebbal-Sag-Orden eingetreten war. Er erinnerte sich jetzt wieder, daß Mordermi ihm erzählt hatte, die dritte Esanti sei Priesterin in einem heiligen Hain Jhebbal Sags irgendwo auf der anderen Seite des Schwarzen Flusses.

»Destandasi hat alle Beziehungen zu unserer Familie abgebrochen — zu der alten Tradition der Esantis und zu der Sache, für die wir zwei heute noch kämpfen«, erklärte Sandokazi. »Weshalb sollte sie uns jetzt helfen, selbst wenn sie könnte?«

»Ich werde es auf jeden Fall versuchen.« Santiddio runzelte die Stirn. »Wohin könnte ich mich sonst wenden?«

»Ich hatte beabsichtigt, den Schwarzen Fluß auf unserer Flucht zu überqueren«, warf Conan ein. »Die Grenze ist nah, und nach den kürzlichen Schwierigkeiten mit den Pikten werden die Wachen entlang den Nordmarschen sich viel mehr darum kümmern, wer den Fluß von der Piktischen Wildnis aus überquert als von Zingara. Weißt du überhaupt, wo Destandasi zu finden ist?«

»Ich glaube schon«, antwortete Santiddio. »Wenn nicht,

können wir genausogut den Pikten unsere Skalps wie Mordermi unsere Köpfe geben.«

»Wir haben schon genug Zeit verschwendet.« Conan betrachtete den Himmel. »Wenn wir uns beeilen, können wir ein Kanu stehlen und noch vor Tagesanbruch auf dem Schwarzen Fluß unterwegs sein.«

Er prüfte das Seil, das Sandokazi besorgt hatte, und warf es über die Mauer. »Zum letztenmal, kommst du mit?«

»Du weißt, daß ich es nicht tue. Vergeßt ihr euer Versprechen nicht!«

Conan dachte kurz daran, ihr einen Kinnhaken zu verpassen und sie einfach mitzunehmen. Aber diese Frau hatte ihre Entscheidung getroffen, und er respektierte sie.

»Grüßt Destandasi von mir!« rief sie ihnen fast fröhlich nach, als sie sich eilig das Seil hinunterließen und in den schwarzen Schatten am Fuß der Mauer verschwanden.

Das Mädchen löste das Seil und warf es zu ihnen hinunter. Es war ja nicht nötig, die Wachen darauf aufmerksam zu machen, welchen Weg die Flüchtigen genommen hatten. Es wurde immer später, oder vielmehr früher, das erkannte sogar Sandokazi, obgleich ihr Zeitgefühl durch das unbeabsichtigte Einatmen des Lotusrauchs ein wenig verschwommen war. Aber ihr Schleichweg aus dem Kerker zur Außenmauer und ihr geflüstertes Gespräch hatten mehr Zeit verschlungen als zu erwarten gewesen war.

Hastig begab sie sich zu Mordermis Gemächern und hoffte nur, daß er immer noch mit Callidios zusammensaß. Wenn nicht — nun, wenn er bis zum frühen Morgen aufblieb, konnte sie es genausogut. Sandokazi hatte sich bereits eine Ausrede einfallen lassen, als sie sich erinnerte, daß sie immer noch Callidios' Lotuspfeife in ihrem Mieder trug.

Sie dachte daran, sie zu verstecken, aber Callidios würde ihr Verschwinden natürlich bemerken und es mit den bewußtlosen Wachen in Verbindung bringen. Er würde sich fragen, weshalb die Verschwörer, die die beiden Gefangenen befreit hatten, sich ausgerechnet dieser Methode, vor allem aber seiner Pfeife bedient hatten. Nein, es war am besten, sie brachte die Pfeife an ihren Platz in Callidios' Gemach zurück, damit keiner erraten konnte, auf welche Weise die Wachen in den Schlaf geschickt worden waren.

Sandokazi vergewisserte sich, daß Callidios noch nicht in sein Gemach zurückgekehrt war. Um so besser, also saßen er und Mordermi immer noch brütend über ihren Plänen. Vorsichtig huschte sie in den Raum und schob die Pfeife in die Schublade zurück, in der sich auch der Behälter mit dem gelben Lotus befand.

Sie hatte nur vergessen, daß Callidios ein Zauberer war.

Er trat aus dem Grau, wo sich soeben noch die Tür befunden hatte.

»Ich kann natürlich nicht schlafen, ohne meine Pfeife geraucht zu haben«, sagte er sanft.

17

DESTANDASI

Sie waren den Schwarzen Fluß noch nicht sehr weit hochgepaddelt, als Santiddio so richtig bewußt wurde, daß er diese Fahrt ohne den Cimmerier nie überleben könnte. Obgleich ihm Conan ein wirklich guter Freund war, hatte Santiddio in Kordava insgeheim doch immer ein wenig auf den nordischen Barbaren herabgesehen. Daran war hauptsächlich seine Einstellung als Kordavanier gegenüber allen schuld, die nicht das Glück gehabt hatten, in dieser Stadt geboren und aufgewachsen zu sein. Und der Cimmerier mit seinem groben Akzent, seinen ungehobelten Manieren und seinen zivilisationsfremden Ideen war eben allzu deutlich als unkultiviertes Rauhbein aus der Provinz zu erkennen.

Als sie zu dem äußersten Rand der Piktischen Wildnis kamen, verstand Santiddio plötzlich, daß hier — so weit von der Zivilisation entfernt, als befände sich Kordava über dem Westlichen Ozean und nicht lediglich ein paar Tage flußabwärts — Conan derjenige war, der sich auskannte und alles wußte, was man wissen mußte, und er selbst ein ungeschickter Tölpel.

Sie hatten in Kordava am Flußufer ein Kanu gestohlen. Als besäße er die Augen einer Katze, war Conan unermüdlich stromaufwärts gepaddelt, ohne eine Pause zu machen, bis die Sonne den Nebel über dem Fluß vertrieben hatte. Santiddios hagere Gestalt bestand fast nur aus kräftigen Sehnen und drahtigen Muskeln, und er hielt sich für sportlich durchtrainiert. Doch lange ehe Conan anhielt, schmerzte sein Körper, als wäre er in Mordermis Folterkammer in die Streckbank gespannt worden. Der Cimmerier hatte das Kanu bis dicht ans Ufer gerudert und unter den dichten Trauerweiden versteckt, deren Äste bis zum Wasser hingen, und dafür gesorgt, daß es unter den Zweigen gut verborgen war.

»Zu gefährlich, tagsüber weiterzurudern«, erklärte er Santiddio wie einem Kind. »Mordermi wird sich daran erinnern, daß ich nach unserer Rettung vom Galgen Rimanendos Schergen durch eine Flucht in die Piktische Wildnis entgehen wollte. Seine berittenen Patrouillen kommen am Ufer viel schneller voran, als wir mit dem Kanu flußabwärts rudern können. Des Nachts ist es viel eher möglich, unbemerkt an ihnen vorbeizukommen, solange wir uns im Mondschatten halten.«

Santiddio streckte sich auf dem Kanuboden aus und schlief trotz seiner etwas verkrampften Haltung tief und fest. Als er erwachte, gab ihm Conan eine Handvoll Nüsse und ein paar herbstliche Früchte, die er am Ufer gesammelt hatte. Santiddio hatte nicht einmal bemerkt, daß Conan aus dem Kanu stieg und wieder zurückkehrte.

In der zunehmenden Abenddämmerung ruderten sie weiter. Der Cimmerier paddelte jetzt langsamer, in gleichmäßigerem Rhythmus, doch jedesmal wenn Santiddio mit dem Paddel ins Wasser fuhr, durchzuckte ein glühender Schmerz jeden einzelnen Muskel. Einmal hielt Conan das Kanu an und drückte einen Finger auf die Lippen. Längere Zeit verharrten sie im Schutz eines halb aus dem Wasser ragenden Baumes, bis der Cimmerier vorsichtig weiterpaddelte.

»Das andere Kanu«, erklärte er Santiddio später. »Hast du denn nicht gesehen, wie sie an uns vorbeigerudert sind? Mordermi sollte seinen Hunden verbieten, Rüstung zu tragen, wenn sie nicht stillsitzen können.«

Santiddio hatte weder etwas gesehen noch gehört.

Am nächsten Tag fing Conan mit einem an einen Stock gebundenen Dolch einen Karpfen. Sie hatten zwar von den Wachen Schwerter und Dolche mitgenommen, aber an Bogen und Köcher waren sie nicht herangekommen. Während Santiddio hungrig wie ein Wolf seinen Anteil an rohem Fisch verschlang, dachte er sich, daß der Cimmerier zweifellos auch einen Bogen und Pfeile schnitzen konnte, wenn er sie brauchen würde.

Nach einer weiteren Nacht fast pausenlosen Paddelns kamen sie an einer verkohlten Lichtung vorbei, wo der Rauchgestank noch schwer in der Luft hing. »Viel weiter flußaufwärts brauchen wir uns keine Gedanken über Mordermis Patrouillen zu machen«, sagte Conan und lachte rauh. »Die Pikten haben ihre Plünderzüge zumindest bis hierher ausgedehnt. Ich glaube nicht, daß die Zingarier sich der Gefahr aussetzen werden, einem der Plünderertrupps in die Hände zu fallen, die sich vielleicht Zeit mit der Rückkehr lassen, weil noch nicht genügend frische Skalps an ihren Gürteln hängen.«

Conan schob sein Paddel mit neuer Energie ins Wasser. »Von hier an«, erklärte er, »müssen wir zehnmal so vorsichtig sein.«

Am nächsten Abend, kurz bevor sie weiter nordwärts aufbrachen, kehrte Conan von einem kleinen Ausflug in den Wald mit einem kurzen Bogen aus dunklem Holz und einem Köcher voll Pfeilen mit Feuersteinspitzen zurück. Er setzte beides vorsichtig im Kanu in unmittelbarer Reichweite ab, dann drückte er Santiddio einen Lederbeutel mit Dörrfleisch und ein paar Harte Fladen aus Bucheckernmehl in die Hand.

»Ich gab mir Mühe, ihn zu versenken, aber diese Pikten haben eine besondere Spürnase, wenn es gilt, ihre Toten aufzustöbern. Wollen wir hoffen, daß er keine Freunde in der Nähe hatte«, sagte Conan im Flüsterton. »Wir müssen zusehen, daß wie möglichst schnell eine größere Strecke zurücklegen.«

Es gab einen Handelsposten am Schwarzen Fluß, und zwar an einem Punkt, wo angenommen wurde, daß Zingaras Grenze endete und die Piktische Wildnis begann. Da die Pikten sich jedoch noch nie an die Grenzen gehalten hatten, die von klugen Männern auf Karten eingezeichnet wurden, waren sie von keinem großen praktischen Wert. Der Handelsposten wurde von Inizio, einem Halbblut, geführt, den die Pikten gewöhnlich in Frieden ließen. Ob das an seinem Anteil piktischen Blutes lag oder an seiner Nützlichkeit als Händler, war ungewiß, aber es genügte ja allein die Tatsache. Briefe, die früher von Destandasi gekommen waren, waren unter anderen durch Inizios Hände gegangen. Und wenn sie ihrer Schwester geschrieben hatten, adressierten sie sie an Inizios Handelsposten, von wo aus sie auf irgendeine Weise Destandasi erreichten.

Der Handelsposten war den kürzlichen Raubzügen nicht zum Opfer gefallen. Sie konnten also die Spur von hier aus aufnehmen.

Inizio hatte die eigenartige Zwergenstatur, zu der es offenbar immer kam, wenn sich piktisches Blut mit dem der hyborischen Rassen vermischte. Im Gegensatz zu anderen Händlern von Grenzstationen war er wortkarg und unfreundlich, ja fast feindselig. Santiddio fragte sich, ob er vielleicht lieber mit Pikten Geschäfte machte oder ob er überhaupt jede Störung seiner Einsamkeit übelnahm.

Als Santiddio ihm erklärte, wen sie suchten, starrte er sie nur finster an. Conan starrte ebenso finster zurück, woraufhin Inizio nach kurzem Zögern die Schulter zuckte und zugab: »Wenn die Briefe aus dem Wald kamen, schickte ich sie flußabwärts. Kamen sie vom Fluß, schickte ich sie in den Wald.«

»Und wer beförderte sie aus dem und in den Wald?« erkundigte sich Santiddio geduldig.

Inizios finsteres Gesicht wurde, wenn möglich, noch finsterer. »Eine Eule«, erwiderte er.

»Eine Eule?«

»Genau. Eine verdammt große Eule.«

»Du meinst, so etwas wie eine Brieftaube?«

»So ähnlich. Fliegt des Nachts und klopft mit den Flügeln an die Tür. Der Brief ist an ihrem Bein befestigt.«

»Und sie kommt auch, um Briefe an ihre Herrin abzuholen. Woher weiß sie denn, wenn es soweit ist?«

»Ich will keinen Ärger — mit nichts und niemandem!«

»Dann antworte, wenn man dich fragt«, riet ihm Conan.

»Cimmerischer Piktentöter!« knurrte Inizio. »Ich hab' keine Angst vor dir! Ich hab' keine Angst vor den Soldaten. Ich hab' keine Angst vor den Pikten! Ich will keinen Ärger!«

»Schreib deiner Schwester einen Brief, Santiddio«, schlug Conan vor. »Schreib ihr, daß du hier bist und warum. Bitte sie, uns zu treffen oder uns einen Führer zu schicken. Inizio wird dafür sorgen, daß sie ihn erhält, weil wir so lange bei ihm warten, bis wir ihre Antwort bekommen.«

Um Mitternacht schlugen Flügel an die Tür des Handelspostens. Inizio öffnete sie, und eine große Eule flog in den Raum. Conan, der fast jede Vogel- oder Tierart kannte, die es hier gab, hatte noch nie eine Eule wie diese gesehen. Der schwarzgefiederte Vogel betrachtete sie mit finsterem Blick, ähnlich wie Inizio, während der Händler ihm den Brief an ein Bein band. Dann verschwand die Eule mit fast lautlosem Flügelschlag durch die Tür und in der Nacht.

Sie erfuhren nie, wie Inizio die Eule gerufen hatte.

Conan schärfte nachdenklich seine Schwertklinge, als ein Wolf aus der Düsternis auftauchte und zielbewußt auf Santiddio zurannte. Aufgrund seiner Ruhe und Selbstsicherheit war Conans erster Gedanke, daß es sich um eine Art

Haustier des Halbbluts handelte. Doch als der Wolf seine gelben Augen dem Cimmerier zuwandte, erkannte Conan sofort, daß er nie gezähmt worden war. Hinter ihm hörte er den Händler hastig die Tür zuschlagen und verriegeln.

Eine Schlinge hing um den kräftigen Hals des Wolfes, und an dem Strickende war ein Brief befestigt.

Santiddio las ihn zuerst allein, dann laut für Conan:

»Mein Bruder. Ich habe den Schwur abgelegt, diesen herrlichen Hain nie mehr zu verlassen. Wenn du glaubst, mich sehen zu müssen, dann wird mein Bote dich führen. Aber ich warne dich, du wirst ein Gebiet betreten, wo die alten Götter mehr als nur Erinnerung sind. Ich rate dir, kehr in die Welt zurück, in die du gehörst. Destandasi«

»Was sollen wir tun?« fragte Santiddio, der immer noch über die Botschaft nachdachte. »Folgen wir dem zahmen Wolf meiner Schwester?«

»Wir folgen ihm«, bestimmte Conan. »Aber der Wolf ist nicht gezähmt.«

Sie verließen die Lichtung, und schon einen Augenblick später war der Handelsposten und alles, was an Menschenwerk erinnerte, hinter einem dunklen Wall hoher Bäume verschwunden.

Nach einer Meile hatte die Dunkelheit sich so vertieft, daß keiner der beiden Männer den Pfad mehr sehen konnte, dem sie folgten — wenn es tatsächlich einen Weg zwischen den schwarzen Säulen der Bäume gab. Santiddios Hand ruhte leicht auf dem Nacken des Wolfes und verließ sich darauf, daß das Tier sie führte. Conan hatte den Schwertgriff fest umklammert. Er lauschte unsicher den Lauten, die ihnen durch den dunklen Wald folgten. Er wußte zwar, daß er bei diesem nächtlichen Ausflug die Pikten nicht zu befürchten brauchte, aber das war keine große Beruhigung für ihn.

Sie befanden sich allein mitten in einem Wald, der schon

alt gewesen war, als Conans Vorväter in Höhlen gehaust und über dem Geheimnis des Feuers gebrütet hatten. Die Piktische Wildnis war ein wegloser Ozean aus Wald und Gebirge. Nie hatte ein Angehöriger der weißen Rasse sie je überquert, selbst die wilden Pikten waren in manche Gebiete des Waldrands noch nie eingedrungen. Zeit und Entfernung wurden bedeutungslose Begriffe — denn sie waren von Menschen geprägt —, während sie immer weiter zwischen Stämmen dahinstapften, die zehn Männer mit ausgestreckten Armen kaum umringen könnten, auf einem Teppich aus Moos und verrottetem Laub, der ihre Schritte verschluckte. Ohne den Wolf als ihren Führer wären sie zwei arme im Nichts schwebende Seelen gewesen.

›Ein Gebiet, wo die alten Götter mehr als nur Erinnerung sind‹, hatte Destandasi sie gewarnt. Als sie durch diesen Wald der Urzeit schritten, wurde Conan bewußt, daß die Bäume hier so alt wie das Gestein unter ihren Wurzeln waren. Es war ein ehrfurchterregendes Gefühl, wenn etwas Lebendes das unvorstellbare Alter der Erde selbst ausstrahlte.

Plötzlich war durch die Bäume vor ihnen ein schwacher Lichtschimmer zu erkennen. Nie zuvor hatte Conan das Morgengrauen mit größerer Freude begrüßt.

Es war nur eine kleine Lichtung, doch nach dem schier angsteinflößenden langen Marsch durch den unermeßlichen Wald erschien sie den beiden Männern wie eine freundliche Insel. Eine Frau erwartete sie dort. Einen langen Augenblick sah Conan nur sie.

Des öfteren während ihrer langen Kanufahrt hatte er darüber nachgedacht, wie der ihm noch unbekannte Drilling wohl aussehen mochte. Unnahbar, hatte Mordermi Destandasi beschrieben, mit den Zügen von Bruder und Schwester. Und so hatte der Cimmerier sich eine Art überschlanke Sandokazi mit dem kalten, abweisenden Blick einer jungfräulichen Königin vorgestellt. Die Destandasi, die sie hier in diesem so abgelegenen Wald begrüßte, hatte er nicht erwartet.

Merkwürdigerweise erinnerte sie ihn sowohl an Sandokazi als auch an Santiddio. Destandasi war groß, mit aufrechter Haltung, weder dünn noch üppig. Ihr Gesicht mit dem dunklen Teint und den leuchtenden Augen, deren dunkle Pupillen größer als üblich waren, ähnelten Sandokazi sehr. Auch sie hatte das eckige Kinn und die schmale hohe Nase, aber während Sandokazis Lächeln schelmisch war, war ihres verbittert. Ihre Schultern waren gerade und breit, fast wie die eines Mannes, ihre Brüste klein und hoch, ihre Hüften schmal — im Gegensatz zu den großzügigen Rundungen ihrer Schwester. Ihrer Figur nach mochte sie eine um ein paar Jahre jüngere Schwester Sandokazis sein, doch ihr Gesicht ließ sie um etwa genauso viele Jahre älter erscheinen. Ihr schwarzes Haar glänzte seidig, und sie trug es so, daß es an einer Seite wie ein Wasserfall über den Busen bis zur Taille wallte. Ihr Gewand war aus einem dunkelgrünen Stoff; an den Schultern gebunden, fiel es gerade bis zu den nackten Waden. Nur eine scharlachfarbige Kordel um die Taille lockerte es auf. Trotz der nächtlichen Kühle war Destandasi barfüßig.

Sie erschien Conan wie eine Elfe oder eine jungfräuliche Baumnymphe. Als er endlich seinen Blick von ihr wandte und sich näher auf der Lichtung umsah, fand er, daß sein erster Eindruck gar nicht so falsch gewesen war. Am Rand der Lichtung kauerte — so zumindest sah es aus — eine gewaltige, über alle Maßen alte Ulme. Ihr Stamm hätte selbst von zehn Männern mit ausgestreckten Armen nicht umringt werden können. Und wie es manchmal bei Bäumen dieses Alters vorkommt, war ihr Stamm hohl. Eine Lücke zwischen zwei großen Wurzelstrebepfeilern bildete die Türöffnung. Löcher, wo das Holz aus den Narben abgebrochener Äste gefault war, wurden zu Fenstern. Wie eine Waldnymphe lebte Destandasi in einem Baum. Eine kleine Quelle sprudelte etwa in der Mitte der Lichtung aus dem Boden. Ein Feuer brannte auf Steinplatten unweit der Wurzeln der hohlen Ulme, und Lampenlicht schimmerte aus Tür und Fensteröffnungen.

Conan hatte das Gefühl, daß Bruder und Schwester sich zurückhaltender umarmten, als es unter den Umständen zu erwarten gewesen wäre. »Willkommen in meinem Heim, Bruder«, grüßte Destandasi ihn förmlich.

»Destandasi, das ist Conan. Er ist sowohl mir als auch Sandokazi ein wirklich guter Freund.«

»Willkommen, Conan«, sagte sie und reichte ihm ihre Hand. »Ich hoffe, keiner von euch wird sein Herkommen bereuen.«

Conan war sich nicht ganz sicher, ob er die ausgestreckte Hand küssen oder schütteln sollte. Er entschloß sich für das letztere und war froh darüber, denn sie erwiderte seinen Händedruck mit einer Kraft, die ihr weltfremdes Lächeln Lügen strafte.

»Darf ich euch in mein Heim bitten? Ich habe Essen und Trinken vorbereitet.«

Wie eine höfliche Gastgeberin — oder eine Priesterin.

Und wer denn eine Priesterin konnte die schreckliche Einsamkeit dieses Haines ertragen — nein, nicht nur ertragen, sondern sich ihrer sogar erfreuen?

Conan fragte sich, wo wohl die Andächtigen heute nacht blieben.

18

EIN TÖDLICHER GRUSS AUS KORDAVA

Santiddio sprach, während sie aßen. Er redete so ausdauernd und so bewegt, daß Conan staunte, wie er trotzdem dabei noch zum Essen kam.

Die einfache Mahlzeit bestand aus Brot und anderem Gebäck aus grobgemahlenem Getreide und gehackten Nüssen, auf dem Steinofen vor dem Baum gebacken, einer gemischten Gemüsesuppe, verschiedenen Früchten und gerösteten Nüssen. Conan wußte, daß viele der Zutaten von Wildpflanzen stammten. Alles war köstlich zubereitet und sättigend. Das Fehlen von Fleisch war zweifellos Absicht und verwunderte ihn nicht, obgleich er nur sehr wenig über die Mysterien Jhebbal Sags wußte.

Das Innere der Ulme war ungemein traulich und bot durch seine Höhe viel mehr Innenraum, als Conan erwartet hatte. Destandasis Habe war gering und einfach, und das meiste davon schien das Werk ihrer eigenen Hände zu sein. Ein kleiner Webstuhl nahm einen geringen Teil des Platzes ein, genau wie Tisch und mehrere Schränkchen mit Werkzeug und Materialien, die sie benötigte, um sich die Dinge herzustellen, die sie brauchte. Die paar Bücher, die herumstanden, wirkten fast wie ein Fremdkörper. Regale und Nischen gab es fast überall hier in dem hohlen Baum. In den Stamm geschnittene Stufen führten zu einem Bett auf einem Sims, wo der Stamm über ihren Köpfen eine kleine Ausbuchtung hatte. Mit Tannenöl gefüllte Lampen verliehen ein warmes Licht, und bei einem Astloch lag eine Steinplatte, auf der man ein Feuer machen konnte. Schwere Vorhänge ließen sich vor Tür und Fenster ziehen.

Conan mochte gar nicht daran denken, daß eine Frau allein in der Piktischen Wildnis lebte und nur durch Vorhänge vor Eindringlingen geschützt war. Doch als er länger darüber nachdachte, kam er zu der Ansicht, daß eine Priesterin Jhebbal Sags von Angreifern — ob nun Mensch oder Tier — hier im heiligen Hain kaum etwas zu befürchten hatte. Conan war ein erfahrener Waldläufer, aber er war ziemlich sicher, daß er und Santiddio sich in dem ihnen spürbar feindselig gesinnten Wald verirrt hätten, vielleicht ohne je wieder hinauszufinden, hätte der Wolf sie nicht geführt.

Santiddio beendete seine lange Erzählung mit ihrer Ankunft bei Inizios Handelsposten. Destandasi hatte ihm zugehört, ohne ihn auch nur ein einzigesmal zu unterbrechen. Nur ihre Augen hatten ein wenig Interesse verraten.

»Was erhoffst du dir von mir?« fragte sie ohne Umschweife, als offensichtlich wurde, daß ihr Bruder etwas von ihr erwartete.

Santiddio machte eine vage Geste und deutete auf die Bücher.

»Du hast dich mit Magie beschäftigt«, erinnerte er sie. »Ehe du dich in die tiefste Wildnis zurückzogst, die die Götter je erschufen, studiertest du andere Pfade als den, dem du jetzt folgst.«

»Hier ist nicht der Ort für leichtfertiges Gerede«, sagte Destandasi schnell — und es klang wie eine Warnung, nicht wie eine Rüge.

»Aber du hast diese Dinge doch studiert.« Santiddio ließ nicht locker. »Du mußt doch zumindest eine Ahnung haben, was wir tun können, um Callidios zu schlagen, und wie wir gegen die Letzte Wache vorzugehen vermögen.«

»Ich wandte all dem den Rücken zu, als ich zur Priesterin Jhebbal Sags wurde«, erklärte Destandasi.

»Aber du kannst doch nicht auch deinem Bruder und deiner Schwester einfach den Rücken zukehren!« rief Santiddio. »Wir leben schließlich dort draußen in der Welt der Menschen und seiner Städte.«

»Ich legte den Schwur ab, diesen Hain nie zu verlassen.«

»Dann bleib du hier in deinem Baum!« brauste Santiddio auf. »Ich kam zu dir, weil ich deinen Rat brauche.«

»Mein Rat ist, daß ihr beide Kordava verlaßt. Nichts hält euch dort. Für das Esanti-Blut birgt Kordava nur den Tod.«

»Die Esantis sind in Kordava zu Hause. Auch ich habe gewisse Eide und Dinge, die mich an Kordava binden. Ich muß zurückkehren, um das Werk, das Mordermi verriet, zu einem guten Ende zu bringen. Ich ersuche dich nur, mir Mittel zu verraten, mit denen ich Callidios' Zauber unwirksam machen kann, damit uns Mordermi nichts mehr voraus hat.«

Destandasi preßte nachdenklich die Lippen zusammen. »Aus dem, was du mir gesagt hast, kann ich nicht entnehmen, wie es Callidios möglich ist, der Letzten Wache Befehle zu erteilen. Die Zauberer, die sie schufen, hätten vielleicht die Macht gehabt, die Kontrolle über sie zu übernehmen, aber dieser Stygier kann über solche Kräfte nicht verfügen. Besäße er sie, hätte er sich nicht mit Mordermi und der Weißen Rose zusammentun müssen. Ich vermute, was er euch erzählt hat, stimmt, daß er keine richtige Ausbildung in den schwarzen Künsten hat, wie jeder Erzmagier sie durchstehen muß, sondern daß er, indem er sozusagen im Settempel aufwuchs, ganz bestimmte Kräfte oder ein Talent zu einem hohen Maß entwickelte. Er ist ein Dilettant in allen möglichen Zauberarten und in einer ein Adept.«

»Das hilft uns auch nicht weiter«, murmelte Santiddio müde.

»Mehr kann ich euch nicht sagen. Es ist eben nicht das, womit ich mich beschäftige. Die Mysterien von Jhebbal Sag haben mit der Lebenskraft zu tun. Wir sind die wenigen, die sich *erinnern* — die gar so wenigen!«

»Erinnern?« wiederholte Conan das Wort, da sie es so sehr betont hatte.

»Es gibt nicht viel, was ich euch darüber erzählen dürfte, und ihr würdet nicht einmal alles verstehen«, sagte Destandasi bedächtig. »Es gab eine Zeit, da verehrte *alles* Lebende Jhebbal Sag, und Menschen und Tiere waren Brüder, die eine gemeinsame Sprache hatten. Nur in sehr wenigen ist diese Erinnerung noch erhalten — und mehr in den Tieren als in den Menschen. Doch ist es eine Erinnerung, die wiedererweckt werden kann. Das ist alles, was ich darüber sagen darf.«

»Aber kannst du uns mit deinem Wissen denn nicht helfen, die Letzte Wache zu vernichten?« fragte Santiddio niedergeschlagen.

»Ich habe das Leben, das Lebende, studiert und versuche die Einheit alles Lebenden zu verstehen. Ihr wollt jedoch etwas über die Kräfte des Todes und des Chaos erfahren. Geht zu einem Zauberer.«

»Das ist ja das Dilemma.« Santiddio seufzte. »Angenommen, wir wären in der Lage, uns der Hilfe eines Hexers mit größeren Kräften als denen Callidios' zu versichern — dann liefen wir in Gefahr, daß er die Kontrolle über die Letzte Wache übernimmt, und kämen möglicherweise vom Regen in die Traufe.«

»Es tut mir leid«, versicherte ihm Destandasi, »aber ich wüßte wirklich nicht, welchen Rat ich euch geben könnte.«

Ein Schrei von draußen zerriß die brütenden Stille, die nach ihren Worten eingesetzt hatte. Es war gleichzeitig ein Heulen verwirrter Wut und ein Schrillen aus tiefstem Schmerz. Conan war nicht sicher, ob dieser Schrei von einem Menschen oder einem Tier kam. Gerade in diesem Hain mochte der Unterschied nicht sehr groß sein.

Mit einer geschmeidigen Bewegung war Destandasi auf den Füßen. Ihr Gesicht verriet Überraschung und Unsicherheit. Conan blickte sie nur flüchtig an, dann wußte er sofort, daß der Schrei nicht von einem der Kinder Jhebbal Sags kam — und schon war er mit gezogenem Schwert vor der Tür.

Der Cimmerier sprang aus dem Lichtschein und drückte sich gegen den mächtigen Baumstamm, während er mit den Augen die Lichtung nach dem Ursprung des Schreis absuchte. Etwas Weißes bewegte sich sichtlich verzweifelt am gegenüberliegenden Rand der Lichtung. Mit Tigersprüngen und in geduckter Haltung eilte Conan darauf zu.

Eine Frau stand am Rand des Heiligen Haines. Es war — Sandokazi!

Conan blieb einen Augenblick verblüfft stehen. Das genügte für Destandasi und Santiddio, ihn einzuholen. Sandokazi starrte ihn wild an.

»Mitra! Es ist Kazi!« Ihr Bruder erkannte sie in dem trügerischen Licht. »Hast du deine Meinung doch geändert und kommst zu uns? Wie ist es dir gelungen, uns zu finden? Arme Kazi, kein Wunder, daß du . . .«

Er wollte auf sie zulaufen, um sie zu umarmen, aber Destandasi riß ihn zurück. »Nein!« zischte sie. »Komm ihr nicht zu nahe!«

Sandokazi knurrte beängstigend und versuchte an sie heranzugelangen. Irgendeine Kraft hielt sie zurück.

»Seht ihr denn nicht?« Destandasis Stimme klang gequält. »Sie kann den Kreis des Heiligen Haines nicht überqueren!«

Conans Augen hatten sich inzwischen dem Dämmerlicht am Waldrand angepaßt. Sein Gehirn registrierte jetzt das, wovor sein Instinkt ihn gewarnt hatte.

Sandokazi trug nur ein schmutziges Hemd. Ihre nackten

Beine waren zerkratzt, in ihrem zerzausten Haar steckten Kletten und Zweigstücke von Dornenbüschen. Statt einer kostbaren Perlenkette trug sie eine Hanfschlinge, die in ihre Kehle schnitt — irgend jemandes grausamer Scherz. Ihr Hals wirkte seltsam lang und war oberhalb des Schlingenknotens unnatürlich seitwärts gebogen. Ihre Augen quollen glasig aus den Höhlen und strahlten ungeheure Bosheit aus. Ihre aufgerissenen Lippen waren zu einem tierischen Fletschen verzerrt, und als sie mit den zu Klauen gekrümmten Fingern gegen die unsichtbare Barriere schlug, rochen sie den süßlichen Verwesungsgestank, der von ihr ausging.

»Seht ihr denn nicht?« wiederholte Destandasi mit zitternder Stimme, während sie ansonsten völlig ruhig wirkte. »Sie ist tot! Sie haben sie umgebracht, und Callidios setzte sie auf eure Fährte, damit sie euch tötet. Hättet ihr irgendwo am Fluß euer Lager aufgeschlagen, wäre sie wie das wildeste Raubtier über euch hergefallen. Sie würde uns auch jetzt anspringen, wenn das Böse in den heiligen Hain dringen könnte.«

Santiddio war auf die Knie gesunken und würgte zwischen dem Schluchzen, das sich ihm entrang, als würden glühende Nägel in seine Brust gehämmert.

Conan hob das Schwert, um zuzuschlagen. Sein Gesicht wirkte furchterregend in der Wut, die ihn erfüllte.

»Nein « Destandasi hielt ihn zurück. »So geht es nicht. Sie ist tot — ein totes Ding ohne eigenen Willen, das von Callidios gelenkt wird. Damit hat der Stygier uns verraten, in welcher Kunst er Meister ist — in der Totenbeschwörung!«

»Was kann ich tun?« knirschte Conan zwischen zusammengepreßten Zähnen.

»Bring Santiddio von hier fort und bleib bei ihm. Es gibt ein Zeichen der Macht, das ich vielleicht benutzen kann, um diesen grauenvollen Zauber zu brechen. Es wäre nicht gut, wenn ihr sehen würdet, was ich tun muß, denn Jhebbal Sag schützt seine Geheimnisse.«

»Ich habe keine Angst!« knurrte Conan. »Ich bleibe, um zu helfen ...«

»Laß mich mit dem allein, was meine Schwester war!« zischte Destandasi. »Hast du ihr nicht bereits genug geholfen?«

Conan unterdrückte eine Erwiderung. Er hob Santiddio auf wie eine zerbrochene Puppe und überließ es Destandasi zu tun, was getan werden mußte.

19

ZUM SCHEITERN GEBORENE TRÄUME

Bei Tagesanbruch beerdigten sie Sandokazi im heiligen Hain.

Im Morgengrauen hob Conan das Grab aus. Bei jedem Schwung der Schaufel, mit dem er die Erde hochwarf, knurrte er grimmig. Nach dem Funkeln seiner Augen konnte man meinen, er hiebe auf einen Todfeind ein.

Destandasi wusch den geschändeten Leichnam ihrer Schwester, aus dem sie die unheilige Verhöhnung des Lebens vertrieben hatte, und benutzte ihr Bettlinnen als Leichentuch. Ihr Gesicht war mit neuen Linien gezeichnet, die, wie Conan glaubte, nicht nur diesem Grauen zuzuschreiben waren. Offenbar konnten die Mächte Jhebbal Sags nicht ohne Preis herbeigerufen werden.

Santiddio verharrte während des ganzen Rituals stumm. Als Conan ihm in die Augen blickte, wußte er, daß Sandokazi die abenteuerliebende Seele ihres Bruders mit ins Grab genommen hatte.

Als der Cimmerier die letzte Schaufel Erde auf das Grab geworfen hatte, fand Santiddio seine Stimme. »Es ist mir nicht länger wichtig, ob unsere gute Sache verloren ist oder ob wir ihr doch noch zum Sieg verhelfen können. Ich weiß nur, daß ich jetzt nach Kordava zurückkehre, um den Kampf fortzusetzen und den Stygier in die Hölle zu schikken, die ihn ausgespuckt hat, und wenn es das letzte ist, was ich tue.«

»Ich komme mit«, erklärte Destandasi.

»Aber dein Schwur!« erinnerte sie ihr Bruder.

»Es gibt eine Zeit, da selbst ein Schwur gebrochen werden muß.« Destandasi bückte sich, um einen Strauß Strohblumen und Herbstlaub auf das Grab zu legen.

»Jhebbal Sag ist alles Lebende heilig«, fuhr sie fort. »Es ist unrecht, ein Leben zu nehmen. Und es ist eine unverzeihbare Schändung, eine tote Seele zu versklaven, indem man ihren Leichnam mit der grauenvollen Verhöhnung von Leben erfüllt. Eine solche Verworfenheit darf nicht geduldet werden.«

»Dann *kannst* du uns also helfen, Callidios' Zauber aufzuheben?« fragte Conan schnell.

»Ich glaube, ich verstehe jetzt das Geheimnis seiner Kontrolle über die Letzte Wache«, sagte Destandasi. »Wenn ich mich nicht täusche, wird Sandokazi gerächt werden. Wie ich schon erwähnte, hat Callidios sich selbst verraten, als er sie als lebende Tote zu uns schickte. Hattet ihr eine Ahnung, daß der Stygier ein überaus mächtiger Totenbeschwörer ist?«

»Callidios tut mit allem sehr geheimnisvoll«, erwiderte Conan. »Seine Kräfte, die er hin und wieder vorführt, stellt er als unbedeutend hin, dafür prahlt er mit seiner Beherrschung dunkler Mächte, die er jedoch nicht näher erläutert.«

»Seine Beherrschung der Totenbeschwörung würde seine Prahlerei rechtfertigen. Es erfordert die stärkste Zauberkraft, die Toten zu beleben und sie zu zwingen, die Richtung künftiger Ereignisse zu enthüllen. Es sieht ganz so aus, als überträfe Callidios alle anderen, die sich mit den Künsten der Totenbeschwörung beschäftigen. Callidios hat nicht nur die Macht, die Toten zu beleben, sondern auch nach seinem Willen zu lenken. Sandokazi durch Zingara zu schicken, um die zu töten, die sie liebte, war nicht nur grausam, sondern auch anmaßend. Euch sollte im Augenblick eures Todes bewußt werden, daß Callidios wahrhaftig über die schrecklichen Kräfte verfügte, mit denen er prahlte.«

Santiddio dachte über ihre Worte nach und versuchte ihrem Gedankengang zu folgen. »Dann glaubst du also, daß Callidios die Letzte Wache durch Totenbeschwörung befehligt? Aber die Steinkrieger sind keine wiederbelebten Leichen! Wenn Callidios nicht gelogen hat, können diese Obsidianteufel gar nicht sterben. Die Zauberer des alten Thurien schufen sie so, daß sie nur König Kalenius gehorchen konnten, und sein Befehl an sie war, seine Grabkammer durch alle Ewigkeit zu schützen.«

»Ich glaube auch, daß die Letzte Wache tatsächlich immer noch nur König Kalenius gehorcht«, versicherte ihnen Destandasi.

»Aber Kalenius ist tot!«

»Stimmt. Genau wie Sandokazi tot ist!«

Sie starrten sie stumm an, als sie verstanden, was sie meinte. Destandasi erläuterte es eingehend.

»Callidios erfuhr aus Schriften in Sets Tempel in Stygien von Kalenius' Grabstätte. Er erzählte Conan, daß Kalenius' Leichnam von des Königs Zauberern so konserviert wurde, daß er nicht verwest, und daß man ihn auf einen goldenen Thron in seinem ewigen Palast setzte, damit er dort für alle Zeit herrsche. Kalenius bedeutete sein Bestattungspalast sehr viel. Und wenn seine Zauberer in der Lage waren, die Letzte Wache zu schaffen, dann darf man annehmen, daß der Erhaltung von Kalenius' sterblichen Überresten die gleiche Sorgfalt gewidmet wurde.

Callidios fand Kalenius' Grabkammer und entdeckte, daß seine Vermutung stimmte. Ich bezweifle, ob selbst ein Totenbeschwörer von seinem Kaliber eine Leiche wiederbeleben kann, die zu Staub zerfallen und deren Staub im Meer versunken ist. Aber Kalenius' Zauberer hatten ihre

Arbeit gut getan. Callidios muß Kalenius mit Hilfe seiner ungeheuren Kräfte aus der Gruft beschworen haben — und der seit unvorstellbarer Zeit tote König wurde zum Sklaven des Stygiers.

Infolgedessen befehligt nach wie vor Kalenius die Letzte Wache — und Callidios den toten König.«

»Bist du sicher?« fragte Santiddio staunend.

»Nein. Nein, es ist nur eine Folgerung aus dem, was ihr mir erzählt habt und was wir selbst erlebten. Aber ich glaube, daß sie stimmt — daß darin das Geheimnis von Callidios' Macht liegt. Ihr seid hierhergekommen, um meinen Rat zu suchen, jetzt habt ihr ihn gehört.«

»Wir kamen, um zu erfahren, wie die Letzte Wache unschädlich gemacht werden kann«, warf Conan ein. »Bedeutet das, daß du eine Waffe kennst, die uns dabei helfen kann? Verrate sie uns und bleib hier im Frieden deines Haines.«

»Keine Waffe, sondern eine schwache Stelle in der Rüstung, Conan. Und ich muß den Hieb selbst führen, denn nur mir ist die Macht dazu gegeben. Wir müssen König Kalenius' Leichnam finden, damit ich die schlimme Verhöhnung von Leben austreiben kann, mit der er durch Callidios besessen ist. Ohne Kalenius kann der Totenbeschwörer die Letzte Wache nicht kommandieren.«

»Ohne die Letzte Wache kann Mordermi Kordava nicht gegen uns halten«, sagte Santiddio zuversichtlich. »Aber natürlich hat Callidios sein Geheimnis sorgfältigst geschützt.«

»Und ohne Callidios«, brummte Conan, »kann Mordermi nicht mit seiner Armee aus Steinteufeln rechnen. Also wird mit allen Kräften dafür gesorgt sein, daß weder ein Anschlag noch eine Austreibung möglich ist.«

»Die Kette läßt sich brechen, wenn man auch nur ein Glied durchtrennt!« erklärte Santiddio optimistisch. »Außerdem hat Callidios möglicherweise keine Ahnung, daß wir hinter sein Geheimnis gekommen sind.«

»Ich kann nur hoffen, daß meine Vermutung richtig ist«, sagte Destandasi. »Weist irgend etwas darauf hin, daß Callidios im Besitz von Kalenius' Leichnam ist? Hat irgend jemand ihn gesehen?«

»Callidios wirkt seine Zauber in einem Turmgemach, zu dem niemand Zutritt hat. Das jedenfalls wissen wir von Sandokazi«, erwiderte Conan. »Als die Letzte Wache Korsts Soldaten in der *Grube* niedermetzelte, war Callidios nirgends zu sehen. Zuvor hatten er und Mordermi sich zu einer Geheimbesprechung zurückgezogen. Mordermi war danach absolut siegessicher. Er wußte, daß die Letzte Wache herbeibeschworen wurde, als er seinen Trupp zur Schlacht in der Aalstraße führte. Callidios ließ sich erst wieder sehen, nachdem der Palast gefallen war und die Letzte Wache nicht mehr benötigt wurde, um die Menge um ihren Anteil am Massaker zu betrügen. Ich hatte Mordermi gebeten, sie aufzuhalten, aber er versicherte mir, daß nur Callidios das Geheimnis ihrer Kontrolle kannte.

Es gibt Abwasserkanäle und Tunnel unter der *Grube*, durch die bei Flut das Meer spült. In Mordermis Festung habe ich den Geruch der See ganz nah erkannt, und Mordermi sagte mir auch einmal, daß seine Männer, sofern sie schwimmen könnten, nicht zu befürchten brauchten, in seinem Haus in der Falle zu sitzen. Callidios sah sich ausgiebig am Küstenstreifen um und suchte nach Hinweisen auf die Lage des Grabhügels. Er hatte vielleicht selbst schon entdeckt, wo die See einen Zufluß zu Mordermis Festung hat, genausogut kann der Brigant es ihm gezeigt haben, nachdem die beiden ihren Pakt geschlossen hatten. Wenn das, was du glaubst, stimmt, dann hätte Callidios nur in einen dieser Tunnel klettern, seine Beschwörung murmeln und Kalenius befehlen müssen, seinen goldenen Thron zu verlassen, um aus seiner versunkenen Grabkammer zu steigen und zu den Abflußkanälen unter der Grube zu kommen.

Vielleicht ist Kalenius immer noch dort. Genausogut kann es natürlich auch sein, daß Callidios ihn zu seinem Grabhügel zurückgeschickt hat. Aber da der Stygier seine Macht über die Letzte Wache durch ihn ausübt, hat er seinen Sklaven wahrscheinlich zu seinem Turmgemach befohlen. Als die Letzte Wache die Schätze aus Kalenius' Grabkammer holte und zu Mordermis Palast trug, kann sie den Leichnam ihres Königs auch in einer der riesigen Truhen mitgebracht haben.«

»Ich zweifle nicht daran, daß der Leichnam sich in Callidios' Turm befindet«, erklärte ihm Destandasi. »Dort kann der Stygier auf ihn achtgeben und ihm jederzeit Befehle erteilen, wenn die Letzte Wache eingesetzt werden muß. Du hast vielleicht alles genau beschrieben, wie es sich zugetragen hat. Jedenfalls habe ich es mir so vorgestellt.«

»Dann müssen wir uns also in Callidios' Turm schleichen und die Wahrheit herausfinden«, sagte Conan, der viel mehr von Taten als von Theorien hielt.

»Ich bin es, die in den Turm eindringen muß«, berichtigte ihn Destandasi ruhig. »Ich brauche nur eine kurze Weile, um mich auf unsere Reise vorzubereiten.«

Santiddio kniete neben dem Grab nieder, während sie warteten. Conan zog sich zurück, um ihn ungestört Abschied von seiner Schwester nehmen zu lassen. Santiddio bewegte die Lippen, aber nach seiner Miene zu schließen, waren es keine Gebete, die er sprach.

Der Cimmerier sah sich auf der Lichtung um und bemühte sich, seinen bitteren Gedanken zu entkommen. Der Hain war eine Zuflucht von natürlicher Schönheit und Ruhe, doch selbst der Frieden, den er ausstrahlte, vermochte Conans Schmerz nicht zu stillen. Der Cimmerier wußte, daß nur eine blutige Schlacht und die dunklen Flammen der Vergeltung seiner Seele Frieden bringen konnten.

Destandasi brauchte nicht lange. Als sie sich ihnen anschloß, trug sie Sandalen, einen Reiseumhang und hielt ein Bündel mit ihrer Habe in einer Hand. Santiddio streckte sie einen Korb entgegen.

»Etwas zu essen für unterwegs«, sagte sie. »Ich bin bereit aufzubrechen.«

»Kannst du deine Tür nicht verschließen?« fragte ihr Bruder besorgt.

»Weshalb sollte ich? Wer wird schon hierherkommen, während ich fort bin?«

Sie sah sich abschiednehmend um. Ihr Blick verweilte kurz auf der Quelle, dem Herd, der riesigen Ulme, in der sie ihr Zuhause zu einem Stück Natur gemacht hatte. Ihre Augen wirkten feucht und ihre Lippen wie Striche, als ihr Blick ein letztesmal auf dem frischen Grab ruhte.

»Ich suchte eine Zuflucht vor dem Bösen der Welt und fand sie hier im Hain von Jhebbal Sag. Ich schwor, ihn nie mehr zu verlassen. Doch dann offenbarte das Böse sich mir sogar hier, und jetzt muß ich meinen Schwur brechen, um den Schatten zu vertreiben, der sich über diesen heiligen Ort warf.«

»Danach«, sagte Santiddio verlegen, »kannst du wieder zurückkommen und in Frieden hier weiterleben.«

»O nein. Ich werde nie mehr zurückkehren. Nur einmal im Leben einer Seele wird ihr Zuflucht gewährt. Gibt sie sie auf, ist sie ihr für immer verloren.«

20

DER KÖNIGSWEG

In den folgenden Wochen erreichten sie auf dem Weg Gerüchte über zunehmende Unruhe unter dem Volk, hervorgerufen durch die immer ungezügeltere Tyrannei Mordermis. Für ihre Unterstützung gewährte er den großen Lords freie Hand, in ihren Ländereien nach Belieben zu schalten und walten. Des neuen Königs Liebe zu Luxus, Prunk und Festen machten den Hof in Kordava zum glanzvollsten aller westlichen Reiche, und seine Orgien sollten sogar die ausschweifendsten Feste der Potentaten des Ostens übertreffen.

Mit Bestechungsgeldern war er äußerst großzügig, die Kosten für seine immer noch wachsende Söldnerarmee, die Ausgaben für seinen Hof, für den das Beste vom Besten gerade gut genug war — das alles zehrte an seinem Reichtum, der mit den Schätzen aus König Kalenius' Grabkammer schier unerschöpflich sein mußte. Da er aber sah, wie der Schatz dahinschmolz, erhöhte Mordermi ganz einfach die Steuern noch weit über die hinaus, die Rimanendo hatte einziehen lassen. Proteste wurden mit brutaler Gewalt unterdrückt und kleinere Tumulte gnadenlos im Keim erstickt. Durch die Unterstützung der Letzten Wache war Mordermis Herrschaft unangreifbar und absolut.

In Zingara brodelte es wie nie zuvor — denn der Rückhalt durch die Letzte Wache machte Mordermi übermütig in seiner Macht, schließlich wußte er, daß seine Untertanen sich alles gefallen lassen mußten. Sich gegen ihn aufzulehnen, bedeutete den grauenvollsten Tod.

Doch es gibt Zeiten, da das Leben so unerträglich wird, daß selbst die Drohung mit dem Tod ihren Schrecken verliert. Durch diese wachsende Verzweiflung ritten Conan und Santiddio quer durch Zingara und sammelten Männer für ihre gute Sache um sich — heimlich anfangs, dann offen, als ihre Zahl immer größer wurde. Conan war bei seinen Männern sehr beliebt gewesen (viele von ihnen hatten es einfach nicht glauben können, als sie die Bekanntmachung hörten, daß er wegen Hochverrats festgenommen worden war), während Mordermis Günstlinge verhaßt waren. Conan gelang es deshalb, ganze Garnisonen zu übernehmen, die einst seinem Kommando gefolgt waren und sich nun gegen Mordermis Offiziere auflehnten. Die Söldner, die Conan als Helden aus ihren eigenen Reihen ansahen, kamen in geschlossenen Kompanien zu ihm. Zur gleichen Zeit hielt Santiddio nach und nach Reden vor den einfachen Bürgern jeder Stadt und forderte sie auf, sich gegen ihre Unterdrücker zu erheben und der von Mordermi verratenen Revolution zum Sieg zu verhelfen. Santiddio war immer ein guter Redner gewesen, wenn auch manchmal zu intellektuell für die Massen, zu denen er sprach. Jetzt wurden seine Worte schon allein durch die nackte Empörung, die in ihnen wütete, in ihre Herzen gebrannt. Einst hatte Santiddio versucht, das Volk zu belehren, jetzt wiegelte er es auf.

Die Kunde von Conans wachsender Macht in den Provinzen drang an Mordermis Ohr. Der König schickte eine Strafexpedition unter dem Befehl des mächtigen Grafen Perizi aus, um die Rebellen abzufangen und ihre Armee zu vernichten. Conan zog sich in die Berge im Osten zurück. Als Perizi ihn voll Siegesgewißheit verfolgte, schlug Conan aus dem Hinterhalt mit einer viel größeren Streitkraft zurück, als seine vorgetäuschte Flucht hatte schließen lassen. Nach einem Tag erbitterten Kampfes wurde Perizi geschlagen, doch Conan ließ genügend seiner Soldaten entkommen, damit sie erzählen konnten, daß es sich nicht um einen armseligen Partisanentrupp gehandelt hatte, den zu vernichten sie den Auftrag erhalten hatten, sondern um eine mächtige Rebellenarmee. Daraufhin verdoppelte sich in den nächsten Tagen Conans Armee an Zahl. Nun gingen die Rebellen auch nicht mehr heimlich vor, und die hohen Lords beteten zu ihren Göttern, daß die gewaltige Armee vorüberziehen möge, ohne sich ihnen zu widmen.

Die Besorgnis wuchs in Kordava. Mordermi schickte eine ganze Armee unter Baron Manovra aus. Conan sandte ihm Manovras Kopf zurück. Die Rebellen hatten inzwischen die gesamten Provinzen in der Hand.

Mordermis Anhänger flehten ihn an, die Letzte Wache auszuschicken und die Rebellenarmee von ihnen niedermachen zu lassen. Mordermi weigerte sich, denn, so sagte er, dadurch würde er nur Conan in die Hand spielen. Was nutzte den Rebellen Zingara, solange sie die Hauptstadt nicht hatten? Und Kordava konnten sie nicht einnehmen, weil es die Letzte Wache gab. Conan hatte sich der Provinzen überhaupt nur bemächtigt, weil er die Steinsoldaten aus der Hauptstadt locken wollte, denn sobald sie diese verlassen hatten, würden die Rebellen Kordava stürmen, ehe die Letzte Wache zurückzumarschieren vermochte.

Mit der Zeit, erklärte Mordermi, würden Conans Rebellen ungeduldig werden. Durch ihre Siege ermutigt, würden sie sich selbst überschätzen und gegen Kordava vorgehen, um den Sieg zu erringen. Dadurch würde Conan sich selbst in Mordermis Hand spielen, dann konnte die Letzte Wache mit den Rebellen aufräumen und jeden Gedanken an eine Revolution ein für allemal ersticken.

Und so wurde wieder einmal bewiesen, daß Mordermi ein Meisterstratege war. Die Nachricht erreichte Kordava, daß Conan gegen die Hauptstadt marschierte.

Santiddios Gesicht war so hart wie sein stählerner Harnisch, als er noch einmal die Vorbereitungen für die morgige Schlacht überprüfte, die er anführen würde.

»Du hast schon mehr Kampferfahrung als die meisten königlichen Generale«, ermutigte ihn Conan. »Verlaß dich auf Vendicarmi, wenn du dir bei irgendeinem Zug nicht sicher bist. Der alte Haudegen machte in mehr Schlachten mit als ich, der ich auf dem Schlachtfeld geboren bin.«

Conan grinste den Söldnerhauptmann mit dem frostgrauen Bart an, der an ihrer Besprechung teilnahm, dann wurde er wieder ernster. »Einer von uns muß den Angriff morgen leiten. Sonst glauben die Männer, wir hätten sie angesichts der Letzten Wache im Stich gelassen. Es ist schlimm genug, daß ich nicht an vorderster Front dabei sein kann, weil ich angeblich einen Stoßtrupp gegen das Flußtor führe. Aber wir dürfen keineswegs andere in das Geheimnis unserer Mission einweihen. Das Überraschungsmoment ist unsere einzige Chance.«

»Ich wollte, ich könnte mit dir kommen«, sagte Santiddio seufzend. »Oder statt dir gehen, dann könntest du hierbleiben und den Angriff leiten.«

»Der Angriff ist eine Finte — ich hoffe, das ist dir völlig klar. Du darfst keineswegs in Berührung mit der Letzten Wache kommen. Greif die Mauer an und tu, als versuchtest du, die Steinteufel herauszulocken. Das wird Mordermi und sie zurückhalten. Bleib bei diesem Patt. Wenn Mordermi schließlich doch die Geduld verlieren sollte und seine Letzte Wache ins Feld schickt — dann zieh dich sofort zurück. Du kommst nicht gegen sie an. Falls es nicht anders geht, dann laß dich von ihr bis nach Aquilonien zurücktreiben. Aber setz ja keinen deiner Leute gegen diese unschlagbaren Teufel ein.

Mit meiner Mission muß ich zweierlei erreichen: Callidios töten und Destandasi in den Turm bringen. Wenigstens eines davon muß ich schaffen. Damit bezweifle ich deine Fähigkeiten nicht, Santiddio, aber wenn es darum geht, sich einen Weg durch einen ganzen Ring von Wachen zu hauen, um an Callidios heranzukommen, habe ich mehr Erfahrung, und ich bin nicht so leicht umzubringen.«

Er drückte Santiddios Hand. »Wenn wir es schaffen *und* wir die richtigen Schlüsse gezogen haben, wird es die Letzte Wache schon bald nicht mehr geben. Dann kannst du deine ganze Streitkraft gegen die übriggebliebenen Soldaten werfen. Ich wünsche dir viel Glück. Marschiert die Letzte Wache aus Kordava, dann weißt du, daß ich tot bin, und du mußt es eben noch einmal anders versuchen.«

»Dir viel Glück, Conan! Ich sehe dich entweder in Kordava wieder oder in der Hölle.«

Conan und Vendicarmi blieben vor dem Zelt stehen, während Santiddio noch ein paar Worte mit Destandasi wechselte. Ihr Abschied war kurz. Einen Augenblick später schon stand das Mädchen neben Conan und nickte.

Gemeinsam schritten sie durch das dunkle Lager. Ein Trupp Kavallerie erwartete sie hinter dem letzten Zelt. Sie waren angeblich die Vorhut, die die Verteidigungsmaßnahmen des Flußtors erkunden sollte. Es handelte sich um absolut verläßliche Männer, die den Mund halten konnten. Als Conan und Destandasi sich unterwegs von ihnen trennten, blickte ihnen kein einziger nach.

Die Bürger von Kordava schliefen schlecht in dieser Nacht in der Erwartung der bevorstehenden Schlacht am nächsten Tag. Die Wachen entlang der Mauer zogen gleichmütig ihre Runden, sie verließen sich völlig darauf, daß die Letzte Wache die Stadt für sie verteidigen würde. Es bestand gar kein Zweifel, daß sie den Sieg davontragen würde. Weshalb sollten sie sich selbst in Gefahr bringen?

Doch andere in der Stadt empfanden nur Verzweiflung an diesem Vorabend der Schlacht. Sie hatten alle Hoffnung auf die Rebellen gesetzt, doch der morgige Tag würde das Ende ihrer Armee und ihrer guten Sache bringen, und danach würde niemand mehr wagen, sich gegen Mordermis Herrschaft aufzulehnen.

Conan war schon an viel wachsameren Posten unbemerkt vorbeigeschlichen als an jenen, die an Kordavas Hafen Wache hielten. Destandasi neben ihm glitt mit der lautlosen Geschmeidigkeit eines Waldtiers dahin. Sie hatten ihre Pferde in einiger Entfernung angebunden. Conan stahl einen Kahn, und sie trieben unter der kalten Nebeldecke in den Hafen. Wo das Feuer sich nach der Schlacht in der *Grube* ausgetobt hatte, war wenig getan worden, um das verheerte Armenviertel wieder aufzubauen. Wie Geister huschten die beiden durch das Chaos aus rußgeschwärzten Mauern und verkohltem Holz, bis sie schließlich durch einen verborgenen Eingang in die *Grube* gelangten.

Zwei in ihren Umhängen vermummte Gestalten fielen in der *Grube* nicht auf, selbst nicht in dieser Nacht, wo der übliche laute Trubel durch die bevorstehende Schlacht gedämpft war. Conans Hauptsorge war, daß man ihn erkennen könnte — er war hier wohlbekannt und seine riesenhafte, kräftige Gestalt schwer zu übersehen. Vorsichtig wich er den glücklicherweise seltenen beleuchteten Stellen aus und konnte nur hoffen, daß kein feindliches Auge die Schatten seiner Kapuze durchdrang. Natürlich war anzunehmen, daß die Bürger der *Grube* auf seiten der Rebellen standen, was aber nicht ausschloß, daß einer sich nicht gern die Belohnung holen würde, die Mordermi bestimmt für einen Hinweis auf Conans Aufenthalt an diesem Vorabend der Schlacht gewähren würde. Aber alle wußten, daß Conan schon in wenigen Stunden die Rebellenarmee gegen Kordava anführen würde. Das dämpfte gewiß jeden möglicherweise aufkommenden Argwohn beim Anblick seiner mächtigen Statur. Conan war bei seiner

Armee, also konnte er sich nicht gleichzeitig hier in Kordava befinden.

Mordermi hatte die Weiße Rose nach ihrem Aufstand systematisch verfolgt. Das war für ihn nicht allzu schwierig, da er ja den Großteil der Führungsschicht persönlich kannte. Aber nicht alle Mitglieder der Untergrundbewegung waren verhaftet worden. Santiddio war in Verbindung mit jenen in Kordava geblieben, die trotz Mordermis Verfolgung weitermachten. Bei ihnen beabsichtigte Conan Hilfe zu suchen.

Am Eingang einer Gasse, die nicht viel mehr als schulterbreit zwischen klammen Hausmauern verlief, hielt Conan neben einer niedrigen Tür an und klopfte vorsichtig in bestimmtem Rhythmus. Eine Stimme dahinter murmelte etwas. Conan gab die erforderliche Parole. Die Tür sprang einen Spalt weit auf, und die beiden huschten hinein.

Etwa zwanzig Männer und Frauen hatten sich in dem düsteren Raum dahinter versammelt. Dichte Reihen von schmutzigen Lagern standen hier, und der Gestank von ungewaschenen Leibern hing dicht unter der niedrigen Decke und vermischte sich mit dem abgestandenen Rauch von Haschisch. Doch die, die heute nacht hier zusammengekommen waren, gehörten nicht zur üblichen Kundschaft dieses Asyls. Wachsame Augen musterten die beiden Neuankömmlinge. Mit einem schnellen Blick nahm Conan die in reichem Maß vorhandenen Waffen wahr, aber auch die Gesichter. Er kannte etwa die Hälfte der Anwesenden persönlich. Stimmen murmelten.

»Willkommen in der *Grube*, Conan«, begrüßte ihn ihr Anführer. »Santiddio ließ mich wissen, daß du kommen würdest, aber ich glaubte es bis jetzt nicht wirklich. Den anderen teilte ich den Grund dieser Zusammenkunft nicht mit. Ich gehe wenig Risiken ein — sonst wäre wohl auch kaum noch einer von uns hier.«

Conan erwiderte ihre Blicke. Die Männer und Frauen hier waren von anderer Art als die Anhänger der Weißen Rose, an die er sich erinnerte. Die Gesichter waren angespannt und verbittert. Nichts von der fast übertriebenen Freundlichkeit und selbstbewußten Wichtigtuerei der Weißen Rose vor dem Thronwechsel war zu bemerken. Das hier war kein Debattierklub, sondern ein Bund tapferer, gefährlicher Kämpfer. Sie gefielen Conan.

»Je weniger ihr wißt, desto besser«, wandte der Cimmerier sich an sie. »Ihr kennt mich, also dürfte euch auch klar sein, daß ich nicht ohne Grund hier bin. Ich brauche einen Aufruhr vor dem Palasttor innerhalb der nächsten Stunde. Er muß echt wirken, Aufmerksamkeit erregen und dazu führen, daß die Wachen hinausbeordert werden. Und wenn es soweit ist, müßt ihr euch sofort absetzen und in Sicherheit bringen. Genügt es, wenn ich euch nur das sage?«

Alle schwiegen. Die Weiße Rose war ihren Kinderschuhen entwachsen — die, die überlebt hatten.

»Es gibt noch einen anderen Ausgang nach oben«, sagte ihr Anführer zu Conan. »Du sollst deinen Aufruhr haben.«

Nicht viel später kauerten der Cimmerier und Destandasi im Schatten eines Türbogens und beobachteten den offenen Hof, der den Königspalast von den umstehenden Gebäuden trennte. Mit dem langsam untergehenden Mond wurde der Nebel dichter, und die kurze, fast absolute Dunkelheit der Zeitspanne, die man die Stunden des Wolfes nannte, hüllte die Stadt ein. Den Wachen fröstelte auf der Brustwehr der Mauer, und sie beklagten sich heimlich, daß sie Wache stehen mußten, obgleich doch zweifellos die Steinsoldaten mehr als genügten, den Palast, ja die ganze Stadt vor einem Feind zu beschützen.

Conan versuchte sich an die genaue Aufstellung der Posten zu erinnern. Natürlich war es möglich, daß sich daran etwas geändert hatte, seit er nicht mehr königlicher

General war. Die Wachen mochten verdoppelt worden sein, schlaflose Soldaten sich herumtreiben. Aber er mußte den Turm unbemerkt erreichen, und das war nur über die Mauer zu erreichen.

Gebrüll durchschnitt am Haupttor die Stille. Conan, der gegenüber dem Platz des Aufruhrs wartete, konnte das verschwommene Flackern durch den Nebel sehen und gedämpft die Worte hören, die die Aufrührer den Soldaten am Tor zubrüllten.

»Soldaten von Zingara! Weshalb dient ihr dem Tyrannen, der sein Volk verraten hat?«

»Wessen Brüder werden seine Dämonen als nächstes niedermetzeln?«

»Die Befreiungsarmee ist gekommen! Wollt ihr eure Brüder töten, um einen Despoten zu beschützen?«

»Legt eure Waffen nieder! Ihr seid nur Mordermis Sklaven!«

»Lauft zu uns über! Schließt euch euren Brüdern an und stürzt mit ihnen den Tyrannen!«

»Tod dem Tyrannen! Nieder mit Mordermi!«

Inzwischen überdröhnte das Brüllen der Soldaten am Tor den Aufruhr auf dem Platz davor. Nach dem flackernden Schein zu schließen, nahm Conan an, daß sie ein Haus in Brand gesteckt hatten. In der Festung machten die Soldaten sich bereit, den Aufstand niederzuwerfen. Aller Aufmerksamkeit würde auf die Unruhen am Tor gerichtet sein.

Conan schätzte, daß das Ablenkungsmanöver seinen Zweck erfüllte. »Auf geht's!« flüsterte er Destandasi zu.

Sie verließen den Sichtschutz des Türbogens, rannten über den freien Platz zu den Schatten der rückwärtigen Mauer. In den dunklen Umhängen wären sie nur schwer zu sehen, selbst wenn ein Posten in diesem Augenblick in ihre Richtung geblickt hätte. Conan lauschte, aber kein ›Wer da?‹ erklang von der Mauer.

Der Cimmerier löste die Seidenschnur, die er sich um die Mitte gewunden hatte. Sie war dünn und leicht, aber ungeheuer stark und wies in regelmäßigen Abständen Knoten auf, um das Klettern zu erleichtern. An einem Ende war ein kleiner Enterhaken befestigt. Conan trat ein paar Schritte zurück und warf den Strick zur Mauer hoch. Der Enterhaken klickte ganz leicht, als er über die Zinnen streifte. Der Nebel dämpfte jedoch alle Geräusche, außerdem hallte der Tumult am Haupttor gespenstisch von der Mauer wider. Conan zog die Schnur fest und spürte, wie der Enterhaken sich in der Brustwehr verfing.

Er probierte die Tragfähigkeit mit seinem Gewicht aus. Der Strick war fest verankert. »Bist du bereit?« fragte er Destandasi. Der Cimmerier konnte die Mauer einer Eidechse gleich hochklettern — wie er es getan hatte, als er den Turm des Elefanten in Zymora erklommen hatte —, aber seine Sorge galt dem Mädchen. Gewiß, sie hatte sich nicht dumm angestellt bei ihren Versuchsklettertouren, aber jetzt war es ernst.

»Fang nur an«, flüsterte Destandasi. Sie zogen ihre Umhänge aus, um nicht durch sie behindert zu werden. Conan rollte sie zusammen und schob sie unter seinen Schwertgürtel. Destandasi trug Männerkleidung unter ihrem Umhang, die das Klettern ebenfalls erleichterte. In ihrem hautengen Beinkleid, dem losen Hemd aus schwarzer Seide, das Haar im Nacken hochgesteckt, sah sie auf den ersten Blick wie ein großer Junge aus. Die nebelfeuchte Seide klebte an ihr, und so bemerkte Conan, daß die eine Brust, über die normalerweise ihr Haar fiel, ein wenig kleiner als die andere war.

»Bist *du* bereit?« fragte sie eisigen Tones, als sie seine Musterung bemerkte.

Conan kletterte wachsam, nach Posten Ausschau haltend, voraus. Er erreichte die Zinnen in Augenblickschnelle, wie es schien, obgleich sie gut fünfzig Fuß über der Straße lagen. Auf diesem Teil der Mauer war niemand zu sehen. Bis jetzt erfüllte das Ablenkungsmanöver also noch seinen Zweck. Er drehte sich um und beobachtete Destandasi — sie war kaum zu sehen in ihrer schwarzen Kleidung. Sie kam schnell hoch, indem sie die Knoten in der glatten Seidenschnur als Halt benutzte. Die Frau war geschmeidig wie eine Katze und stark.

Der Palast stand inmitten des Außenwerks der Festung. Die Kasernenblöcke grenzten an der vorderen Mauerseite an. Zwischen der rückwärtigen Mauer, an sie anschließend, und dem Palast hob sich der Turm, den sie erklimmen mußten, mehr als hundert Fuß in die Dunkelheit. Ursprünglich, ehe die Festung erweitert wurde, war der Bergfried Teil des Schutzwalls gewesen. Daß er eines der wenigen Bauwerke des alten Kordava war, die dem Erdbeben getrotzt hatten, war Beweis seiner Stabilität. Und nun, da die Stadtmauer das neue Kordava schützte, hatte die alte Festung viel von ihrer Bedeutung als Bollwerk verloren.

Geduckt entlang der Brustwehr schleichend, erreichten Conan und Destandasi unbemerkt den Fuß des Turmes. Der Aufruhr am Haupttor schien sich jetzt in die Straßen auszubreiten. Offenbar versuchten die Wachen die Aufrührer zu verjagen. Außerdem zeichneten sich im Osten die ersten Streifen Grau am Himmel ab. Die Zeit wurde knapp.

Von der Brustwehr zu den Zinnen des Turmes waren es noch etwa fünfzig Fuß. Die massive Turmmauer wies so gut wie keine Öffnungen auf, außer einigen Schießscharten im oberen Teil. Destandasi mochte imstande sein, sich dort hindurchzuzwängen, doch Conan keineswegs. Das bedeutete, daß sie über die Zinnen eindringen mußten.

Conan warf den Enterhaken und straffte die Schnur, doch der Haken hatte keinen Halt gefunden und sauste herunter. Der Cimmerier warf ihn ein zweitesmal. Diesmal hielt er.

tterte Conan die Seidenschnur hoch. Als er das … Turmes erreicht hatte, blickte er sich forschend um.

Nichts rührte sich hier, genau wie er es erwartet hatte, denn würde Callidios hier Posten aufstellen lassen, müßten sie durch sein Zaubergemach, um zum Dach zu gelangen. Und da er niemandem gestattete das Gemach zu betreten, kam das nicht in Frage. Er verließ sich auf die Wachen am Fuß der Turmtreppe.

Conan drehte sich um, um die Schnur für Destandasi zu halten. Während er ihr beim Hochklettern zusah, warnte ihn nur ein primitiver Instinkt rechtzeitig vor der Gefahr.

Ein schwarzer Schatten deutete die Treppenöffnung an. Aus dieser Schwärze stürzte eine Obsidiangestalt.

Conan stieß einen leisen Warnruf für Destandasi aus und warf sich zur Seite. Eine schwarze Steinklinge schlug in die Zinne, wo er gerade noch gestanden hatte, und verfehlte die Seidenschnur nur um Fingerbreite. Hätte die Schwertklinge aus natürlichem Material bestanden, wäre sie jetzt zersprungen, doch so schlug sie einen Spalt in den Stein der Zinnen.

Der Cimmerier wich in reiner Reflexbewegung mit dem Schwert in der Hand zurück. Er mußte den schwarzen Teufel von dem Seil weglocken, bis Destandasi das Dach erreicht hatte. Der Steinkrieger kam ungerührt auf ihn zu. Er hatte von Conan nichts zu befürchten, und es war vermutlich nur die in dem Dämonenfleisch vergrabene Seele des Soldaten, die ihn zum Ritual eines Fechtkampfs veranlaßte, obgleich er den Cimmerier ohne Schwierigkeiten mit bloßen Händen hätte zerreißen können.

Destandasi kletterte auf das Dach. Ihr Gesicht war geisterbleich, als sie den ungleichen Kampf beobachtete.

»Verschwinde!« warnte Conan sie fluchend. Es gab zwar

auch unten keine Sicherheit für sie, aber hier erwartete sie der unvermeidliche Tod.

Der Steinkrieger blickte über die Schulter auf diesen zweiten Eindringling. Destandasi wich grauenerfüllt zurück. Ihre Hand verfing sich in der Seidenschnur und löste unbeabsichtigt den Enterhaken. Hastig griff sie danach, aber ihre Finger erwischten ihn nicht mehr. Der Strick fiel in die dunkle Tiefe.

Doch Conan, als bewaffneter Gegner, interessierte den Obsidiankrieger mehr als das unbewaffnete Mädchen. Wieder wandte er sich dem Cimmerier zu. Conan versuchte einen Hieb zu parieren und hätte durch die Wucht des Aufpralls fast sein Schwert verloren. Er spürte die Zinnenöffnung in seinem Rücken, also duckte er sich ganz tief, statt zurückzuspringen.

Destandasi stieß einen durchdringenden Schrei aus. Es klang fast wie ein Schreckensschrei, aber zweifellos waren Silben und Betonung herauszuhören. Conan spürte ein Ziehen in seinem Kopf, doch die Sprache, wenn es eine war, vermochte er nicht zu erkennen.

Als er sich an dem Steinkrieger vorbeiwarf, wirbelte der Teufel am Rand des Daches herum, um Conan erneut anzugreifen. Doch kaum hatte er die Klinge gehoben, lösten sich ledrige Segel aus der Dunkelheit und schlugen dem Obsidiankrieger voll ins Gesicht.

Fledermäuse, mindestens zwei Dutzend waren urplötzlich aufgetaucht und griffen Kopf und Gesicht des steinernen Kriegers an. Ihre Zähne und Krallen konnten zwar dem unverwundbaren brillantharten Fleisch nichts anhaben, aber die Heftigkeit ihres Sturmes lenkte seine Aufmerksamkeit einen Augenblick lang ab.

Conan nutzte diesen Augenblick. Der Rücken des Kriegers war wieder der Öffnung zwischen den Zinnzacken zugewandt, wie kurz zuvor. Der Cimmerier stürzte vor, stieß die Spitze seines Breitschwerts gegen die Obsidianbrust und legte seine ganze Kraft dahinter. Die schwere Klinge bog sich.

Der Steinteufel wurde durch diesen Stoß zurückgedrängt, verlor sein Gleichgewicht und kippte rückwärts durch die Öffnung. Haltsuchend schlug er mit den Armen um sich, als er lautlos in die Tiefe stürzte.

Hundert Fuß unterhalb war auf der Straße ein Aufprall zu hören, der den ganzen Turm zum Vibrieren brachte.

Conan blickte durch die Zinnenöffnung, aber er konnte in der Dunkelheit unten nichts erkennen. »Wenn das diesen Teufel nicht tötete, können wir nur hoffen, daß er einige Zeit braucht, bis er zurückkommt. Crom! Das hat Aufmerksamkeit erregt. Es wird nicht lange dauern, bis man sich fragt, wie der Steinkrieger vom Turm fallen konnte.«

Er hastete zu der Treppe. »Diese Fledermäuse«, fragte er staunend, »hast du sie gerufen?«

»Nur gut, daß sie mich hörten«, sagte Destandasi. »Es gibt nicht mehr viele Tiere, die sich *erinnern*. Sie waren in der Nähe und hörten meinen Ruf.«

»Hier muß also tatsächlich sein, was wir suchen«, sagte Conan überlegend. »Callidios kann menschlichen Wächtern nicht trauen, weil sie vielleicht sein Geheimnis aufspüren könnten, also postierte er einen seiner Teufel hier.«

»Hoffen wir, daß es der einzige war!«

»Callidios hat vermutlich geglaubt, daß einer zum Schutz seines Gemaches genüge. Hätte es mehr gegeben, hätten sie zweifellos gemeinsam angegriffen.«

Conan hatte inzwischen vorsichtig in das dunkle Gemach hinter dem Treppenabsatz gespäht. Fluchend schoß er abrupt hindurch zur Tür, hinter der die Treppe weiterführen mußte. Er hatte nahende Schritte gehört.

Neben der Tür bezog er Posten. Sie war zweifellos

versperrt, und Callidios würde ganz sicher niemandem den Schlüssel anvertrauen. Wenn die Tür sich also öffnete, konnte es niemand außer Callidios selbst sein, der eintreten wollte — und dann würde Conan ihn sofort töten.

Statt dessen ertönte ein leichtes Klopfen, das nach einer kurzen Weile wiederholt wurde. »Callidios?« fragte schließlich eine leise Stimme. »Bist du in deinem Gemach?« Als keine Antwort erfolgte, versuchte eine Hand den Riegel aufzuschieben und stellte fest, daß die Tür versperrt war. Die Schritte zogen sich eilig zurück.

»So ein Pech!« knurrte Conan. »Jetzt werden sie Callidios holen. Und er wird nicht so dumm sein, selbst durch die Tür zu treten. Wenn sie den Strick auf der Brustwehr unten finden, ziehen sie bestimmt schnell die richtigen Schlüsse und kommen herauf.«

Außer mit dem Schloß konnte die Tür mit einem schweren Balken von innen verriegelt werden. Conan schob ihn zwischen die eiserne Halterung. Er würde auch einem Ansturm eine Weile widerstehen, schließlich war der Turm erbaut, um selbst Belagerungen standzuhalten.

Die Schatten, die von der Treppe auf den Absatz fielen, verblaßten allmählich. Conan spähte durch eine Schießscharte und sah, daß der Morgen graute. Santiddio würde inzwischen mit seiner Armee aufgebrochen sein — und in seinen Untergang marschieren, wenn sie hier nichts erreichten.

»Schauen wir uns um!« brummte Conan. Er tastete nach einer Öllampe und entzündete sie. Er hielt sie hoch, um sich den Raum anzusehen, in den zu gelangen sie sich so viel Mühe gegeben hatten.

Conan hatte mehr Zaubergemächer von innen gesehen, als ihm lieb war, und so wußte er in etwa, was hier vorzufinden war. Aber was sie hier sahen, war so ganz anders, als er es sich vorgestellt hatte.

Hier sah es aus wie in einem Schlachthaus oder in einer verwahrlosten Leichenhalle.

Über den ganzen Raum verstreut, so wie ein Kind seine Puppen herumwirft und liegenläßt, befanden sich menschliche Kadaver in den unterschiedlichsten Verwesungsstadien. Eine Mumie ruhte starr auf einem Haufen zerrissener Stoffstreifen, während ihr Sarkophag mit einem Wirrwarr vergilbter Gebeine — einige versteinert, andere noch mit Spuren von Haut- und Fleischfetzen — gefüllt war. Auf einem Regal schwammen in der klaren Flüssigkeit verschieden großer Gläser Fetusse. Ein guterhaltenes, vollkommen proportioniertes Skelett hing an einem Wandhaken und daneben eine grauenvolle, unbeschreibbare Gestalt, die der Wüstenwind verbrannt und ausgedörrt hatte. Halbverkohlte Knochen häuften sich auf dem Fußboden. Daneben lag etwas, das Conan beim ersten Blick für eine lebensähnliche Puppe gehalten hatte. Aber es war keine Puppe.

Ungläubig schüttelte der Cimmerier den Kopf. Die Luft war schwer von Verwesungsgestank und dem Geruch von Kräutern, Gewürzen, Ölen und Salben, die diese Toten mit unterschiedlichem Erfolg konserviert hatten. Auf den Boden waren Pentagramme gezeichnet und teilweise achtlos durch Flußabdrücke und verschüttete Flüssigkeiten verwischt worden. Karten und Schriftrollen waren inmitten eines Durcheinanders von Büchern auf einem niedrigen Tisch ausgebreitet.

Destandasi brach ihr erschrockenes Schweigen. »Das Zaubergemach eines Totenbeschwörers! Aber ist Kalenius hier?«

»Croms Teufel! Was für ein Schlachthaus!«

»Vielleicht versucht Callidios etwas über vergrabene Schätze zu erfahren. Oder er will die Zukunft entschleiern. Ich glaube, der Stygier hat nicht geprahlt, als er behauptete, er wäre auf seinem erwählten Pfad weit gekommen.«

Wieder waren Schritte auf der unteren Treppe zu hören, viele diesmal. Der Schlüssel drehte sich im Schloß. Conan wartete, die Klinge in der Rechten.

Die Tür wurde erst behutsam gegen den schweren Holzbalken gedrückt, so daß er fest gegen seine Halterung preßte, dann mit aller Kraft, als sie nicht nachgab. Conan war ziemlich sicher, daß sie selbst einem Rammbock so lange widerstehen würde, wie sie Zeit brauchten.

»Öffnet die Tür und kommt heraus«, forderte sie Callidios mit sanfter Stimme auf. »Es wird euch nichts geschehen, wenn ihr es sofort tut. Ich habe etwas übrig für einfallsreiche Männer, und ich verspreche euch einen Helm voll Gold und freies Geleit zur Grenze.«

Offenbar hatte Callidios es zumindest eines Versuchs wert gehalten, doch als er keine Antwort erhielt, schlug er einen anderen Ton an. »Ich glaube, es wird euch noch sehr leid tun, daß ihr mein großzügiges Angebot nicht angenommen habt.«

Conan, der auf die Haltbarkeit der Tür vertraute, drehte sich um, um Destandasi zu helfen. Er würde allerdings nicht nur die Tür im Auge behalten, sondern auch auf das Dach achten müssen, denn wo sie hochgeklettert waren, mochten ihnen bald andere folgen.

»Kalenius könnte ein jeder von ihnen hier sein«, knurrte er.

»Aber er muß sich hier befinden! Sonst hätte Callidios es überhaupt nicht mit seinem Angebot versucht. Der Magier braucht ihn gerade jetzt. Er weiß, daß er die Letzte Wache einsetzen muß, um damit Santiddios Angriff zurückzuwerfen.«

Ungeduldig riß der Cimmerier den Deckel von einem Sarg und leerte ihn auf den Boden. Ein steinerner Sarkophag widerstand seinen Anstrengungen nur kurz, dann öffnete auch er sich und offenbarte eine aufwirbelnde Schicht feinen

Staubes. Wütend riß Conan die zerfallenen Stoffstreifen von der Mumie, die er als erste gesehen hatte, und blickte in ein ledriges Gesicht.

An der anderen Türseite war es zu ruhig. Conan hatte sich entfernende Schritte gehört und angenommen, daß man Rammböcke und Äxte holen wollte. Er warf weiter ein wachsames Auge auf die Tür, während er das Gemach durchstöberte. Flüchtig vernahm er schwache, scharrende Geräusche, doch dann nichts weiter. Es beunruhigte ihn ein wenig. Callidios war trickreich.

Dann hörte er eine kräftige Stimme, die er dem Stygier gar nicht zugetraut hätte: »Kalenius! Komm zu deinem Meister und hör auf sein Gebet!«

Conan wirbelte herum. Ein plötzliches Klappern von Knochen, die auf den Boden fielen, war zu vernehmen. Sie kamen aus dem Sarkophag der Mumie.

Aus dem Wirrwarr von Gebeinen, das ihn bedeckt hatte, erhob sich ein nackter Mann und kletterte aus dem Sarkophag. Von der kalten Starre seines Fleisches abgesehen, hätte er ein Mensch sein können, der aus dem Bett steigt. König Kalenius war eine beeindruckende Erscheinung, obgleich er zur Zeit seines Dahinscheidens schon ein hohes Alter erreicht hatte. Er starrte sie mit Augen an, die von einem gespenstischen Leben erfüllt waren.

»Kalenius!« befahl der Zauberer. »Ich will, daß die beiden Krieger, die den Zugang zu meinem Turm verwehren, diese Tür einbrechen und die Eindringlinge in meinem Gemach töten!«

Kein Ton kam von dem toten König, doch Conan hörte das plötzliche Stampfen schwerer Schritte auf der Steintreppe.

»Beeil dich, Destandasi!« rief er grimmig.

Sie hatte sich dem lebenden Toten zugewandt und zeigte Conan den Rücken. »Bewach die Tür!« befahl sie ihm.« Und dreh dich nicht zu mir um, wenn dir dein Leben lieb ist! Nur wenigen ist es gestattet, in die Mysterien Jhebbal Sags einzutreten. Für manche ist es schon gefährlich, auch nur die geheimen Symbole seiner Macht zu schauen.«

Conan drehte sich um. Aus dem Augenwinkel sah er, wie Destandasi Zeichen in die Luft schrieb, die mit blauer Flamme zu leuchten begannen. Conan mußte mit Gewalt den Blick abwenden, als die Priesterin eines vergessenen Gottes in einer fremden Sprache, die Erinnerungen in ihm zu wecken schien, einen Singsang anhob.

Die Tür erbebte unter einem schweren Schlag. Conan umklammerte sein nutzloses Schwert und wartete. Ein zweiter Schlag erschütterte die starken Eisenhalterungen. Das Holz wollte knarrend nachgeben.

»So — viel — Macht . . .« Destandasis Worte klangen schleppend. »Muß — es — noch — einmal — versuchen . . .«

Staub löste sich von den Steinen des Türbogens, als immer weitere schwere Schläge gegen die Tür hagelten, deren Holz sich unter der ungeheuren Kraft leicht nach innen wölbte. Conan sah, wie sich ein Riß in einem der Bretter bildete und sich Splitter lösten. Eine Steinfaust schmetterte dagegen und drang durch das dicke Holz. Obsidianfinger krallten sich in den Rand der so geschaffenen Öffnung und rissen ein weiteres Stück des Holzes heraus.

Eine zweite Faust rammte darüber durch die Tür. Steinhände rissen ein ganzes Brett heraus. Vor Conans Augen zerbarst die Tür. Er suchte nach etwas, mit dem er sie verbarrikadieren konnte, obwohl er wußte, daß es ihnen nur wenige Augenblicke erkaufen könnte.

Hinter ihm erklang ein rasselndes Ächzen, dann ein Plumpsen wie von einem bewußtlosen Körper, der auf dem Boden zusammensackt. Destandasi stöhnte.

Doch Conan konnte dieses Geräusch nur hören, weil das Bersten der Tür plötzlich verstummt war.

Ein Obsidianarm ragte jetzt reglos durch das breite Loch im Holz. Während Conan noch darauf starrte, begann der Arm sich nach unten zu biegen. Der Cimmerier erwartete, daß der Angriff erneut begann, aber der Arm hing jetzt, schlaff wie es schien, obwohl er aus Stein war, nach unten. Und nach nur kurzer Weile bildeten sich Sprünge in dem steinernen Fleisch. Es löste sich und offenbarte zerbröckelnde Knochen. Die einzelnen Stücke schlugen auf dem Boden auf, schienen zu zerschmelzen und trockneten zu Staub.

Conan würgte, als der Verwesungsgestank ihn zu überwältigen drohte. Er riß die Augen von der gräßlichen Auflösung und schnappte nach Luft. Auf dem Boden, an der Stelle, wo König Kalenius gestanden hatte, löste sich eine verwesende Masse von zerfallendem Gebein.

Conan fing das halbbewußtlose Mädchen auf und trug sie taumelnd hinaus an die frische Luft auf dem Turmdach.

Die Hölle schien unten in der Festung ausgebrochen zu sein. Wo die Letzte Wache entlang der Mauer postiert gewesen war, hatten sich schwarze, sich rasch auflösende Lachen gebildet, die nach Verwesung stanken, austrockneten und feinen Staub zurückließen. Die Soldaten rannten panikerfüllt herum, als ihre unschlagbaren Verbündeten auf so erschreckende Weise vor ihren Augen verrotteten. In ihrer blinden Angst flohen sie in Scharen durch das Haupttor.

Die Situation an der Stadtmauer von Kordava war ähnlich, wo die Hauptmacht der Letzten Wache Posten bezogen hatte, um die Rebellenarmee zu erwarten. Der grauenerregende Zerfall der unverwundbaren Krieger hatte eine absolut demoralisierende Wirkung auf die menschlichen Verteidiger der Stadt — die zum größten Teil erwartet hatten, aus sicherer Entfernung ein blutiges Gemetzel beobachten zu können.

Vom Turm aus sah Conan seine Armee Stellung für die bevorstehende, erwartungsgemäß fast hoffnungslose Schlacht beziehen. Die vorausgeschickten Späher galoppierten zu ihren Offizieren zurück, um zu melden, daß Mordermis durch Zauber belebte Steinkrieger durch einen noch größeren Zauber vernichtet worden waren. Santiddio würde jetzt keine Zeit verlieren, die Stadt anzugreifen — aber er würde auch kaum auf Widerstand stoßen. Kordava sah die Vernichtung der Letzten Wache im gleichen Augenblick, da die Rebellenarmee anmarschierte, als ein unmißverständliches Omen der Götter an, daß Mordermis Herrschaft ein Ende bestimmt war.

Scharrende Schritte hinter ihm ließen den Cimmerier herumwirbeln. Die Tür des Zaubergemachs war stellenweise geborsten, es konnte also ohne weiteres jemand nach innen greifen, den Schließbalken hochheben und die Tür öffnen.

Der Stygier stand mit Augen, aus denen der Wahnsinn funkelte, auf dem Dach und stierte Conan haßerfüllt an. Seine Lippen zuckten.

»Du — warst — es — also — Cimmerier«, sagte er abgehackt. »Die Schachfigur kehrt zum König zurück. Das ist nicht richtig, weißt du? Du hast mich jetzt umgebracht. Mordermi hat mich nur gebraucht, um die Letzte Wache zu lenken. Nun gibt es sie nicht mehr, da wird er auch mich töten.«

»Ich werde ihm die Arbeit abnehmen«, knurrte Conan und hob sein Schwert.

Callidios' von Wahnsinn gezeichnete Augen glitzerten, als er seine Hand um den Rapiergriff legte. Conan gab ihm Zeit, die Klinge zu ziehen. Er hätte den Stygier niederstechen können wie einen tollwütigen Hund, aber es war besser, der Magier stellte sich ihm wie ein Mann. Er fragte sich, ob Callidios überhaupt fechten konnte. Nie hatte er ihn seine Waffe benutzen sehen.

Das Rapier löste sich aus der Scheide. Es schien eine viel zu lange Waffe zu sein. Callidios stieß zu. Die Klinge schoß zu Conans Kehle. Aber es war keine Waffe aus Stahl, sondern eine lebende Schlange. Gifttriefende Zähne wollten sich in seinen Hals schlagen.

Der Cimmerier sprang zurück und hieb seine Klinge hoch. Der Schlangenkopf flog durchtrennt durch die Luft. Callidios lachte schrill. Er riß seine Schlangenklinge bis hinter seinen Rücken und ließ sie vorwärtsschnellen wie eine Peitsche. Ein neuer Schlangenschädel schnappte vergebens nach Conan.

Der Cimmerier hieb auf die ungewöhnliche Waffe ein und durchtrennte sie erneut. Die peitschengleiche Geschwindigkeit war mehr, als selbst der beste Fechter auf die Dauer parieren konnte.

»Wie lange, glaubst du, kannst du mir entgehen, Barbar?« höhnte Callidios. »Bei jedem Hieb kehrt der Schlangenkopf zurück, und seine Fänge sind tödlich. Tanz schön weiter für mich!«

Conan war klar, daß er das nicht lange durchhalten konnte. Wieder schnellte die Schlangenklinge vor, während der Zauberer außer Reichweite des Breitschwerts wie ein Kobold umherhüpfte. Diesmal durchtrennte der Cimmerier die Schlange gerade, als ihre Giftzähne seine Brust streiften.

Hastig schaute er nach, ob sie die Haut aufgerissen hatten, da fiel sein Blick auf die Umhangrolle, die er in seinen Schwertgürtel geschoben hatte. Mit der freien Hand riß er sie heraus, warf sie Callidios entgegen und sprang auf ihn zu. Der Stygier heulte auf, als die Schlangenklinge sich in den Seidenfalten verfing. Im gleichen Moment hieb Conan das Breitschwert herab. Der Zauberer nahm den Weg, von dessen Ende er seine Sklaven gerufen hatte.

Die Umhänge wallten und wogten wie besessen. Conan hieb mit seinem Stiefel darauf und stampfte auf ihnen herum, bis sich nichts mehr unter ihnen rührte.

Destandasi fing sich aus ihrer Halbbewußtlosigkeit. Langsam kam sie auf die Beine und betrachtete die Leiche des Stygiers. »So ist es also vorbei«, murmelte sie. Ihre Augen verrieten die ungeheure Anstrengung, die hinter ihr lag.

»Da ist immer noch Mordermi«, erklärte Conan.

Aber auch für Mordermi war das Ende gekommen, das wußte er. Santiddios Einmarsch in Kordava war der eines Volkshelden, nicht eines Eroberers gewesen. Niemand hatte mehr daran gedacht, die Stadt gegen die Rebellen zu verteidigen — denn Kordava gehörte den Rebellen. Nur sehr wenige von Mordermis Soldaten hatten Widerstand geleistet, einige waren geflohen, andere hatten das Glück gehabt, gefangengenommen zu werden. Den Rest metzelte die Menge nieder.

Conan wandte sich voll Abscheu von diesem Bild ab. Schon einmal hatte er hier Ähnliches erlebt, und es hatte ihm damals genausowenig gefallen.

»Ja«, wiederholte er. »Da ist immer noch Mordermi.«

Sie stiegen die Treppe hinunter. An der Schwelle zur zerschmetterten Tür fiel Conan ein kaum merkliches Fleckchen Staub und ein paar winzige Stückchen korrodierten Metalls auf, das zerfiel, als er darauf trat.

Die Soldaten hatten die Festung verlassen; ein paar waren geblieben, doch nur, um zu plündern. Der Tumult des Mobs kam näher. In wenigen Augenblicken würde er durch das offene Tor strömen.

Ungehindert betraten Conan und Destandasi den Palast. Der Cimmerier hielt die Klinge hiebbereit in der Hand, aber es war niemand hier, der ihm den Weg verwehrte oder sich zum Kampf stellte. Die Letzte Wache hatte die Soldaten im Stich gelassen und sie der Gnade jener ausgeliefert, die sie unterdrückt hatten. Und da sie wußten, daß sie kein Erbarmen von diesen Menschen erwarten konnten, verließen sie Mordermi und flohen.

Conan kannte den Weg zu Mordermis Privatgemächern. Er stieß die Tür mit einem Fußtritt auf und schritt hinein.

Mordermi stopfte Edelsteine aus einer großen Truhe in einen Lederbeutel und war offenbar verärgert, daß er nicht alle dieser ausgesuchten Juwelen mitnehmen konnte. Der König von Zingara trug die schmutzige Kleidung eines Arbeiters und hatte sich einen Umhang mit Flicken über die Schulter gehängt. Sein Haar war mit Puder in ein schneeiges Grau verwandelt, und wenn er erst die blutige Bandage wieder übers Gesicht zog, würde er sich, ohne erkannt zu werden, in die Menge mischen können.

»Du hättest das sinkende Schiff mit deinen Ratten verlassen sollen«, sagte Conan zu ihm. »Oder geht der Rattenkapitän mit ihm unter?«

Mordermi erholte sich schnell von seinem Schock. »Oh, Conan! Du bist schon hier! Ich hatte gedacht, du würdest so begeistert willkommen geheißen werden, daß ein Triumphzug hierher etwas länger dauerte.«

»Und die, die dich einst so begeistert willkommen hießen, sind scharf auf eine neue Krönungsfeier. Du erinnerst dich doch der letzten? Natürlich muß es zuvor eine Abdankung geben.«

Mordermi zog sich die blutige Bandage, die er zur Tarnung hatte benutzen wollen, von der Stirn. »Darum bin ich sehr erleichtert, daß du es bist, dem ich mich ergeben kann, Conan. Ich weiß, bei dir kann ich mit einer fairen Behandlung rechnen. Du bist ein Ehrenmann.«

»Wieso glaubst du, du könntest dir etwas von einer fairen

Behandlung versprechen, Mordermi? Es gibt keinen Strick, der lange genug wäre, dich für all deine Verbrechen aufzuhängen.«

»Und das sagst du, der ich dich vom Galgen rettete?« Mordermis Stimme klang schmerzlich berührt. »Ich erwartete mehr Dankbarkeit von dir, Conan. Immerhin verübten wir beide, nicht nur ich allein, Verbrechen, für die man uns hundertmal aufhängen müßte, würde man uns erwischen.«

»Ich habe nie einen Freund verraten«, erklärte Conan finster.

»Mitra! Wenn ich nur all diese tragischen Beurteilungsfehler rückgängig machen könnte! Du hattest recht, Conan. Ich hätte dich Callidios noch am gleichen Tag töten lassen sollen, als er sich bei uns einschlich. Der Stygier vergiftete meine Seele mit seinen Intrigen und Lügen. Ich weiß jetzt, daß er meine Gedanken und Handlungen beeinflußte — mit einem Zauberspruch oder magischen Mittel.«

»Das einzige Zaubermittel, das dich vergiftete, war deine Machtgier, Mordermi. Du benutztest Callidios genauso, wie du uns alle ausnutztest. Je mehr Macht du hattest, desto mehr wolltest du, und als die absolute Macht schließlich in deiner Hand war, warst du immer noch nicht zufrieden. Ich mochte dich, Mordermi, und ich möchte gern glauben, daß du jemand warst, der es auch verdiente, gemocht zu werden, ehe die Macht dich vergiftete. Aber vielleicht steckte das Gift schon von vornherein in dir, und du hast nur den richtigen Augenblick abgewartet, deine Freunde zu benutzen. Als du sie nicht mehr brauchtest, konntest du ihnen ohne Skrupel die Klinge in den Rücken stoßen.«

»Das ist eine recht ordentliche Rede für dich, Conan«, sagte Mordermi mit seiner täuschenden Freundlichkeit. »Santiddio hatte wirklich recht, du bist ein Altruist. Also gut, ruf deine Leute herein und verhafte mich. Ich werde mich vor dem Volk rechtfertigen. Es wird verstehen, daß ich unter dem Zauberbann des Stygiers stand.«

»Welche Leute?« sagte Conan spöttisch. »Von uns abgesehen, ist der Palast verlassen! Santiddio marschiert mit seiner Armee in die Stadt. Destandasi und ich kletterten heute morgen über deine Mauer, damit das Mädchen Callidios' Macht über die Letzte Wache brechen konnte. Du hast es dir selbst zuzuschreiben, denn was du Sandokazi angetan hast, veranlaßte Destandasi erst dazu. Hat sie dir immer noch getraut, Mordermi, als die Schlinge sich um ihren Hals schloß? Hast du gewußt, daß wir ihr schwören mußten, ehe sie überhaupt unsere Zellentür aufschloß, dich nicht zu töten?«

Aber Conan hatte in seiner Wut bereits zuviel gesagt. Der Cimmerier sah, wie Mordermis Gesichtsausdruck sich veränderte und seine Hand gegen etwas unter seinem reichverzierten Tisch preßte. Ohne zu überlegen, schrie Conan auf und sprang Mordermi an.

Kaum hatten seine Füße die Stelle, wo er gestanden hatte, verlassen, öffnete sich dort der Boden.

Destandasi, die immer noch völlig erschöpft und benommen von ihrem Exorzismus war, kam nicht mehr dazu, auf des Cimmeriers Warnung zu reagieren. Ihr Schrei, als sie durch die Falltür stürzte, erstarb abrupt.

Conans Sprung brachte ihn auf den Tisch, dabei stürzte die Truhe um, und die Steine wurden im ganzen Gemach verstreut. Mordermi, so flink wie eh und je, warf sich zu Boden und entging so Conans Griff. Wie ein Akrobat stand er gleich darauf wieder auf den Beinen und hielt sein Rapier in der Hand, als Conan auf der anderen Tischseite landete.

»Ich sehe, daß du immer noch das Breitschwert vorziehst, Barbar«, sagte Mordermi lächelnd. »Soll ich dir noch einmal eine Lektion im Fechten erteilen?«

In seiner Wut sprang Conan ihn erneut an und hätte dabei

fast das Rapier ins Herz bekommen. Gerade noch rechtzeitig konnte er die leichtere Klinge parieren, dann hieb er nach dem ausgestreckten Arm. Mordermi wich lachend zurück.

Die Wut des Cimmeriers war zu groß, als daß er sich mit den Feinheiten eines Fechtkampfs abgab. Mordermi spürte es und reizte ihn, in der Überzeugung, daß der Cimmerier den Kopf verlieren und sich mit unüberlegter Heftigkeit auf ihn stürzen würde, und dann konnte er ihm den Todesstoß versetzen.

Doch Conan trieb ihn in die Ecke. Keine der beiden Klingen fand eine Blöße. Die Behendigkeit des Cimmeriers war zu groß, als daß Mordermi seine Deckung aufgeben konnte, um zum Gegenangriff überzugehen, wie er es ohne großes Risiko bei jedem anderen Schwertkämpfer von Conans Statur hätte tun können. Aber Mordermi kannte Conans Geschicklichkeit, also blieb ihm nichts übrig als auf den richtigen Augenblick zu warten, da Conan sich selbst eine Blöße geben würde, und dann zuzustechen.

Der Tumult auf dem Hof ließ die Fensterscheiben erzittern. Da wurde Mordermi klar, daß zwar Conan, doch nicht er Zeit zum Abwarten hatte. Er mußte den berserkerhaften Cimmerier schnell erledigen, sonst war eine Flucht für ihn unmöglich.

Plötzlich sah Mordermi seine Chance, als Conan ihn mit einem weiteren tollkühnen Hieb zurückdrängte. Als die schwere Klinge vorbeistieß, drang Mordermis Gegenstoß durch Conans Deckung. Von Rechts wegen hätte das Rapier sich in sein Herz bohren müssen, doch Conan drehte sich im letzten Moment, und so stach die dünne Klinge statt dessen in die dicken Schultermuskeln.

Conan knurrte, griff nach dem ausgestreckten Handgelenk und verdrehte es brutal. Die Klinge brach.

Mordermi wich zurück, aber der Cimmerier hielt das Gelenk der Hand, die immer noch den Griff des abgebrochenen Rapiers umfaßte. Conans Schwertarm sauste herab, doch nicht die Klinge, sondern der Korbgriff schmetterte in Mordermis Gesicht.

Halbbewußtlos stürzte Mordermi zu Boden. Conan stellte sich über ihn. Verächtlich zog er die gebrochene Rapierklinge aus seinen Schultermuskeln und schleuderte die nun nutzlose Waffe durch das Gemach.

»Soviel zu deinem feinen Spielzeug«, knurrte er. »Ich hätte dich mit einem ganzen Dutzend davon als Stecknadeln in meiner Haut fertiggemacht.«

Mordermis eingeschlagenes Gesicht blutete, sein Mut war gebrochen. »Du hast geschworen, daß du mich nicht töten würdest«, winselte er. Der Cimmerier, dem das Blut aus der Schulter floß und dessen Augen vor Wut funkelten, war kein sehr beruhigender Anblick.

»Ich werde dich nicht töten«, erklärte Conan höhnisch. »Weshalb sonst hätte ich so gekämpft, daß ich dich nur entwaffnete. Ich halte mein Wort, Mordermi. Ich bin ein Mann von Ehre — das sagtest du doch selbst.«

Das Gebrüll der Menschenmenge erschütterte jetzt den Palast. Conan hörte das Klirren von zerbrochenem Glas und das Bersten von Türen, die im unteren Stockwerk eingeschlagen wurden. Nicht mehr lange, und der Mob würde sich durch den Palast wälzen. Schon einmal hatte Conan es hier erlebt.

Er riß das Fenster von Mordermis Gemach auf. Wütende Gesichter blickten von unten hoch. Und schon flogen die ersten Steine durch das Fenster. Der Pöbel war in blutdurstiger Stimmung. Er suchte Rache nach der Herrschaft der Angst durch die Letzte Wache.

Conan zog Mordermi auf die Füße und zerrte ihn zum Fenster. Der Mob sah die Bewegung und drängte sich näher.

»Conan, was tust du? Du hast versprochen, mich nicht zu töten.«

»Ich werde dich auch nicht töten«, versicherte ihm der Cimmerier. »Aber sagtest du nicht, du wolltest dich vor dem Volk rechtfertigen? Nun, ich gebe dir jetzt die Chance dazu.«

Conan schob den verzweifelten König durch das Fenster und ließ ihn zu der wartenden Menge hinunterfallen. Die Schreie, die noch eine Weile anhielten, verrieten dem Cimmerier, daß nicht der kurze Fall der Tod Mordermis gewesen war.

Bis Santiddio den Palast erreichte, hatte der Mob alles geplündert, was sich forttragen ließ, so daß kaum mehr als die kahlen Wände geblieben waren. Conan war inzwischen in die *Grube* unter Mordermis Falltür gestiegen und hatte die Leiche geborgen, die auf den Pfählen aufgespießt gewesen war. Er saß mit einem blutigen Verband um den Oberarm neben der toten Destandasi, über die er einen Umhang gebreitet hatte. Er achtete kaum auf Santiddios Worte.

»Sie wird als Heldin der Befreiung verehrt werden und in Erinnerung bleiben«, schloß er gerade. »Ganz Kordava weiß, wie ihr beide unser Land vor der Letzten Wache gerettet und Zingara von Mordermis Tyrannei befreit habt.«

Er deutete auf das offene Fenster. Statt wütendem Gebrüll waren jetzt Hochrufe zu hören und immer wieder begeistertes: »Conan! Conan! Conan!«

»Du bist ein Held, Conan, ihr Held«, erklärte Santiddio. »Sag ihnen, daß du bereit bist, die Krone Zingaras aufzusetzen, dann werden sie dich sofort zu ihrem König ernennen.«

Die Krone war in einer von Mordermis versteckten Truhen gefunden worden und aus Traditionsbewußtsein vom Mob verschont geblieben. Santiddio streckte sie Conan entgegen.

»Croms Teufel, Santiddio! Nimm das Ding weg!«

»Ich weiß, wie du dich fühlen mußt, Conan«, sagte Santiddio. »Beide haben wir gute Freunde verloren, und ich zwei Schwestern. Aber überleg es dir. Zingara braucht einen König. Das Volk liebt dich. Du bist der größte Held aller Zeiten. Nimm die Krone!«

»Santiddio«, erklärte Conan mit grimmiger Stimme, »morgen in aller Früh nehme ich ein Kanu und bringe Destandasi in ihren Hain zurück.«

»Du wirst es dir noch anders überlegen.«

»Ich werde es mir nicht anders überlegen!«

Santiddio hielt die Krone in der Hand und dachte nach. Der Marsch durch Kordava an der Spitze der Armee war ein glorreicher Augenblick gewesen und hatte ihn für viel Leid und Schmerzen entschädigt. Und einige der Hochrufe, die sie durch das Fenster hörten, galten auch ihm. »Santiddio!« riefen die Menschen.

Conans Blick ruhte auf ihm. Santiddio errötete.

»Wenn du dich nicht anders entschließt, dann werde ich die Krone vom Volk annehmen. Zingara muß einen König haben, bis eine neue Verfassung in Kraft treten kann.«

»Ich werde meinen Entschluß nicht ändern«, erklärte Conan erneut. »Nicht, bis ich weiß, ob der Mensch die Macht verdirbt oder die Macht den Menschen.«

CONAN-SAGA

Robert E. Howard / Lin Carter / Lyon Sprague de Camp ·
Conan · 06/3202
Andrew J. Offutt · Conan und der Zauberer · 06/4006
Andrew J. Offutt · Conan der Söldner · 06/4020
Andrew J. Offutt · Conan und das Schwert von Skelos · 06/3941
Lyon Sprague de Camp · Conan und der Spinnengott · 06/4029
Robert E. Howard / Lin Carter / Lyon Sprague de Camp ·
Conan von Cimmerien · 06/3206
Poul Anderson · Conan der Rebell · 06/4037
Robert E. Howard / Lyon Sprague de Camp ·
Conan der Pirat · 06/3210
Karl Edward Wagner · Conan und die Straße der Könige · 06/3968
Robert E. Howard / Lin Carter / Lyon Sprague de Camp ·
Conan der Wanderer · 06/3236
Robert E. Howard / Lyon Sprague de Camp ·
Conan der Abenteurer · 06/3245
Lyon Sprague de Camp / Lin Carter · Conan der Freibeuter · 06/3972
(urspr. 1972 erschienen als Conan der Bukanier
unter der Nummer 06/3303)
Robert E. Howard / Lyon Sprague de Camp ·
Conan der Krieger · 06/3258
Lyon Sprague de Camp / Lin Carter / Björn Nyberg ·
Conan der Schwertkämpfer · 06/3895
Robert E. Howard / Lyon Sprague de Camp ·
Conan der Thronräuber · 06/3263
(urspr. 1971 erschienen als Conan der Usurpator unter derselben
Nummer)
Lin Carter / Lyon Sprague de Camp · Conan der Befreier · 06/3909
Robert E. Howard / Lyon Sprague de Camp ·
Conan der Eroberer · 06/3275
Robert E. Howard / Björn Nyberg / Lyon Sprague de Camp ·
Conan der Rächer · 06/3283
Lyon Sprague de Camp / Lin Carter · Conan von Aquilonien · 06/4113

CONAN-SAGA

Lyon Sprague de Camp / Lin Carter · Conan von den Inseln · 06/3295
Lyon Sprague de Camp / Lin Carter · Conan der Barbar · 06/3889
Robert Jordan · Conan der Verteidiger · 06/4163
Robert Jordan · Conan der Unbesiegbare · 06/4172
Robert Jordan · Conan der Zerstörer · 01/6281
Robert Jordan · Conan der Unüberwindliche · 06/4203
Robert Jordan · Conan der Siegreiche · 06/4232
Robert Jordan · Conan der Prächtige · 06/4344
Robert Jordan · Conan der Glorreiche · 06/4345
John Maddox Roberts · Conan der Tapfere · 06/4346
Steve Perry · Conan der Furchtlose · 06/4663
Leonard Carpenter · Conan der Renegat · 06/4664
John Maddox Roberts · Conan der Champion · 06/4701
Steve Perry · Conan der Herausforderer · 06/4745
John Maddox Roberts · Conan der Marodeur · 06/4781
Robert E. Howard · Conan und der Schatz des Tranicos · 06/4915
Robert E. Howard / Lyon Sprague de Camp ·
Conan und die Flammenklinge · 06/4930
John Maddox Roberts · Conan der Draufgänger · 06/4959
Roland Green · Conan der Wagemutige · 06/4988
Leonard Carpenter · Conan der Kriegsherr · 06/5044
Leonard Carpenter · Conan der Held · 06/5081
Steve Perry · Conan der Unbezähmbare · 06/5098
Leonard Carpenter · Conan der Angreifer · 06/5143
Steve Perry · Conan der Landsknecht · (in Vorb.)
Steve Perry · Conan der Schreckliche · (in Vorb.)
Leonard Carpenter · Conan der Große · (in Vorb.)
Roland J. Green · Conan der Beschützer · (in Vorb.)
John Maddox Roberts · Conan das Schlitzohr · (in Vorb.)
DAS CONAN UNIVERSUM von *Erhard Ringer* · 06/4908